# 巴勒斯坦人的故事

## 流亡者的悲情、绝望与抗争

〔美〕穆哈迈德·阿里·哈利德 编著
陈丽蓉 译

浙江人民出版社

图书在版编目（CIP）数据

巴勒斯坦人的故事：流亡者的悲情、绝望与抗争 / （美）穆哈迈德·阿里·哈利德编著；陈丽蓉译. — 杭州：浙江人民出版社，2024.3
ISBN 978-7-213-11329-1

Ⅰ.①巴… Ⅱ.①穆… ②陈… Ⅲ.①巴勒斯坦－历史－研究 Ⅳ.①K381

中国国家版本馆CIP数据核字（2024）第025784号

浙江省版权局
著作权合同登记章
图字：11-2023-019号

Published by arrangement with OR Books LLC, New York. © 2022 Muhammad Ali Khalidi.

## 巴勒斯坦人的故事：流亡者的悲情、绝望与抗争
BALESITAN REN DE GUSHI: LIUWANGZHE DE BEIQING、JUEWANG YU KANGZHENG
〔美〕穆哈迈德·阿里·哈利德 编著 陈丽蓉 译

出版发行：浙江人民出版社（杭州市体育场路347号 邮编：310006）
市场部电话：（0571）85061682 85176516

| 责任编辑：齐桃丽 魏 力 |
| 特约编辑：瑰 夏 涂继文 |
| 营销编辑：陈雯怡 张紫懿 陈芊如 |
| 责任校对：王欢燕 |
| 责任印务：幸天骄 |
| 封面设计：天津北极光设计工作室 |
| 电脑制版：北京之江文化传媒有限公司 |
| 印　　刷：杭州丰源印刷有限公司 |
| 开　　本：880毫米×1230毫米 1/32　印　张：10.375 |
| 字　　数：170千字　　　　　　　　插　页：2 |
| 版　　次：2024年3月第1版　　　　印　次：2024年3月第1次印刷 |
| 书　　号：ISBN 978-7-213-11329-1 |
| 定　　价：88.00元 |

如发现印装质量问题，影响阅读，请与市场部联系调换。

这是一本内容描写充满人性、细节刻画入木三分的深刻讲述难民故事的书。它比任何新闻报道、学术著作或非政府组织撰写的研究报告都更详细地揭露了在黎巴嫩的巴勒斯坦难民的生活,充分展现了他们在人生中面临的重大危机、日常生活中感受到的乐趣以及坚定不移的顽强意志。

——穆斯塔法·巴尤米

这本书对黎巴嫩的巴勒斯坦难民的生活进行了细致入微和多个角度的观察。它没有从难民故事中摘取一些元素,对这些元素进行主观加工和修饰,与那些几乎不是由难民自己书写的流水线式的文学创作不同。

——穆哈迈德·库尔德

在这本书中，黎巴嫩的巴勒斯坦难民讲述了他们自己的故事。它描述了在难民营小巷中冒险的孩子们、十几岁的烈士、游荡在附近的幽灵、变成战场的足球场，以及把爱、劳动和土地拧成一股股用来制作红头巾的丝线。

收录在这里的每一个故事都是独一无二的，每一个故事都表达了自1948年"大浩劫"以来被迫从巴勒斯坦流亡的人的声音。与此同时，这些故事是对巴勒斯坦人被赶出家园，其土地被殖民者占领的集体表征。每个故事都是独立的，然而每个故事都诉说着所有巴勒斯坦人的悲伤。

# 序　言

## 以自传体散文书写巴勒斯坦流亡者的故事

　　巴勒斯坦人的历史是一部充斥着战争、占领和流亡的历史。自1948年巴勒斯坦民族"大浩劫"以来，巴勒斯坦人就持续不断地经历着分离和流散。而一次又一次的流离失所使一个个难民形成了不同的人生轨迹，他们的命运被诸多因素左右，比如他们在哪个国家寻求庇护，他们所属的教派，他们遭遇的冲突，以及要遵守的法律。如同产生于同一片乌云的每一片雪花从空中飘落后，都有自己独特的形状和大小一样，每一个巴勒斯坦人面对不同的政治、法律和经济环境，形成了自己独一无二的人生旅程。在某种意义上，他们的经历都是唯一的，但都共同诉说着所有巴勒斯坦人的历史。

　　我以前就明白这个道理，但我花了23年的时间才开始认识自己民族的历史。我出生于内战时期的黎巴嫩,成年后才发现原来自己拥有巴勒斯坦血统。我生下来就获得了黎巴嫩公民的身份,因而没有像在黎巴嫩的巴勒斯坦难民那样,遭受过系统性的歧视,经济上也没有被边缘化。多年来,我始终认为我的个人经历不足以称为一个"巴勒斯坦人的故事",因为我没有像生活在黎巴嫩的巴勒斯坦人那样,身体上有着遭受摧残的烙印,经济上困顿不堪。在某种意义上,我认为我不能被叫作巴勒斯坦人。

我花了很长时间才接受我和其他族人的不同,认识到我的个人经历也是巴勒斯坦人历史的组成部分之一。但对于我的独特经历,只有把它与其他巴勒斯坦人的经历放在一起进行比对,它的意义才能彰显出来。

这就是你今天读到的这本书隐匿在背后的想法。它是一部短篇散文集,书写的是生活在黎巴嫩的巴勒斯坦难民的个人生活经历。它也是巴勒斯坦研究所于2016—2017年冬召开的"以自传体散文书写巴勒斯坦流亡者"研讨会的原创性成果,获得了巴勒斯坦阿卜杜勒·穆赫森·卡坦基金会(A. M. Qattan Foundation)和荷兰克劳斯亲王基金会联合发起的"以艺术连接海峡两岸"项目的支持。

通过公开征文活动,11位参与者被邀请参加由黎巴嫩

# 序　言

著名作家哈桑·达乌德（Hassan Daoud）主办的原创写作研讨会。他们以女性为主，年龄在20岁至50岁之间。这样的性别与年龄配比并不是有意为之，而是公开征文的自然结果。该研讨会分为12期，目的是引导在黎巴嫩的巴勒斯坦难民撰写自传体散文，将他们书写的故事收集起来，编辑成册。

召开研讨会的另一个目的，是希望以一种区别于研究的方式，近距离接触位于黎巴嫩的巴勒斯坦社区。作为巴勒斯坦研究所这一学术机构的成员，我们经常以巴勒斯坦难民的名义，写作和出版有关描述他们生活的著作。所以我们希望通过出版此书，为这些难民提供一个展示自己的机会，以获得认可。我们走进黎巴嫩的巴勒斯坦社区，不是把他们当作研究对象，而是希望他们能站出来，用自己的话来叙述自己的故事。

然而，等到研讨会召开后，我意识到事情并没有那么简单，同时我的目的也不是那么单一。与会者们经常对研讨会筹备的撰写自传体散文活动的目的产生疑问。他们问我："写自传体散文是什么意思？不能写其他东西吗？是以一个邻居的身份还是以一个朋友的身份去写？"还有一些人不想写自己，一些人则想在自己的故事中加入虚构成分。

这些重复出现的问题使我意识到,把研讨会的目的限定为撰写自传体散文,就像那些涌入社区的研究人员一样,试图通过截取他们生活中的信息片段,来强化自己所要表达的东西。但我对这个项目的最初设想是,这本书能让读者有机会真正了解"真实的"有关难民的生活,而不是被动地接收由学者、记者或文学家过滤过的信息。我想要获知那些私密的、不为人知的小人物的故事,想触摸那些只有生活在这种环境下的人才可能有的感受。如同我做学术研究那样,对真相的迫切渴求驱使着我去获取更多的有关巴勒斯坦难民生活的信息。这对一个学者来说,是一件无比重要而又理所当然的事情。然而,过了一段时间,随着参加研讨会的与会者们的讨论持续深入,我对揭露真相的急切欲望减弱了。我意识到,对于我而言,这样的目的性是狭隘的,因为我只能接受与会者们书写那些看起来应该是他们生活的内容。不过,到最后,好像大部分与会者既把我的设想融入自传体散文书写中,又真实地写出了他们自己的故事。

在这本书中,你可以读到具有多种不同风格的自传体散文。每一篇都阐述了不同的生活、不同的故事、不同的观点。对于创作者来说,每一篇散文都是独一无二的。一些作者写的是难民营的生活,但使用了极其不同的视角。萨勒姆·亚辛（Salem Yassin）通过墙上的涂鸦，也即他所称的"人们的免费报纸"，极富艺术气息地描述了与他生活在同一个难民营的同龄人的经历；米拉·塞达维（Mira Sidawi）在虚幻和现实之间把日常变为了例外；塔哈·尤尼斯（Taha Younis）在诚恳地讲述他个人经历的同时，巧妙地游走于过去与现在、童年与成年之间；纳迪亚·法赫德（Nadia Fahed）幽默而又简洁地叙述着她每天照顾小女儿和年老奶奶面临的挑战；尤瑟夫·纳纳（Youssef Naanaa）描述了大家庭的日常活动，讲述了它是如何给巴勒斯坦人的小聚会带来生机和欢笑的。

雅法·塔拉勒·麦斯里（Yafa Talal El-Masri）在讨论她的梦想、友情和家庭关系之中，思考起流亡的真正意义；哈尼·穆哈迈德·拉希德（Hanin Mohamad Rashid）从她父亲和奶奶的生活中了解了她名字的独特含义；韦达德·塔哈（Wedad Taha）则一直从童年写到成年，从她童年生活的阿联酋写到她成年生活的黎巴嫩，描述了她在黎巴嫩必须面对的巴勒斯坦社会和巴勒斯坦人身份的困境。

还有一些作者比较喜欢描写巴勒斯坦"大浩劫"。因提萨尔·哈扎伊（Intisar Hajaj）通过刻画嫁给巴勒斯坦人，过着巴勒斯坦难民生活的黎巴嫩籍外婆卡迪杰（Khadijeh），

巴勒斯坦人的故事 | 流亡者的悲情、绝望与抗争

讲述了典型的巴勒斯坦人的经历；鲁巴·拉赫梅（Ruba Rahme）则把我们的思绪带回到了悲痛的当下，也就是前些年在叙利亚内战中发生的巴勒斯坦"大灾难"。在这次"大灾难"中，居留于叙利亚的巴勒斯坦难民再次经历迁移和流散。最后，在一篇更像是亲眼所见而不是文字记载的散文中，马赫穆德·穆哈迈德·扎伊丹（Mahmoud Mohammad Zeidan）细致入微地记录了1982年，他13岁时，以色列军队占领他生活的艾因·希尔维（Ayn al-Hilweh）难民营的细节。最后，他们将自己个人的秉性注入了这些散文中，向我们展示了我们平时几乎看不到的生活和无法理解的思想。

无须多言，一切尽在文中。

# 目　录
## contents

**第一章**
001 - /　消逝在时间中的涂鸦

**第二章**
021 - /　我还没有逝去

**第三章**
043 - /　一个难民的胡言乱语

**第四章**
063 - /　成为母亲后，开始讨厌冬天

**第五章**
081 - /　达乌克：一个墓地

第六章
111 - / 比冬天更短，影响更深远

第七章
139 - / 哈尼（渴望）

第八章
159 - / 我的心挂在桑树上

第九章
183 - / 卡迪杰，我母亲的母亲

第十章
207 - / 梦想在继续

第十一章
239 - / 两次流亡的迁徙之旅
——1982年以色列入侵黎巴嫩日记

307 - / 词汇表

317 - / 致　谢

# 第一章

## 消逝在时间中的涂鸦

萨勒姆·亚辛（Salem Yassin）

（赛达市，1966）

这是我成长的地方，一个能看到太阳和月亮的巴勒斯坦难民营。十一个兄弟姐妹生活在三间小小的铁皮房里。那个屋顶让我听不到其他声音，尤其在冬天。雨滴拍打着屋顶，周围发出刺耳喧闹的噪音，把一切温和的呼喊，如我的声音，淹没殆尽，使我想发出的呐喊永远不能抵达它们的目的地。

我出生于黎巴嫩内战爆发前九年。黎巴嫩政府认为巴勒斯坦人对黎巴嫩内战的爆发和激化有着不可忽视的关系，于是战争爆发后，我们被当作人质，监禁在乌玛·安瓦尔（Umm Anwar）和阿布·纳梅（Abu Na'meh）之间的空地上。

我家的外墙上挂满了烈士的照片。照片上，烈士们的双眼凝视着路人，似乎在呼喊着路人的姓名和昵称，向他们倾

# 第一章
## 消逝在时间中的涂鸦

诉着自己甘愿牺牲的心声。在难民营回响的革命歌曲,以及艾因·鲁迈拉公交车(Ain al-Rummaneh bus)[①]发出的嗡嗡声,一起留在我的记忆深处。

我儿时的梦想萌生于难民营的小巷,在潮湿天让人焦虑的气氛中绽放于沉闷的石墙上。

在那里,我经历了战争、死亡和悲伤,也感受过和平与关爱;在那里,我留下了我的初吻。在漫长的宵礼期间,我坐在桑树下喝茶,与谢赫·伊玛目(Shaykh Imam)[②]一起悲伤地低吟:"我对文字的热爱战胜了我的沉默,我憎恨沉默给我带来的不幸。"

作为一个男孩,我在能分清左右之前,就已经学会沿着露天的水沟,找到回难民营的小路。沿着迂回的小径,循着散发着臭味的下水道,可以去任何地方。我侧着身子,奋力地穿过狭窄的小道,走到负责给难民营居民分发面粉的车子那里领取面粉。每次我都因为争抢有限的面粉而与司机扭打在一起,最后全身沾满面粉回家。回家后,我的奶奶萨达(Sa'da)看到我,会大笑着说:"可怜的小白人,你就像一只掉进酸奶中的跳蚤!"

在联合国近东救济工程处(UNRWA)[③]举办的学校学会读书写字后,我终于意识到,可以用文字来装饰难民营冰冷的墙壁。那些写在墙上的词汇对我来说已不再是天书，我能认出每天定期写上去的颜色鲜亮的句子，也就是"人们的免费报纸"的大标题。每当发生重大事件，就有人在某面墙上写字抒发情感，发出无声的呐喊。墙壁上那些自然而然迸发出的词可能存在拼写错误，写出的语句可能有语法错误，但无论如何，它们都给墙壁增添了价值和色彩。墙壁上的那些话大部分是人们偷偷写下的，但吸引了难民营所有人的目光。它们被储藏在我们对小巷的记忆中，也成为我们对地点和空间感知的一部分。

当我们在铁皮屋的墙壁上表达心声的时候，柔和的声音会变得像锥子一样刺耳。这些匿名的涂鸦直击人心、毫不含糊，与官方报纸那些经过安全机构审查、不真实的简略报道截然不同。

为安置难民而建起来的墙，被文字改造成了反映我们的生活琐事和时事热点的镜子。这些墙上的文字向世人昭示，它们与世界上其他墙不同。

这些有生命、会呼吸、会老化的墙各有自己的绰号。它们像野生浆果的灌木丛般杂乱地生长，全然不顾所谓的建筑规范。它们不是呈水平横向铺开，而是逆着雨水降落的方向，向上直耸云霄。到了战争时期，它们就会向地下深处生

# 第一章
## 消逝在时间中的涂鸦

长,为烈士建造坟茔,或成为孩子们的防空洞。

难民营那带着死刑判决书的墙壁,就是租赁合同所严格限定的难民营的边界。假装友好仁慈和宣扬人道主义的租赁者似乎没有意识到,在99年或100年之后,生活在难民营的人口的数量会成倍增长。为什么租赁期限是99年?因为那个只能从曾经的光荣历史看到未来的国家,制定了一项可恶的法规,将难民营房屋的租期设定为99年,这样他们就可以确保那些房屋永远不会成为我们的财产。

散落于各处且装饰着墙壁的文字,是由某个消失于历史扉页上的人有意写上去的。那些饱含喜怒哀乐的文字一经写出,便被雕刻进人们的记忆中,讲述着许许多多从未被讲出,但能从那褪去颜色的文字看出来的故事。那些文字一层又一层地堆积在各家各户的墙壁上,等待着那个可以把它们辨认出来的人。

人们亲手写上去的每句话或者相当于"1号公报",或者是一份对烈士身份的认证。其中许多是书写者写给自己的,它们意蕴深刻,含义深如浩海。比如下面的这些话:

"巴勒斯坦,我们那一直在咆哮和涌动的'死海'。当风带着我们的爱穿越陆地和海洋时,我们将会来到你的身边,我的祖国!"

这些话像图标一样挂在小巷的墙壁上。不过,陌生人很难了解其中的含义,他们会迷失在小巷里,找不到方向,变得晕头转向。

"哦,聪明的迷失者,你唯一的向导是你的眼睛。"

这些缄默不语的墙保留着我们所有的秘密。这些秘密始于爱,终于两世相隔,其中既有我们生活中必然出现的爱人之间的私语,也有关于我们静悄悄逝去的讯息。

"巴勒斯坦,时光里永恒的伤痕!"

"我爱你。"旁边配有一幅流着血的插图。

一枝无色的玫瑰,上面写着两个相爱的人的姓名首字母。

一幅失去家园的地图。

"革命直至胜利。"这句话是用经常给难民营铺路的黑漆漆的沥青所写就。

在阿布·萨勒曼(Abu Salma)家的墙上,仍然可以看到因手印而变得模糊的粗直线,尽管它已被石灰和黄土的混合物所覆盖。

"差生"(一个人的外号)在难民学校墙上刻的字,是他在名为"走进内心"的行动中牺牲之后,唯一可以证明他存在过的依据。我还记得,当我和送葬队伍给他送葬时,我对人们肩膀上扛着的灵柩上覆盖的物品很好奇——上面包裹

## 第一章
### 消逝在时间中的涂鸦

着一面巴勒斯坦国旗,环绕着玫瑰花,还覆盖着用来纪念革命烈士的绶带。

"灵柩装着他肉体的碎片。"

"灵柩装着他的革命制服、他母亲的头巾,还有他父亲的念珠。"

"不,灵柩是空的!"

尽管戴在头上的头巾遮挡住了走在送葬队伍边上的妇女们的嘴巴,但她们仍然发出了上面的窃窃私语声。

从送葬队伍的呢喃低语中,我听到了"象征性葬礼"这一隐晦的表达。从那天开始,"象征性"这个词汇便与葬礼和殉道的画面一起被收录在我的字典里。

"差生"的故事只是难民营许许多多故事中的一个。此外,还有喜欢用鞭子折磨狗的阿布·吉尔德(Abu Jildeh)、狂热地爱着一个人的努曼(Nu'man)、舒拉(Shu'lah)足球队的粉丝阿努布(Arnoub),以及在漫无边际的寂静中被难民营学校拿来当学习榜样的无名人士的故事。

随着我慢慢长大,我意识到,不仅可以通过在墙上写字来表达情感,还可以用大大小小的横幅来抒发感情。就像悬挂在阿布·卢布南(Abu Lubnan)咖啡店附近,写着"把你的手从越南拿开"字样的横幅那样,我们也可以制作把所有想说的话都写上去的大横幅，或是写着密密麻麻短语的小横幅。横幅上的话超出了我们当时的认知，因此我和朋友们猜测那是人民阵线（PELP）[④]写的。但是，由于人民阵线身份"特殊复杂"，我们对其是敬而远之。

一次，我们这群人中比我们大几岁，看起来更让人印象深刻也更淘气的领头人阿里夫（Arif）做出了一个决定，他认为我们不被法塔赫（Fateh或Fatah）[⑤]"信任"，应该离开法塔赫，加入人民阵线。对于他的想法，我们高度赞成，于是径直走向人民阵线的临时代办处，像聚集在阿布·曼杜（Abu Mamduh）屠宰店的流浪猫一样，一窝蜂地拥进了那所房子。

人民阵线临时代办处办公室的茶和法塔赫办公室的茶一样甜蜜，烧焦的水壶倒出的茶水也是深色的。但与法塔赫办公室不同的是，这里的每个人都在读书和吸烟。代办处的另一间房里摆放着一摞摞厚厚的书，那些书的红色封皮上印刷着我们看不懂的外语。

阿里夫眨了眨眼，向我暗示这些书是宝贝，我立刻心领神会。难民营最近流行用人民阵线发的这些书（即来自外国的宣传资料）来制作红色的小花瓶，所以我们争抢着带更多的书回去做小花瓶。为此，一些比我们小的孩子甚至向我

## 第一章
### 消逝在时间中的涂鸦

们乞求道:"为了仁慈的真主,为了你的母亲,为了你姐妹的荣誉,请给我一本红色的书吧!"当然,对于最诚挚的乞求者,我们会展现最大的善意,把一本有着深蓝色封面的大书送给他们当礼物。我们这样做,完全是因为我们"敬爱真主,珍爱我们的母亲和姐妹",甘愿放弃每年在庆祝法塔赫成立的庆典上穿上制服当火炬手的机会。

不过没过多久,阿里夫就对红色花瓶失去热情,他宣布我们应该回归法塔赫。确实如此,比起人民阵线的党徽,法塔赫的党徽更难在墙上画出来。法塔赫的党徽上有两把机械枪和手榴弹,它们比人民阵线党徽上的箭头更有力量。此外,阿里夫还说,法塔赫比人民阵线的规模更大,人民阵线"仅有707名骨干"。这是阿里夫对我们经常在墙上画的图案的解释。但当时没有人告诉我们,"707"实际上象征着1970年人民阵线劫持的波音707客机,而不是人民阵线成员的人数。

我们又都重新加入了法塔赫,除了一个人,就是认为萨伊卡(al-Sa'iqa)[⑥]比阿西法(al-Asifa)[⑦]更加强大的艾赫迈德(Ahmed)。因此,我们开始从远处监视他。在监视他的过程中,我们看到他和其他人在贾卢尔(Jalloul)社区的另一端,点燃了堆放在低洼处的稻草,从燃烧着的稻草堆上跳过去。

我们没有胆量加入他们的这项活动,但在看到用木炭写的"人民之火"的标语出现在联合国近东救济工程处的盥洗室和垃圾焚化炉的黄色墙壁上时,我们不得不在墙上写上更多的我们自己的标语。然而,我们都忽视了一条用独特的字体写在墙上的标语——"真主安拉"。我们没有精力去抓住那个把安拉的战士带到我们这里来的家伙,我们不能参加一场最终会导致我们失败的消耗战。

阿里夫也并不总是让我信服,因为他刚出生时就被助产士萨尔玛(Salma)用他自己的尿洗脸,这让他"不知羞耻"。虽然他是一个真正的操控者,对每件事都了如指掌,但我还是继续寻找驱使阿里夫带领我们重新加入法塔赫的真正原因。

然而,一无所获,直到一天傍晚,他把所有真相都告诉了我。他说,他再次加入法塔赫,是因为他从他父亲那里知道法塔赫不久将把装满仓库的羊肉发给其组织成员。之后,决心离开人民阵线并加入法塔赫的阿里夫还向我说了他的临别赠言。在正式离开人民阵线前,他从一本红色书本的扉页上撕下了印有金日成(Kim Sung)图像的薄羊皮纸。他要把它当作画纸,在上面画上法塔赫的徽章!

# 第一章
## 消逝在时间中的涂鸦

文字会从墙上跳下来,在我脑海里形成共鸣,唤起我在难民营小巷留下的那些回忆。有一次,我患了肝炎,不能再与其他小伙伴继续玩耍。生病时,尽管胸下侧会疼,我的眼睛也会像"面包架上的点心那样黄",不过,就像母亲说的那样,一想到疼的地方是灵魂安放的地方,也就没有那么痛苦了。总的来说,病痛和孤单的日子并没有让我感到非常悲伤,因为我会有一罐蜂蜜吃,那罐蜂蜜足以让我自己开心起来。我总是利用自己的表演天赋,做出搔胸下侧的姿势,夸大自己的疼痛感,从而阻止我的兄弟姐妹吃蜂蜜,让我对那罐蜂蜜拥有独享权。

一天,我正在拜访我儿时最好的朋友——文雅的哈利勒(Khalil)。我兴致勃勃地给他讲我是如何从尿液变为棕红色来判断自己生病的,给他讲我是如何让我的父亲尽快带我看医生的事情。在我还来不及向他吹嘘医生对我的夸赞,来不及向他吹嘘我在养病期间吃到了蜂蜜的事情之前,哈利勒突然打断我,眼里噙着泪花说道:"如果我是你,我不会把这件事告诉任何人。我只会在墙上写'打倒孤单主义'!"

尽管病还没有痊愈,我就和其他小孩开始进行一场有可能两败俱伤的比赛活动。对于我们来说,没有哪种病痛能让我们停下来。比赛活动的具体内容依季节而定,它包括在难民营附近的田地里摘蚕豆、鹰嘴豆、西瓜、杏和橘子,我们要比谁的速度最快,谁能在最短的时间内摘到更多的豆子、果子。最让人喜欢的季节是葡萄和无花果生长的季节,因为葡萄树和无花果树不仅多,我们的身板还能够得上。

我们的比赛活动不仅限于摘水果,还包括从鸟巢里抓小鸟。根据鸟巢使用的材料、鸟巢的形状、鸟蛋的颜色以及鸟儿们筑巢的树,我们就能区分在树上筑巢的是一种什么鸟。抓小鸟时,我们一般先围着树走几圈,寻找鸟巢并记住它们的位置,然后密切关注幼鸟的生长状况,等它们长到足够大的时候把它们抓回家里来养,用细棍把流食喂进它们的小嘴里。

对于抓鸟这件事,萨勒曼·加齐(Salman Ghazi)是我们这群人里最厉害的。他不允许其他人从他走过的地方穿行。一天,我和其他几个小伙伴从萨勒曼走过的地方走出来时,我注意到,几棵树的树干上有泥,看起来好像是人爬上去后留下的脚印。经过深入调查,我发现每棵树上都划有标记。于是,我努力找寻那些标记和萨勒曼的名字或绰号的联系,但是毫无发现。

突然,我想到,那些标记可能指的是每棵树上不同类型的鸟筑的鸟巢。接下来我们怀着胜利的喜悦之情,扩大了对

# 第一章
## 消逝在时间中的涂鸦

这个地区的搜索范围，最后不费吹灰之力找到了萨勒曼标记的所有鸟巢。我们不必爬到树上，在密密麻麻的树枝里寻找，或者仰起脖子去看上面是什么，只需要看一眼树干，就知道上面等待着我们的是哪种宝贝。对于抓鸟比赛，我们只需要等着鸟蛋孵化，等着雏鸟长出第一缕羽毛，在它们会飞之前，抓住它们。而对于萨勒曼，我们会告诉他："早起的鸟儿有虫吃。"

一天，我们大家聚在一起，烤当季的"榛子"吃。这些由鼹鼠搬运而来并埋在地下的"榛子"是酢浆草属植物的种子，它们会在冬天破土而出。而我们却会找到"'榛子'储藏间"，把这些种子收集起来，并用垃圾场附近找到的铁罐来烤着吃。当我们围在火堆旁时，阿里夫突然从他衬衫的袖子里拿出几根雪茄，朝着我的方向递来一支，说道："抽吧。病愈后是否想来一支西西·肯特香烟？"

好运就这样毫无预兆地砸到了我的头上。

那是有关阿里夫戏剧性和神奇的一幕。我们经常把葡萄树和无花果树的干叶子碾碎，用报纸卷起来当作烟草来抽。为了使味道更好，我们还会加入一些干薄荷。如果阿里夫想要炫耀，他会把各种干叶子塞进"烟管"里。那个烟管是用橡果粗硬的外壳做的，在外壳上钻一个洞，再插入一根吸管，烟管就制成了。他点燃烟，像螳螂一样伸直长腿，闭着一只眼，耸起另一边的眉毛深深地吸一口。我们大笑着叫他巴巴拉·阿加（Barbar Agha）——一位寓言中的奥斯曼统治者。但对阿里夫来说，获得真烟叶是一件了不起的事情，那无疑是真男人的象征。

我拿过烟，静静地抽着，努力抑制咳嗽，让自己不被烟呛到。突然，一阵雷鸣般的声音向我们传来，震动了地面。那是阿布·阿齐兹·阿尤布（Abu Aziz Ayub），他带着一只叫格尔达（Golda）的狗来追赶我们。阿布·阿齐兹是一位在巴勒斯坦革命中备受尊重、不怒自威的军事指挥官，是阿里夫母亲那边的远亲。他像野兽一样朝我们跑过来。没有人能逃脱得了挨他一巴掌或一拳，我们迅速跨大步跑开，只留下阿里夫去面对命运的惩罚，以及他母亲娜玛（Na'mat）的满腔怒火。

一些妇女私下把娜玛叫作纳克马特（Naqmat）（恶报的意思）。她是一位让人惊叹的寡妇，为了烧死院子里一团团飞舞在掉落于地面的桑葚上的苍蝇，她敢把煤油含在嘴里，对着点燃的火柴喷出去。瞬间，苍蝇的翅膀、腿都被烧掉，只留下在地上打转的躯体。然后，她把母鸡和小鸡放出来啄食这些快断气的虫子。

# 第一章
## 消逝在时间中的涂鸦

一天，我们被尖叫和咒骂的声音吵醒。那是阿布·阿齐兹发出来的。他满腔怒火，骂着"那些狗娘养的！"，叫嚣要杀光难民营里所有人。他之所以这样，是因为有人爬进他家院子，把柏油倒在院子里所有的树、作物以及院墙上，让他家的院子遭遇了一场大浩劫。更严重的是，他们还把格尔达绑起来挂到了树枝上。

阿布·阿齐兹的院子是一块极好的地皮，起初它只是一块栽有洋葱的小块土地，后来因兼并和占用其他土地，面积逐渐扩大。他在周边围起铁皮，然后一点一点向外移来扩大他家院子的面积。对于他的这种行为，没有人敢阻止。至于我们，从未动过心思，要走进他的院子去弄脏他那诱人的白墙，激怒那个愤怒的"野兽"和他的狗。

不知是哪个无知的破坏者，真大胆！

虽然这一切都是真的，但我们从未怀疑过那位破坏者的身份。经过仔细调查，我们注意到在阿布·阿齐兹家的墙角处，有一个用柏油写的单词。对那个单词的写法，我们很熟悉，阿里夫曾经有意把那个字稍微向右倾斜，将它伪装成是用左手写的。那个单词是"叛徒"。

阿里夫变了。和想方设法抽到真烟一样，他在他的肱二头肌上，文上了"巴勒斯坦"的字样和一只蝎子的图案，好像难民营的墙已经容不下他要写的话似的。他把它们雕刻在自己的身体上，让他的胳膊成了一面移动的、展示永恒话题的旗帜。

我们偶尔看到他穿着紧身牛仔裤，透明的衬衫口袋醒目地显示里面装着一盒万宝路牌香烟。我们也不再害怕接触他的蝎子。我们收集着所有有关他和他的新团伙开展军事行动的逸闻，比如用猎枪使用的黄色火药填充空子弹壳，在山谷中引爆那些子弹。他还会用石子密封重新填充的子弹壳，在子弹壳上开一个小口，插上用薄纸卷起来的装有火药的引信。点燃引信后，他迅速地跑到树旁躲避。几秒后，炸弹爆炸，他会出来查看炸弹爆炸的威力和造成的损伤程度，随后长笑一声。从他的笑声就可以判断出，他对爆炸试验结果的满意程度。

我们习惯了阿里夫引爆炸弹的声音，武装斗争安全部队基法·穆萨拉（al-Kifah al-Musallah）[8]也习惯了在没有问询的情况下就逮捕的事情。在对安全部队感到厌倦后，阿里夫被派去做一件隐秘的事情，最终立下了一次颇具传奇色彩的大功。他走下山谷，制作了一个大炸弹。那个大炸弹由14.5厘米口径高射炮弹壳做成，引信直接连接到驱蚊线圈上。点燃慢速燃烧的线圈后，他爬上山谷，来到安全部队的办公

# 第一章
## 消逝在时间中的涂鸦

室,说:"嘿,伙计们!能给我倒一杯茶吗?"

他一小口一小口地喝着,在喝完第三杯茶的第一口时,发生了巨大的爆炸。他端着因震动而飞溅出来的茶水,急急地说:"不是我!不是我!你看,只有真主知道。"

一次,几近落日之时,我在回家的小巷的入口处与"蝎子"正面相对。他用他魁梧的身材挡住了我的去路,拍着我的脖子大笑说:"阿布·阿齐兹·阿尤布那块地里有榛子。"

大概一年后,我们了解到"蝎子"阿里夫和他的同伴们,在位于黎巴嫩南部地区波弗特(Beaufort)的十字军城堡,参加了与以色列军队的激烈战斗。在那场战斗中,他牺牲了。葬礼上,国旗覆盖在他的灵柩上,沉重的炮火声和革命曲调一起回荡在空中。

我们悲痛不已,悲伤丝毫没有因为庄重的葬礼而有所减轻。那天晚上,我们把喷雾罐拿出来,分发至营地各处。在那些布满灰尘的旧标语上,我们喷涂了新的句子:"英雄烈士'蝎子阿里夫'所向无敌!"我们新写下的那些话占满了墙壁上所有或大或小的空间。这是我们在向那位"血洒战场,以让红色的海葵得以在春天盛开"——巴解组织给他写的悼词——的烈士表达敬意。在烈士家门前的墙上,我极尽自己的艺术才能画了一只蝎子,并在蝎子下写上:"如果时间逝去,而你没有看到我,这是可以让你记住的我的图形。"然后,我还签下了他姓名的首字母"A.S"。

在那之后不久的一天,我坐在橄榄树下,抽着烟,用木头在地上划拉。无聊透顶的我觉得怒不可遏,这种感觉在我胸腔内膨胀,溢出了我的身体。我那麻木的大脑里也涌现出了许许多多没有得到解答的问题。我捡起一根锈蚀的钉子,在离我最近的那根垂下来的树枝的树皮上,刻下了我脑海中突然闪现出来的一句话:"巴勒斯坦是一位用血做嫁妆的新娘。"

突然,我听到纳兹米·塔希尔(Nazmi al-Tahir)在背后问:"想让我把这句话文在你身上吗?"他随即又说:"费用是一盒烟。"

我毫不犹豫地将我的手臂伸出去,说:"这有十根烟,但我不想文那句话,我想让你文一个大大的问号,并在问号下写'要到何时'。"

看到我那骨瘦如柴的肱二头肌,他衡量了一下我给出的文身费用,最终同意了我的方案。但他对我选的这句话感到十分疑惑,摇着头说:"难以理解。"确实,这句话和他给别人经常文的那些话完全不同,但"顾客是上帝",他不得不文。于是,他从口袋里拿出针头、签字笔、橡皮筋、打火

# 第一章
## 消逝在时间中的涂鸦

机,用这些装备为我的男子汉气概做洗礼。他用笔在我胳膊上勾勒出花纹,然后停下来把墨水全部倒进瓶盖里,之后用打火机加热以融化橡皮筋,把它和墨水这两种原料混合在一起。在用打火机的火苗给针头消毒后,他交替重复着用针头蘸混合液,沿着他画的线条,把我要文的话刺在我手臂上的动作。他轻轻地吹着,吹的气息恰到好处,既没有戛然而止也没有软弱无力。其间,他只停下一次,就是用布擦血。

剧烈的疼痛使我大脑的血液凝结,使我喉咙哽咽。但是,哭不是解决问题的方式。随着他在我的手臂上缠好纱布,文身的疼痛也戛然而止。同时他说道:"不要解开纱布,不要洗。伤口会有点发炎,但过几天就会好。"之后,他拍了拍口袋里的十根烟,说:"看在真主的分上,我只收你半价。剩下的烟,就当是我的捐献吧。祝福你!"

从"大浩劫"(Nakba)[9]到"大挫败"(Naksa)[10],清晰地文在手臂或写在墙上的文字,有关于失败的,有关于大屠杀的,有关于爱情的,也有关于革命事迹的。在这个被征服的时代,人们在精神上,强烈地渴望拥有在国旗下宣誓,向它表达忠诚的权利。这些渴望从人们的灵魂深处喷涌而出,来到歪歪扭扭的墙上,狂热地奔涌。

让我们怀着这样一种希望:我们的文字将注入生命的气

息，回荡在难民营的墙上和我们的四肢上。它们最终会跨越所有边界，让世人听到。世界将会从我们的写作中意识到我们的存在。

带着这种自豪，我们进行着小型的宇宙大战。我们是这个地区和巷道的主宰者，我们是"自由的作家"，只有我们拥有这个世界！

## 第二章

## 我还没有逝去

米拉·塞达维（Mira Sidawi）

（贝鲁特，1984）

我的脑海里浮现了一个栩栩如生的场景：我像已经死了一样停止了呼吸，之后被带到布尔杰·巴拉杰奈（Burj al-Barajneh）难民营的墓地进行掩埋。但我不喜欢这里，更想被埋在另一个地方，因为父亲和妹妹的尸骨已经埋葬在布尔杰难民营的墓地里了。我更想要一个宽敞一点的地方。对我而言，一块绿地就好。是的，就是一块四周环绕着海的绿地。在我逝去之前，我可能会把名字挂在那块绿地所有的树上。

我知道，我说出这些没有价值的话是为了掩饰我内心愚蠢的渴望，也就是我真的想被安葬的地方是阿卡（Acre）。为什么不呢？我确认过千百次，并曾庄严地宣誓：我不会从地上爬起来，不会伤害那些对这块土地进行殖民的人。我是一个非常平和的人，甚至不愿意伤害一只蚂蚁，不会拍夜晚

# 第二章
## 我还没有逝去

在我头顶飞来飞去的蚊子。我总是专注于我的呼吸，保持镇静，根本不会被难民营里狭窄的巷道中的老鼠打扰。我不会抱怨任何事，对于我来说，一切都是美好和愉悦的。我会欢迎掉落到我头上的雨滴，对于战争爆发或者我爱的人在战争中失去生命不会有多么忧伤。这是正常的，包括我那蓝色的身份证，那微薄的现金，难民营里那每隔几个小时就在我面前起飞和着陆的飞机。我可以把这些都当作常态，除了有关埋葬这件事，我需要一个适合我而不是其他人的坟墓。

死亡时的隐私非常重要。当你的其他权利被剥夺后，实际上这是唯一一个你还能拥有的权利。坦白地说，我平时没有撒过谎，也不理解政治，无法滔滔不绝地去描述一个我从未生活过的国家。但是每次我那个失业的朋友阿布·伊玛德（Abu Imad）说起"阿卡"这个词的时候，我总是有一种熟悉的感觉。也许这是因为那个词的含义神秘莫测，在搅动着我。作为一个难民，能享受到这种特别而又尤其重要的虚幻之境，是我所拥有的一种荣幸。每次阿布·伊玛德说"阿卡"这个词时，我的胃就会出现轻微的疼痛感，无法抑制地想要去到那神秘的地方。事实上，我对那些我不知道的事物，如真主、存在的秘密或阿卡，十分容易产生一些源源不断的幻想。

很快，我想象着自己坐在一艘没有我手掌大的船里。是的，它确实没有我的手掌大。阳光下，我睡在那小小的船上，阿卡用它的手遮蔽着我的身体。一股和肉桂相似的味道飘散在我周围，包围着我。我喜欢肉桂的香味，那么阿卡的味道闻起来和肉桂的味道一样，还是更像鱼的味道？无论如何，我躺在船里，参天大树环绕着我，鸟儿遮住了天空，让我分不清天空的颜色，或者也可以说，与天空融为一体的鸟儿同时也掩盖住了鸟儿自身。是的，天空在移动着。在阿卡这里，一切事物看起来都在运动着，只有我是这块地方唯一静止着的物体。

阿布·伊玛德对我不停做这些白日梦并不感到惊奇，他总是用他那句"喝杯像样的茶"来打断我的梦。我经常和他一起喝茶，却没有特别的理由。每次，我都问自己为什么不改掉每天下午和这个人喝茶的习惯，但是每次走到他家门前，我都会按惯例行事。在我看来，当他带着茶来的时候，他就像一位参加真正的茶会的土著英国人。他喝着茶，说着、分析着、上百次诅咒着阿布·马辛（Abu Mazin），即马哈茂德·阿巴斯（Mahmud Abbas）[①]，想到什么就说什么，而我则在一旁倾听。我前面讲过，即使是重大的事情也根本不会引起我的关注。但我每次一看到阿布·伊玛德，就

## 第二章
## 我还没有逝去

想加入对话,激起我对他讲的那些故事的热情。他像一个小丑一样在我面前跳着,咒骂奥斯陆(Oslo),并说:"那只是一张我擦屁股都不想用的纸而已。"

白日梦又出现了,我想象着阿布·伊玛德正和那些无论身在何处却总是散发光芒的国家领导人会面,重复说着他那句著名的话——"我甚至不愿用它来擦屁股"。要是看到他和布什总统对抗,应该会非常有趣。根据戴着脏兮兮的叫Kufiyah[②]的头巾、烟从不离嘴的阿布·伊玛德的描述,布什留着短发,长着大耳朵。阿布·伊玛德可能会和他讨论我们国家的所有事务。他也许会对布什总统说:"你和你的总统宝座并不比我那在那次'大浩劫'中离开阿卡的爷爷的爱更珍贵。"

阿布·伊玛德每每讲到他爷爷在阿卡的爱情故事时都十分骄傲自豪。他认为,发生于"大浩劫"之后的爱情比发生在"大浩劫"之前的爱情更加珍贵。当逃难和移民的元素混杂在爱情中时,爱也变得像姜那样辛辣。我们这里所说的逃难和移民不是逃离别的地方,而正是阿布·伊玛德说的"巴勒斯坦"。

阿布·伊玛德把话题带回了巴勒斯坦,无论是他女儿法蒂玛(Fatima)离婚,她的孩子在学校学习成绩差,还是联合国近东救济工程处的一些事,或者是武装派系之间的争斗,巴勒斯坦都像是一枚可以把他所有故事都装进去的黄金大邮票。当然,讲完这些故事后,会出现一段长时间的沉默,直到宣布茶会结束。

对阿布·伊玛德是怎么去世的这件事,我记得特别清楚。根据现在已经退休的助产士邻居阿尤比(Ayyubeh)的说法,他死得十分痛快。不能否认,对此我羡慕了他很长一段时间。阿尤比在描述他的弥留之际时说:"他死得比烈士都要爽快,他用自己的方式了无牵挂地离开了人世。"

有一次,一位黎巴嫩朋友给阿布·伊玛德送了一只鹦鹉。这件事在难民营引起轰动,整个营地因此变得疯狂起来,大家围着鹦鹉又唱又跳。那个晚上,我们没有睡觉,在塔西哈(Tarshiha)的整个布尔杰难民营里,几乎有四分之一的人陷入了集体的歇斯底里中,每个人都在为这只鹦鹉寻找一个大一点的笼子。

为了鹦鹉,我们竟然罕见地对给它喂什么食物达成了共识。大家向在海法(Haifa)医院工作的法赫米博士询问了鹦鹉的健康状况,博士向大家表示:"这只鹦鹉是一头狮子,足以与处于盛年的阿布·哈桑·萨拉梅(Abu Hasan Salameh)[③]对战。"尽管鹦鹉是鸟类,是与人类不同的物

## 第二章
## 我还没有逝去

种,但它被当作一个来到难民营的新成员,每个人都与它合影。在人们看来,那可是一个不那么容易得到的有价值的动物。晚上,大家聚集在阿布·伊玛德家外面,一起给这只鹦鹉取了一个名字,叫"胜利"。

不论难民营的居民属于哪个派系,每个人都对胜利、回归的权利、阿布·阿马尔(Abu Ammar)④这三个词具有共同的看法。当然,除此之外,他们对任何其他事情都存在分歧。当有人因触电、吸毒或仅仅是因为绝望而逝去时,各个派系的人都会相互谴责其他派系。

鹦鹉到来的那天,邻里们看起来兴致勃勃,我与阿布·伊玛德的个人茶会变成了为难民营新成员鹦鹉召开的庆祝会。一杯又一杯茶被递给在场的每个人,同时阿布·伊玛德播放了乌姆·库勒苏姆(Umm Kulthum)⑤的一首歌,人们跟随着旋律摇摆起来。喜欢天后声音的清真寺的宣礼师阿布·伊亚德(Abu Iyad)也参加了庆祝会。甚至在他领颂亚辛章(Sura of Yasin,《古兰经》中的一章)时,也不忘为鹦鹉祈福,乞求真主庇佑,让恶魔远离它。

眼前的一切是那么欢快和谐。那个时刻,难民营似乎变得宽敞了,比海还要宽阔。我希望我能在悬挂着领导人海报的墙上写下如下信息:"难民营是一艘船,只不过承载它的不是真正的海,而是我们。"看着孩子脸上、墙上、小猫甚至老鼠身上洋溢的欢乐,我给这些欢快打上一层诗情画意的蜡,希望它们得以长久保留。

第三天,阿布·伊玛德醒来,看到躺在他身边的鸟儿已经死了。他尝试了各种方法,对着它僵硬的身体说话,试图救活它,但一切归于徒然。每个人都为鹦鹉的死亡感到悲伤。一些人甚至带着讽刺的口吻说:鹦鹉不可能适应难民营的环境,因为它不是难民,而是血统高贵的贵族的孩子。

从那之后,出现在我面前的就是一个截然不同的阿布·伊玛德了。在把鹦鹉的遗体埋进难民营墓地前的一天,他告诉我,鹦鹉给我们带来了欢笑,但它的死亡就像一把狠狠刺向我们的匕首,重伤我们之后就销声匿迹了。这就是鹦鹉对阿布·伊玛德所做的事。鹦鹉死后,每天下午在固定时间和地点出现的茶会也取消了。阿布·伊玛德关上他身后的房门,将自己孤立起来,只把他空荡荡的鸟笼留在外面。

一段时间后,我看到阿布·伊玛德打开门,让明媚的阳光照进去。他脸上带着简单而又充满希望的表情,优雅地走了出去。此后,他再也没有回来过。据说,当时他和马尔·伊利亚斯(Mar Elias)难民营的一群年轻人在一起,那个难民营位于难民事务署办公室前面,其中一个人说了一个笑

## 第二章
### 我还没有逝去

话,阿布·伊玛德控制不住,咯咯地笑了起来,一直笑到他突然过世。

小时候,我的姑姑会牵着我的手,带我在难民营四处走动。她一边嘴里碎碎念,一边坚信我们能找到一个开着门的生活权益部。那时,唯一能引起我关心的事,就是我在电视上看到的盘旋在城市上空的风筝。很长时间以来,我都梦想拥有一只那样的风筝,想象着自己手里拿着世界上最大的风筝的线,把风筝放飞到比天空还高的地方去。

姑姑紧紧地牵着我,以免我像蚱蜢那样跳开,消失在她的面前,而我却总是对我和姑姑手上流出的汗水感到十分厌恶。有关领取救助和福利的任何事情都引不起我的兴趣,我甚至不知道它的含义。直到我问姑姑那个办公室为什么重要,而她回复"这是巴勒斯坦"时,我才稍微了解了它的含义。我的大脑总是充满各种幻想,我看到我在四面八方举着的风筝,把巴勒斯坦包围了起来。

很长一段时间,我幻想着巴勒斯坦,期待着姑姑像平常那样,带我在难民营周围四处走动,等待社会权益部开门。在姑姑眼里,我很特殊,因为我的行为举止和其他孩子不一样,似乎有点精神错乱,那么大了还在艰难地学习发音。她认为我矮小的原因,是我在6岁之后生了一种长不高的病。

实际上，我只记得，当时我和姑姑排着长长的队，等着领取救助，等着被施舍。在那一刻，我明白了，我正在进入一个叫作巴勒斯坦的大游乐园。在我的想象中，那里到处都是棉花糖。我和姑姑默默地排队，等了很长时间才轮到我们进去。然而，刚走进去，我忽然感到一阵眩晕和恶心。

我晕倒在了地上，大家都认为我已经死了，但其实我没有死，只不过是大脑休息了片刻。办公室丑陋不堪，房间里的空气十分稀薄。这哪里是我想象的多姿多彩的游乐园？尤其是在看到大米、起酥油和蛋品包装盒时，我更想死。

我昏睡了两天，那是一段很长的时间。大家都趴在我的身上哭，尤其是我的姑姑。她正为带我去社会权益部而深感愧疚，认为是那趟行程消耗了我的生命。

昏睡中，我感觉自己围着巴勒斯坦漫步，看到一位长着白胡子的老人走过来，抓住我说："巴勒斯坦有一双金色的眼睛，但是它不喜欢那些喜欢抱怨的人。"

我像一只蚱蜢一样跳起，瞬间从昏迷中醒来，却只发现我又做了一个白日梦。

曾经，我唯一想要的东西，就是气球，希望把气球系在难民营上，把难民营带离这里，因为这里让我感到压抑。坦率地说，我不喜欢，也无法容忍这么多人同时挤在一个地

## 第二章
### 我还没有逝去

方。但是,我又不想把自己的不适表达出来。对我来说,把自己的不适说出来,会让他人感到厌恶,而且它也是奢侈的,因为我没有能力改变这种状况。

我的朋友阿里(Ali)告诉我,只有表达出来,才能获得改变的权力,而不是改变带来权力。当然,我不同意他的观点。尽管谈到妇女和政治,他是一流专家。但我可以用自己的特异功能,去揭穿任何看起来合理的观点,让它变成遐想,从而击败它。依我之见,抱怨不会带你去任何地方。没有改变,就没有表达;没有表达,也就没有改变。这是一个棘手而又敏感的话题。

我每天都提醒自己,我天生非凡,我是难民营的超人。阿里对我的特殊性,发表了长篇大论。他认为我的问题是,我没有头衔,因为只有男人才有头衔。知道这个不成文的规定后,我沉默了很长一段时间。之后,我在没有直接提出自己的要求的情况下,默默地做出了改变。我像男人那样剪短头发,像他们那样穿衣服,举止投足都表现出男性气质。

每个人都尝试说服我不要那样做,因为我的身体十分虚弱,他们不想我因此死去。我是阿布·阿迪力·塞达维(Abu Adil al-Sidawi)家族唯一的孩子,备受照顾。阿布·伊玛德给我取了一个中立的名字,即"阿布杜·贾利勒

（Abudul Jalil）"。这个名字既不属于解放巴勒斯坦的哈马斯，也不属于法塔赫或人民阵线。在阿里看来，作为社区的一员，我做出的改变简直就是一场革命。他认为我承诺让妇女在男权社会中获得自由的事，与众不同。

但对于阿里的话，我一个字也不相信。我认为他言过其实，就好像他抽烟时喜欢加入微量的大麻一样。事实上，事情十分简单，我只是想要一个像超人那样的头衔，我认为自己更像超人，而不是难民。我想要超人这个头衔，想象着自己走在超人身边，想象着我们对着彼此大笑。对我来说，成为英雄是件神奇的事。我不理解为什么每个人都必须是男人或女人，而不是一位英雄。

阿里说我丧失了女性气质，只有他能帮我找回。我不明白为什么他不断地靠近我的嘴唇来呼吸。坦诚地说，我不喜欢他呼吸的味道。每次当他把手伸向我的胸部，转过来看着我时，我就会感到窒息，从而失去行动能力，变得软弱无力。我会站在那里，等着什么事情发生。当阿里像一条蛇一样向我移动着走过来时，我不反对，也没有采取任何措施，而我的母亲却大声尖叫、哭喊，大骂阿里下流。

母亲说的脏话像雨水一样倾盆而下，骂阿里时她甚至还会附带着骂我的父亲。骂完之后，她抓着我的手，对我

## 第二章
## 我还没有逝去

大声吼叫斥责,让我知道那种行为是令人羞耻的。但我真的不知道什么是羞耻,也不想知道,便闭上眼,再一次开始幻想。

我不太愿意过于靠近我的母亲,因为她从未停止谴责我,甚至当她因为用彩色的碎布片做垫子而不小心弄伤手指时,也会责骂我。在她看来,我和一个男人在广场闲逛,会让她蒙羞,以后将没有人愿意娶我,因为他们认为我已经被骗了。母亲为什么会这样?十分简单,因为我的母亲不是一个快乐有趣的人。她不像我一样会被蚂蚁的世界所吸引,也不能体会到我对空间的独特感触。在我的眼里,空间会从连接房屋的电线上消失,新铺的地板后面的线总想去一个更高的地方,好像它们不想待在地球上一样。

父亲过世时,我哭得很厉害。这是我第一次感觉到自己的身体里好像住着一个感到失落的女人。我把手放在胸上,感受着胸部的曲线,然后尽量平静地走进卧室。我这样做仅仅是为了让自己不以一个普通的、吵吵嚷嚷的女人的面目出现在世人面前。

没有人能理解我感受到的那股疯狂。但是我意识到,死亡已经使我感到有必要再次做出改变。我做了很多梦。在梦里,我看见了父亲,他告诉我,我是他那个像月亮一样漂亮的女儿。尽管他没有特意说"月亮"这个词,但是从他看我的神情,我知道,我就是他心中的小美人。

在一个有限的空间里,时间不会轻易流逝。母亲不再说话,只是无论走到哪里,都在重复地向真主祈祷。甚至是在浴室里,她也会光着身子,乞求真主把她从我不理解的那些事情中拯救出来。她这样做,也许是因为失落,也许是因为害怕,也许是因为孤独,又或者是因为她看出我渴望离开。

随着我长大成人,那被我母亲叫作恶魔的城市,开始在我的眼里闪烁。这位老妇人同意我离开难民营,去贝鲁特完成我的大学学业。但她提出一个条件,要求我花整整一个月的时间,陪同她徒步从难民营走到贝鲁特南侧的乌扎伊(Uzai)海岸。我迅速同意了这个要求,还签了一个协议。之后,我们开始徒步旅行,每天静静地走过难民营的小道,从所有认识我们的人的面前经过,走出一个迷宫,又走进另一个迷宫。

我的眼睛像相机一样,记录下了每个场景。在长途旅行中,我会哭,然后又会想起我讨厌哭泣和哀号。就这样,在整个旅途中,一出出各式各样的永不落幕的戏剧轮番上演。

我生活的这个难民营,似乎是一个栖息在云层的微型世

## 第二章
### 我还没有逝去

界。没有人能看见它，有时它自己也看不见自己。我提出的那些问题，先是毫无意义地猛烈地撞击在小巷的墙上，后又反弹至我身上。"妈妈，谁把我们放在云层上的？"我努力地想从她那里找到答案。但她从没回答过我。和我一样，她也变了。她存不存在无关紧要，既没有必要保持存在，也没有必要离开。

我们最终徒步到了乌扎伊海岸。我没有感到疲惫和劳累，什么感觉都没有。那位老妇人重重地坐在地上，好像她想返回地面。我的母亲想生活在地面上而不是云层上。她总是把她对贫穷的全部不满和憎恶都发泄出来。她的丈夫死了，而我正要抛弃她，她无法去责怪任何其他人。她知道真主是她唯一的依靠，因此无论什么事情，她都会向真主诉说。当她说累的时候，便一动不动地睡着了。

在海边，下水道的恶臭味飘进我的鼻子，这位老妇人变成了小孩。她玩弄着她的脚丫，轻轻地对着大海唱："喔，大海，带我回到我的父母身边，淹没我，带走我。喔，大海，带我回到我失去的亲人身边，我能在他们轻轻地拍抚中进入梦乡，忘掉所有的不安。"

在那个地方，我们待了两个小时，然后启程返回难民营。我们看起来像两个迷失的妇人。我和她不一样，但随着我长大，我慢慢开始理解她。我们一边走路，一边追赶我们的阴影，我想象着这个老妇人将以一种什么样的方式逝去。对于她来说，家庭墓地足够大了吗？想到这里，我止不住地又一次浑身颤抖，因为我想起来了，我不想被埋在这里，我想埋在阿卡。

难民营陷入沉默。在巴里德河（Nahr al-Barid）难民营爆发的战争似乎正等着我们。所有人的脸上都露出了奇怪的表情，期待着什么事情发生。很多人从巴里德河难民营逃到布尔杰难民营。一天早晨，我们聚在一起，倾听乌姆·陶菲克（Umm Tawfiq）讲述在巴里德河难民营发生的所有事。她说："所有难民营不久后都会关闭，每个人都在密谋反对我们，我们需要离开……"

"我们应该去哪里？"我的母亲问。

"我们应该回到我们自己的国家，我们应该沿着我们来的那条路走回去。巴里德河难民营已经关闭了，其他难民营也会关闭，这里没有希望。他们说他们为我们走出一条路，这样我们就可以走回去了。"

乌姆还讲了一件黎巴嫩军官不让她带她自己的沙发离开的事："我对着他大声叫嚷着，说道，这是我的沙发，你怎么回事？你好像不知道巴勒斯坦妇女是什么样的。"说完，

## 第二章
### 我还没有逝去

她拿出一把刀，割开沙发，拿出她藏在里面的钱。然后，她看着那位军官说："这是我的钱。"

在乌姆说话时，她的故事总是被题外话所打断。她说尽管她跟她父亲离开巴勒斯坦时很小，但她记得整个"大浩劫"。

在巴里德河难民营，她看到人们一边逃跑一边尖叫："他们忘记穿鞋子了。"从难民营离开后，他们来到主街道，坐在路边，眼睁睁地看着炮弹掉落在他们的房子上。"这一切清楚地向我们昭示，我们才是被轰炸的对象，而非房子。"乌姆·陶菲克的丈夫死于那场战争。谈到这件事时，她语无伦次地苦笑着说："他们说我的丈夫是烈士，而我什么都不知道，我只知道他死了，留下我像一只猫一样，从一个难民营流窜到另一个难民营。"她绘声绘色地讲述了她的丈夫阿布·陶菲克（Abu Tawfiq）是如何站在黎巴嫩坦克前大喊："除非压过我的身体，否则别想进去。"这句话还没说完，他就像一位英雄那样倒了下去。

我经常问我自己，为什么这些事情会一遍一遍地在我们巴勒斯坦人身上重演？为什么我们总是那样死去？为什么我们不是委身于一个临时居所，就是在一块被占领的土地上躲躲藏藏？阿布·陶菲克死后，他的躯体被灼热的烈日暴晒了半个小时，于是这件事引发轩然大波，有关这件事的讨论传遍整个世界。

生活在布尔杰难民营的人们努力尝试接受发生在巴里德河难民营的事，就像他们曾经设法接受"大浩劫"那样。当我绕着难民营往外走时，一个个沉重的故事打断了我前进的步伐，使我无力前行，不能穿过一条小巷走到另一条小巷。我想方设法说服自己，我们的国家没有离我远去，因为我就是国家的象征，我们每一个人都是一个移动着的国家。但是，我再也抑制不住自己的情绪，晚上走到墓地后，开始不由自主地大喊大叫起来。

我感觉自己仿佛已经完全不存在了，就像已经死了一样。直到我醒过来，看到那些熟悉的面庞，感受到他们温暖的手以及倾倒在我脸上冰冷的水，我才认识到，自己需要醒过来。之后，我被带去了海法医院，人们则纷纷围在母亲身边，安慰她。

法赫米博士诊断后说："巴里德河难民营发生的事情以及我们所处的恶劣环境让她精神崩溃了。"

我想消失在世人面前，想熄灭深埋在我心中的怒火。我想离开难民营，走得远远的。我想在它还没有消失之前，先离开它，以免使自己尝到痛失之苦。

## 第二章
### 我还没有逝去

黎明时分，我收拾好行囊，推开母亲的房门，看到一切依旧，什么都没变。她的礼拜毯整整齐齐地叠放在椅子上。她的床和往常一样暖和，房间里散发着她的味道。关上房门后，我听到她正在进行大净的仪式。我能感觉到我的心在痛，好像织机上的白色梭子正缠绕着我的身体，带我远离所有的疑虑。

她一遍又一遍地祈祷，说："真主至大。"我没有打断她，而是打着哈欠说："真主确实至大。"这让我想起了小时候和姑姑在一起的场景。她让我挨着她，一边用手摸我的短发，一边读《古兰经》。她对我说："你的眼睛里有一只恶魔。"之后，一串泪珠从她的眼中流出来。

每当我数要带去贝鲁特公寓的书籍时，就会想起我的姑姑。那个公寓如同一个身处贝鲁特的沙丁鱼罐头，我把整个城市都装了进去。我这样做的原因，是我不喜欢城市。

我在贝鲁特努力找寻着可以将我带回故事的起点即巴勒斯坦的路。在那里，我也许会把难民营藏在我的手心里；在那里，我会笑，我的母亲会继续祈祷，姑姑的脸庞也会再次被我想起。姑姑临死之前，曾把头放在我的膝盖上，说道："我的小侄女，我现在都还很迷惑，你究竟是一个男孩还是一个女孩？你什么时候能变成一个女孩？"面对这些问题，我继续保持着沉默，只是想象着她飞到难民营的上空，即将要去朝圣。

我的姑姑死了，就和难民营许多先她而去的人一样。在我认识的那些人中，已经没有多少人在世了。正如母亲所说："一眨眼，时光就飞逝了。"

我把我爱读的书都装进箱子，其中有昆德拉（Kundera）、马尔克斯（Márquez）、格桑·卡纳法尼（Ghassan Kanafani）、马哈茂德·达尔维什（Mahmud Darwish）、卡夫卡（Kafka）、洛尔卡（Lorca）的著作，还有《圣经》和《古兰经》。阿布·吉哈德（Abu Jihad）⑥和马龙·白兰度（Marlon Brando）的图像也被打包装了起来。我穿上半透明的蓝色衬衫，静静地等着人们起床，等到难民营变得热闹起来。

我朝着母亲走去，在她的礼拜毯上停下来。我注视着她，她也凝视着我，然后我镇定地朝房门走去。

我和这位老妇人已经有一段时间没有交谈了。对于这种状况，我感到释然。我还对自己说，不想回到过去。当我走出家门，看到贴在难民营墙上且已被撕碎的海报时，仿佛听到烈士们正在和我说再见。我的眼前出现了阿布·阿马尔说的话，也想起了我的父亲。我还抬头看了看总是在我梦里出

## 第二章
### 我还没有逝去

现的电线,想起了我在梦中像泰山(Tarzan)一样从一根电线跳到另一根电线上的画面,想起了艾赫迈德(Ahmad)的家就在这里,几天以前他死于电力事故。我还想起了在清真寺门口,阿布·祖赫迪(Abu Zuhdi)用枪指着毒贩伊哈卜(Ihab),向所有在难民营走私毒品的毒贩发出警告;想起了在阿布·塔曼(Abu Tammam)开的坚果店附近,一群分别来自哈马斯和法塔赫的年轻人正在发生争执,他们经常为张贴海报以及平等划分墙壁版面而大打出手。

这里的一切都让我想笑。它看起来一点都不像祖国,但它尝起来是甜蜜的,尽管它有一股奇特有时甚至是十分刺鼻的味道。所有一切都是正常的,短暂的神游,不是什么大事。

父亲在世时经常说:"巴勒斯坦之外的一切,都没有时间范畴。在巴勒斯坦之外,没有时间概念。"我自我安慰,不要把这些放在心上,要努力不让自己哭。因为我讨厌哭泣,讨厌各种戏剧性事件,讨厌各种各样的抱怨。

不要担心,我看到了一个满是电线的地方,那些电线如同人的内脏,也似杂乱的静脉,维持着这个地方的运转。但是谁把我们的静脉挂在这里的?这个问题一直萦绕在我的心头,一想起来,我就会头晕,疼痛无比,恶心反胃。

我打了一辆出租车。司机问我："去哪里？"我回答道："去巴勒斯坦，我想要呼吸。"出租车司机笑着说："进来吧，小妹妹，看来你和我一样感到厌烦。"

# 第三章

## 一个难民的胡言乱语

塔哈·尤尼斯（Taha Younis）

（贝鲁特，1991）

"是什么带你来到这里?"

"是我的心带领我去那个我不知道的地方。"

"你怎样跨过边境?"

"我不记得我跨过哪个边境,我只是睡着了。"

"你梦到了什么?"

"我梦见我回到了家里。"

"你的家在哪里?"

"在巴勒斯坦以北,地中海以东,我踏着波浪来到了阿卡老城。"

忽然,对话戛然而止,有人一脚把我踹进了另一个世界。起初我认为这一脚是审问人员踢的,但随后听到一句"起床去学校,你这个小兔崽子"。很显然,那是我父亲的声音,他踢了我一脚,艰难的一天就这样开始了。

# 第三章
## 一个难民的胡言乱语

我的母亲和往常一样，习惯性地把磨碎的可可放在我的碗里，倒上牛奶，并在上面撒上一些糖。由于父亲总是告诫她不要在我的食物里加糖，因此她会动作敏捷地给我加糖而不让父亲看到。

我每天惯常的行为就是走进楼道，在那里等着，直到听到我家摇摇晃晃的铁门砰的一声关上才会回家，因为那个关门声提示我父亲已经出去上班了。回家后，我会进入浴室，一边唱歌，一边敲击水壶。我的母亲则催我尽快洗完，为排队等候的四个兄弟姐妹腾出浴室。最后，吃完一碗可可，我就会走出家门。外面等着的小伙伴正叫唤我和他们一起去离难民营两公里远的学校上学。

只有星期六我不会这样，因为星期六这天，父亲休假。在那一天，浴室里不会出现歌声，早餐里不会加糖，也没有小伙伴在外面叫我名字。为了不让父亲发现，我和我的朋友艾赫迈德（Ahmad）达成协议，他走到我邻居家附近时，不会直接叫我的名字，而会用一句暗号。他只要大叫"哗哗，哗哗"，我就知道他正在我家外面的楼道等我。在父亲发现他之前，我必须快速走出去，否则父亲会大骂他。但是这个暗号最多用两次，因为我的父亲会猜出来。小艾赫迈德一看到大艾赫迈德，就会从邻居家附近跑开，我的父亲则会对我说出那句臭名昭著的"真该死,先看到你"。

我出生在布尔杰·巴拉杰奈难民营里,但这不是我能选择的。我从没邀请父亲来海法医院的二楼。我也没有挥动手指,指着他,选择他做我的父亲。我的耳朵里只传进了爷爷祈祷的声音,至于父亲,我甚至不知道他是否在那里。

当我在母亲的子宫里有了胎动时,没有人问我想出生在哪个国家。我没有身份证。甚至生命的种子进入母亲的子宫也是一个意外,一个偶然。母亲说,她怀上第三胎时非常沮丧,并不想生孩子。那时我的父亲刚刚从监狱释放出来,他精疲力竭,性情大变,脾气古怪,在监狱中遭到狱卒殴打,尚处于恢复阶段,母亲则忙于工作。这个孩子来得不是时候。

## 神 灵

晚上,我家门前放着一袋等待扔出去的垃圾。因为父亲不愿像旁边的邻居那样去扔垃圾,所以我负责把垃圾倒进设立在难民营入口的垃圾堆里。我提着垃圾离开家,然后向右转,朝着与垃圾堆相反的方向走去,把垃圾袋扔进一个荒芜的小巷里。但是父亲凭借他那不可思议的直觉,不久就发现我不按规定扔垃圾的事情。灾难很快降临到我的头上,父亲

## 第三章
## 一个难民的胡言乱语

拿起皮带和藤条抽打我,我的皮肤上很快就出现红色和绿色的印子,一天就如坠入地狱般地结束了。

很快,我找到了另一个解决方案。我家的对面,有一座废弃的房子,两座房子大概相距一个半臂展的长度,而且那座房子的窗户是开着的。因此,我开始通过那扇敞开的窗户,把垃圾扔进那座房子。扔完垃圾后,我算好步行到垃圾堆所需的时间,在外面逗留一会儿,以免我不按规定扔垃圾的事情暴露。

住在那座废弃房子另一侧的苏阿德(Su'ad)因为我的这种做法,已经多次责备过我,但她并不以告诉我父亲来威胁我,我对她的责骂也不予理会。和丈夫以及4个孩子生活在一起的苏阿德40多岁,她很聪明,为了不让我继续往那座房子里扔垃圾,有一次,她邀请我去她家,给我讲有关那座废弃房子的故事,说那里生活着一群精灵。

起初,我对苏阿德讲的故事并不在意,也没有深刻的印象。然而,随着夜幕降临,每天晚上准时停电的难民营变得漆黑无比。彼时,我想起了苏阿德的话。顷刻之间,我陷入了恐惧之中。由于我家的房子小,我和兄弟姐妹头脚交替地住在一间房里。从我们住的那间房往外看,刚好可以看到那座废弃的房子。我躺在床上辗转反侧,睡不着。于是我走过去，向窗外看了一眼，看到那座废弃的房子里有一个影子在移动，与此同时，还听见那间黑暗的房子里传出了喘气的声音，听起来像极了正在遭受折磨的人发出来的声音。

我叫醒了哥哥阿里，他也看到了我看到的东西，那一晚我俩都没有睡。整个晚上，我们一直在观察倒映在墙上的纵横交错的阴影，恐惧一直让我们不停地颤抖着。所有这一切竟然发生在那座没有人生活、没有人睡觉，甚至没有人有胆量进去的废弃房子里。第二天早晨，我们把晚上看到的情景告诉母亲，而她却不相信，驳回了我们告诉她的一切。

第二天，我们把周围的小孩聚集起来，给他们讲鬼屋的故事，以及我和阿里晚上亲眼看见的事情。我进一步添油加醋地说，那些精灵威胁要绑架难民营里的所有孩子，阿里甚至发誓，给我作证，说我说的都是实话。我的朋友们都相信我们说的事，穆斯塔法（Mustafa）甚至说他也看见过几次，还说贾马勒（Jamal）可以作证。于是我们大家一致决定，以后不去那座废弃的房子附近玩耍，我的朋友们还请求我不要再把垃圾袋扔进去。

扔垃圾的问题没有给我造成太久的困扰。很快，我就开始把垃圾扔在苏阿德家的房顶上。在我看来，这是合乎逻辑的，也是一个可以说得过去的解决方案。苏阿德家的房顶很

## 第三章
### 一个难民的胡言乱语

高,而登上房顶的大部分楼梯已经被掉落在它上面的迫击炮所毁坏。她的孩子可能发现了那些垃圾,但我根本不怕她的孩子看到,因为苏阿德不敢爬上楼梯去查看,而且我的哥哥阿里是附近最壮实的孩子,万不得已时,他可以保护我。

对精灵的讨论结束后,我去找了比我大十岁的朋友瓦西姆(Wasim)。由于他从来没有上过学,所以我总是叫他"傻瓜"。他的身高是我的两倍,但他从不会因为和我一起闲逛而感到羞耻,反而会帮我做任何我想做的事。

我们之间的友谊始于一场打斗。他在我经过他家门前时,用手拍了拍我的后颈。我则在去我家的那个十字路口埋伏下来偷袭他,用空汽水瓶砸他的头部,至今还可以看到他的头皮上留下的疤痕。这场打斗最终以我的胜利而结束。自那之后,如果我遇到威胁,瓦西姆会来保护我,因为他是附近所有孩子中最高的,而我的哥哥阿里是其中最强壮的。

为了一探究竟,我告诉瓦西姆,我在那座废弃的房子里丢失了1000里拉,请求他去那里帮我找回来,还向他承诺,一旦找到钱,会给他分一些。这个交易对他来说,极具诱惑力,无法拒绝。所以,他决定等到天黑什么也看不到的时候,就去那座房子找钱。

天黑后,我看着他爬上通往那座废弃房子的楼梯,没有露出丝毫犹豫的表情。但仅过了短短的一分钟,他就气喘吁吁地跑了回来,急得胳膊连连打圈,示意我跟着他进去。但我还没准备好走进那座房子,直到他努力使自己镇静下来,断断续续地告诉我他看到的情况后,我才和他一起走了进去。

我一走到那里,完全忘记了有关精灵的事,就好像瓦西姆已经完全忘记1000里拉的事情一样。

那座废弃房子的门有一部分被砸碎了。我们从砸开的门框那里探入头,看到里面有一位背对着门的男人压在一个女人身上。他上半身赤裸着,有节奏地做着前后移动的动作。我听到了和我昨晚听到的一样的喘息声。瓦西姆的双腿弯曲起来跪在门前,我则在附近找来一块石头,把它放进正散发着微弱灯光的灯笼里面,顿时四周变得黑暗无比。我开始跑起来,实际上,我不知道我为什么要跑,瓦西姆也跟在我后面跑。跑回家后,我迅速躲进了被窝。

我对我看到的场景感到迷惑和害怕。我想那就是我们的邻居警告过我的精灵,那个邪恶的精灵把女人带进他的住所,与她们发生关系。

# 第三章
## 一个难民的胡言乱语

### 口　粮

小时候，我经常挨饿。为了抵御饥饿，每隔一段时间，我就得吃些东西。若没有食物，我就会舔自己的下嘴唇，直至嘴唇发炎感染，才会停止舔嘴唇的动作。母亲说我之所以经常感到饥饿，是因为我曾经得过胃病，是它让我总是感到饥饿，让我不得不吃很多食物。

我的父亲是近东救济工程处的雇员。此外，他还负责他们办公地点的安全保护工作。近东救济工程处定期向住在难民营的所有家庭分发配额固定的救济粮，而我家却因为父亲在那里工作，成为难民营中唯一一户没有得到近东救济工程处配发粮食的家庭。即使在整个难民营里，只有我们一家没有自己的住房，依靠租房。不过我不关心房子这件事，我只关心那紧紧密封着的口粮。我会去配发粮食的瓦赞广场（Wazzan Square），看每个月都聚集在那里领粮食的人。我和朋友们为了更好地看到那个场景，曾经一度爬上电线杆观看。当他们在下面开始清点口粮的时候，我们刚好爬上电线杆，在那里，可以看到阿布·赛义德（Abu Sa'id）家的窗户。

那里面住了一位难民营里最美丽的年轻女子，她将近二十岁。我那个时候十岁,尽管别人问我年龄的时候,我总是说自己有十岁半了。不过,我根本不认为年龄是问题。我闭着眼睛,想象着她在我身边,我用手捋着一缕从她背上垂下来的黑色长发。之所以这样,是因为我和她存在身高差,够不上她的肩膀,只能触摸她的黑色长发。我还想象着我们一起沿着通往机场的那条路散步。

"下来,你们两个,小心掉下来,摔断脖子!"下面传来的一声喊叫把我从幻想中惊醒。

我向下看,可以看到哈吉·阿伊莎(Hajjeh[①] A'isha)正挥舞着菜刀,警告我们掉下去的危险。哈吉·阿伊莎长得又健壮又肥胖,她身后硕大的背影,好像能盖住整个小巷。我们那时还小,总是取笑她。

当时我有两个选择,一个是下来面对哈吉·阿伊莎锋利的菜刀,另一个是继续待在电线杆上,偷偷地看那个名叫萨拉(Sarah)的女孩。我决定对阿伊莎的叫喊不予理会,继续享受眼前的盛景。然而,萨拉不久就注意到了我,怒气冲冲地关上窗户,并大声喊道:"我要告诉你爸妈!"其中一个朋友在阿伊莎的说服下,战战兢兢地跳下电线杆,而我直到下面的人全部走开,确保自己不会被跟着,才跳下来跑掉了。

## 第三章
### 一个难民的胡言乱语

那天，我不敢回家，在卡赞广场（al-Khazzan quarter）、萨卢斯广场（Sal'us Square）以及达尔·沃尔德（Dar Wardeh）游荡了很长一段时间，直至傍晚才回到家里。我之所以在傍晚回家，是因为我家规定，萨法迪（Safadi）开始行昏礼时，不能再待在外面。

整整一天，我都在努力抑制自己想上厕所的冲动。因为我认识到，自己已经是一个懂得爱情的男人了，而一个真正的男人不会在路边撒尿。回到家，刚一推开家门，就听到父亲说："过来。"

我很确信那一天我没有做错事，既没有和人打架，也没有在附近被哪位女性看到抽打小猫，甚至没有向外乱扔垃圾。因为那天是周六，我要到周日晚上才会出去扔垃圾。我唯一担心的是有人告诉他我偷窥萨拉。

父亲让我把连接液化气罐的胶管拿过来给他。那是一根又厚又硬的蓝色胶管，但父亲用它抽打我的后背时，却变得灵活起来。他握着的那根胶管由于受到手温和手心汗水的影响，变得柔软，有了韧性。甚至可以说，那是父亲特意为他三个儿子保留的节目。

我问道："爸爸，我做错什么了？"他回答道："是你自己去拿管子，还是我去拿？"由于我对如何回答这类问题，已经积累了一些经验，因此我自己主动靠过去把管子拿给他。他接过胶管后，马上让我背对过去。接着，熟悉的疼痛感就来了。

就在那一刻，我再也忍不住想要小便，于是我向父亲乞求，让我去卫生间。父亲没有停止抽打，我哭了出来。由于实在忍不住，我尿了裤子。顿时，地球好像停止转动一样。他终于停下抽打我的动作，但那不是出于怜悯，而是因为对我尿裤子感到恶心。

那晚，我家附近的几位妇人目睹了发生在我身上的一切。我不得不在她们面前，脱掉满是尿液的裤子，包括内裤。

脱完裤子后，我冲进浴室，坐在地板上，回忆起萨拉圆润的脸庞，但是这次她在我的心里变得讨厌起来。就是因为她，这一切才会发生。

几分钟后，我准备打开浴室门，但惊讶地发现它从外面被锁了起来。于是我使劲踢门，门发出砰砰的声音，父亲对此恼怒不已，断开了家里的电闸。他知道我怕黑，尤其当我在浴室的时候。我乞求父亲开门，但他不为所动，坚定地要求我"数到100"。

然而，我不喜欢数学，我每次仅能数到20。尽管如此，

# 第三章
## 一个难民的胡言乱语

我也不得不开始数。在我看来,30和20差不多,它们如同隔壁邻居一样。但在我父亲看来,30和20之间隔着9扇门的距离。

那件事让我对数字的厌恶程度进一步加深,甚至厌恶到我要把世界上所有的精灵都叫出来,和它们在浴室进行决斗。

那晚,我在哥哥旁边睡着了,醒来时躺在母亲为我铺的塑料布上。母亲给我身上洒水,帮我洗澡,而我对这一切毫无反应,好像她洗的是一具尸体一样。第二天早上,我早早地醒来,从家里溜出来,来到瓦赞广场,爬上电线杆,朝着赛义德家的窗户看去,但这次窗户关上了。之后,我再也没看见过萨拉。

## 国 家

名字不是随意取出来的,它们总是直奔问题的核心。透过一个人的名字,我们就可以在与他们见面之前,获知与他们有关的一些事情。比如,当你去见某个叫阿卜杜拉(Abdullah)的人时,你不会带着一瓶葡萄酒,而当你去见某个叫乔(Joe)的人时,你也许会带上一瓶。有些名字非常罕见,以至你需要用一块红色的头巾来与他们建立亲密关系。

　　浸染着第一次"大浩劫"鲜血的红色头巾，见证了第一块越过边境的石头。在它的陪伴下，我首次看到了家乡的景色。这块头巾承载了我所有想表达的东西，把它送给她，可以向她传达我的爱。这个年轻的巴勒斯坦女子爱我胜过一切，这并非巧合，而是完全计划好的。她的名字含义丰富，虽然写起来简单得不能再简单，但地球上没有人配得上这个名字。

　　在遇到她之前，我是一个与亲戚、邻居和老师作对的叛逆的孩子。我对爱情一无所知，却能通过帮朋友写情书来赚钱。他们对我给他们女朋友写的那些话钦佩不已，但那些话对我来说毫无意义，我从每封信上看到的只有1000里拉。

　　然而，到了高中时期，一切都变了。我胸腔里的那颗心脏，开始剧烈地跳动起来。她的头发略带红色，她的脸是和这个国家的大地一样的土黄色，凡是她在的地方，都散发着特殊的光芒。我们一起参加了多场爱国活动，她会在诗歌和戏剧表演中呼唤祖国。

　　她送给我一根刻有巴勒斯坦的项链，我送给她一个汉萨拉（Hanzala）[②]纪念品，我们彼此交换的礼物如同祖国一样神圣。现在她离我远去了，因为命运驱使我去流亡，

# 第三章
## 一个难民的胡言乱语

待我赚钱后再把我带回来。虽然命运没有帮我回到她的身边，但我无比相信我会回到她的身边，这种信念如同信仰真主一样坚定。我爱她，就像我爱以她的名字命名的祖国一样。但我为她做了什么呢？我向你们坦承了一切，却唯独没有提她的名字。在此，我想大声疾呼，她的名字是"祖国（watan）"！

### 伊斯坦布尔

下大暴雪时，从我家到火车站大约要走半个小时。途中我们要经过一段上坡路，双脚在大雪覆盖的路面上艰难前行。即使如此，我们的生活也没有因此停顿下来，耳边传来了各种各样的声音。其中有孩子们用托盘从小山丘上滑下来的声音，有被暴风雪冲昏头脑的年轻女孩紧紧地拉着她男朋友的声音，还有一位年长的老人和他的家人玩雪球的声音。

经过长途跋涉，我们最终坐上了去机场的火车。到机场后，我们看到一个奇怪的景象：人们聚在一起，等着已经延误几个小时的飞机。一位金发女郎倚靠在长椅上睡觉，脚尖已碰到和她坐在一起的男人的嘴上，却没有让那个同样熟睡的男人醒来。

大家百无聊赖。等到航班发餐食时，旅客们自动在显示出发和抵达的屏幕前站成一排。突然，发餐食的空乘人员提高音量，我们大家围成一团听他说话。其中一位乘客无意间碰到了他的后背，那位空乘人员认为那是一种攻击行为，于是一边生气地用手拍乘客的后背，一边用英语大声地喊："你想怎样？！"

我和哥哥对这种乱局不以为意。过了一会儿，我们听到有人在上面大叫。这一次不是空乘人员的声音，而是一些航班延误了12个小时的乘客要求航空公司晚上提供酒店住宿。尽管他们朝着航班工作人员大叫，但实际上并不生气，还相互取笑着。

等了几个小时后，由于安检人员看不清我带的旅行文件，我被带去了安检室。安检官问我："你从哪里来的？"我像平常经常说的那样回答道："巴勒斯坦。"他瞥了一眼我的文件，又看了看我说："文件显示你是从黎巴嫩来的。"我说："我是一位从巴勒斯坦去黎巴嫩的难民。"这对于他来说太难以理解了，所以他把我转交给另一位安检官员。那位安检官员问我："你从哪里来的？"我回答道："巴勒斯坦。"

他拿起放大镜，把它放在左眼下，仔细地检查我的文件，然后看着我问道："你要去黎巴嫩吗？"我说："是

# 第三章
## 一个难民的胡言乱语

的。"他又问:"所以你来自黎巴嫩。"我回答:"不,我来自巴勒斯坦,在我有机会回到祖国之前,我会一直住在黎巴嫩。"我想他仍然没有弄清楚我来自哪里,但我不可能在几分钟之内就向他解释清楚所有有关巴勒斯坦的事情。在这些事情里,远的有贝尔福宣言,近的有导致我流离失所、走上流亡之路的一系列事件。最后,他认可了我的文件,领我走了出来。

去巴勒斯坦的登机口是220号。我有这样的习惯,就是每进入一个外国机场,都要去找一找目的地为祖国的飞机。这一次,飞回祖国的登机口离我自己的登机口只有几步远。我的双脚不由自主地走到了标记着"特拉维夫"的登机口。在那里,数十个乘客一动不动地站在玻璃窗前,看着漫天飞舞的鹅毛大雪,对自己遭遇的这场厄运般的大雪骂骂咧咧。候机厅的每个人都在等候着登机,但在前往巴勒斯坦的登机口候机有着不同的含义。

我走到220号登机口后,工作人员拦住我问:"你从哪里来的?"

"从巴勒斯坦来。"

他看着我脖子上挂着的巴勒斯坦项链,要求查看我的文件。看完之后,他给我指出了227号登机口的位置。

登上飞机后,一位60多岁的妇人问我能否交换位置,她说她想坐在靠窗的位置,我同意了。她问:"你从哪里来的?"我说:"巴勒斯坦。"她笑着问道:"亲爱的,巴勒斯坦哪里?"我说:"阿克。"她听到后说:"小伙子,血浓于水啊,我是雅法人(Jaffa)。"于是我们聊了很长时间,从聊天中我得知她有黎巴嫩国籍,但如果你问她是哪里人,她会立即回复你说:"我来自被称为'巴勒斯坦新娘'的雅法。"

飞机引擎产生的噪音很大,因此那位来自雅法的妇人开始用平板玩游戏。她多次邀请我加入,但我拒绝了,因为我根本不玩游戏。面对我的拒绝,她对我笑了笑。飞机起飞时,强烈的颠簸把她吓得哭了出来。飞机飞上平流层后,她又对着我笑起来,指着窗外,轻轻地拍着我的肩膀说:"我对太阳发誓,我已经五天没有看到太阳了,等你结婚的时候,我给你的新娘送一套结婚礼服。"

## 开 放

万事万物已不再是它们曾经的模样。我沿着贝鲁特的海边散步,望向对岸的陆地。如果你和我交谈一小段时间,你可能会认为我已经不再是那个日日夜夜在难民营闲逛的小

## 第三章
### 一个难民的胡言乱语

孩。但是如果你真的和我成为朋友,你就会发现我其实还是那个孩子,一点没变,你会认出我身体上留存至今的伤疤和瘀伤,或者我灵魂上的一些污点。

我要告诉你一个秘密:直至现在,我仍然像小时候那样,在中午时分追逐我自己的影子;到了晚上,会数出天空中最闪亮的十颗星星;感到饥饿时,会咬下嘴唇;一有机会,会来到海边,为日落时变红的太阳感动不已。这一切都没变,我的祖国也没变:真实和虚假并存,美丽与丑陋同在,忠诚和背叛共生,既无比接近又无比遥远,既强大又衰弱。

然而,其他的一切却已物是人非。自从看到所谓的精灵后,我已不再害怕精灵,扔垃圾也不再是我每天首先要做的事。甚至安检员的语调也变得柔和起来,对我的答案和特点十分熟悉。

黄昏时分,我沿着海边散步,眼睛盯着地平线,双手背在身后,一言不发。突然,一位女子的声音传来:"巨大的喜悦在等着你,它已透过你悲伤的眼睛闪耀了出来。"

随后,她走上前来,说自己是占卜师,她想偷偷地看我的手相。为了让我进入她设下的圈套,又说道:"你的运程被天空中的一颗星星控制着。"听完后,我沉默不语,摊开双手表示投降。她被我突然表示同意的动作惊愕得僵住了，大呼一口，沉默一会儿后继续说道："你生命中有一位遭遇磨难的女孩等着你，但连接你们的桥梁断了。事情会好转的，不过时间和移动的时钟指针一样，每个人都会经历那一天。你前面的路始于烈火，终于玫瑰花香。"我笑了，她继续说道："不要在心里对她有任何恐惧，因为没有人像她那样爱你。"我笑得更大声了，从口袋里掏出看相的钱。她说："给我最敬爱的她。"我问："谁？"她回答："你的祖国！"

## 第四章

## 成为母亲后,开始讨厌冬天

纳迪亚·法赫德(Nadia Fahed)

(沙迦,1987)

我喜欢可以在海里游泳的夏天，但是我更喜欢，或者说曾经更喜欢冬天。并不是因为冬天浪漫的气氛，或者冬天蕴含着的诗人气质，也不是因为我喜欢在雨中漫步，我喜欢冬天只有一个原因，那就是难民营的虫子会消失。

但成为母亲后，我开始变得讨厌冬天，因为它变成了麻烦和负担，成为我担心和不安的来源。每个下雨的早晨，我都必须深思熟虑，选择一条最合适的路，带着我的女儿卡玛（Qamar）离开家，把她送到娘家或婆家，让他们帮忙照看，然后我再去上班。即使只有六七分钟的路程，但在冬天，走这条路好像要花上亿万年的时间。

我一手抱着她，把她裹得严严实实的，不让她淋雨，另一只手撑着伞。

我走向主干道，穿过小巷，脚步快得近乎慢跑。这条路

## 第四章
### 成为母亲后，开始讨厌冬天

就是问题所在的地方——载着女人、儿童和男人的摩托车像闪电一样从四面八方飞驰而来。他们稳步向前移动，而我和我的女儿，还有那把伞就像阻挡如洪流般的他们的一道障碍。

为了给别人让出一条路，我不得不后退一步，或者为了让别人先过，不得不用一只手把伞收拢一半。当有人好心让我先通过时，我感到很尴尬，因为伞会碰到各种各样的东西，包括头发、衣服。

但我不得不继续向前走。很快，我就被迫买了一个特殊的背包，也就是人们通常说的"松鼠袋"。对于任何一位母亲或父亲来说，它都是一个巧妙的发明。有一只手得到解放，我的问题至少解决了一半。至少我是这么认为的，但小巷里的人有不同的想法。

想象一下：卡玛在袋鼠袋里，我撑着伞，自信地迎着风前进。突然我被一股力量拉了回来，伞从我手里被猛地拽下。我回头一看，发现伞钩在了低矮的电线和水管上。我走回去，小心翼翼地把伞取下来，并做好被电击的准备。

此时，恐惧占据了我的大脑。我回想起了难民营里由于杂乱分布的电线和水管而发生的所有电击死亡事件。如果我被电流击中怎么办？它会不会透过层层包裹的毯子传导到女儿身上？真主会不会护佑我，不会发生那样的情况？我该怎样应对？我该做什么？我抛开所有这些想法，向命运投降了。

你可能想知道：为什么要这么麻烦呢？为什么不用婴儿车呢？我已经试过了。由于难民营的道路被炸得粉碎，不适合人通行，尤其是在雨季。去我娘家和婆家那条路的地质构造奇特，不仅有土丘、滑坡、山丘，还有悬崖、斜坡和峭壁。但更大的问题是如何把婴儿车抬上我位于三楼的房间。我住的这栋楼没有电梯，没有足够的空间，也不能让婴儿车安全地放在一楼。

看来我和卡玛唯一的出路就是让我丈夫买辆摩托车。但我俩都是讲究的人，就像有些人说的那样，我们拒绝在她还是吃奶的婴儿时就用摩托车接送她。我们坚持在夏天带着她穿过遍布虫子的街道，而不是让她坐摩托车。当在路上突然遇到一只蟑螂时，我会像疯子一样尖叫，跳来跳去，你可以想象我丈夫和我是多么痛苦。尤其到了晚上，蟑螂全军出动，占据了街道，我们更加害怕。我讨厌虫子，也讨厌我自己害怕虫子。

愿我已故的奶奶安息，她总是依靠我帮她洗澡，而这给我和她都带来了不幸。每次洗澡之前，我总是让母亲去侦察

# 第四章
## 成为母亲后,开始讨厌冬天

一下浴室里有没有蟑螂或其他昆虫。奶奶的浴室不知道是如何修建的,竟然与邻居的屋顶连在一起。难民营里的房屋建筑真是奇怪!不要问我它们为什么这样设计,只要知道,那里为虫子进入浴室提供了一个便利的入口就可以了。

确定浴室没有蟑螂或虫子后,接下来轮到我做一些固定操作了。我抓着拖把的手柄,踮起脚尖站在离浴室尽可能远的地方,反复晃动拖把,制造尽可能多的噪音,以使我的敌人有机会离开战场。之后,我会走近一点,再次重复我的动作。确定没有虫子后,我才会允许奶奶靠近,像往常那样开始洗澡。由于房间太小,容不下我们两个人,因此我们很快感到窒息,产生幽闭恐惧症。门关着,我觉得自己被困住了,如果一只蟑螂不知从哪里冒出来,我将无路可逃。对我来说,那是一个真正的恐怖来源,可怜的奶奶能够感觉到我内心的焦虑和紧迫感。但她从来没有意识到,我之所以这样,是因为我害怕虫子,而不是因为我不愿给她洗澡,对她感到厌恶。但我从来不敢把真相告诉她。如果我说"我怕有蟑螂",我会觉得自己非常愚蠢。她是那种用手就能把蟑螂赶走的人。对于她来说,打蟑螂就和打苍蝇一样简单。

更糟糕的是,我的奶奶是本土制造的肥皂的忠实爱好者,尤其青睐那种用橄榄油制成的肥皂,她坚决拒绝在她的头发上使用任何其他洗护产品。而用肥皂给她洗头，又会花费很长时间，这增加了我的痛苦和焦虑。在劝她用洗发水上，我从来没有成功过。随着难民营的水质恶化，盐分越来越高，奶奶开始厌倦无休止地用肥皂擦洗头发，却没有产生泡沫。因此，她最终同意使用洗发水。那一刻我等了好久，可惜的是，她不久就推翻了那个决定，因为她的皮肤对洗发水过敏，用她的话说，是"你们用的洗发水"导致的。

当然，让她用洗发水，只是对一个一生都在使用天然肥皂的女人的期望。早在她青年时期，她就开始自己制作肥皂。我还记得她制作肥皂的过程。她备好一大堆肥皂原料，在屋顶架起一口大锅，把肥皂原料倒进锅里，烧火。皂水沸腾后，她把它们倒进一个个小方块状的金属模子里，同时叮嘱我和兄弟姐妹们不要在附近玩耍。她一只眼睛盯着我们，另一只眼睛盯着散布在屋顶上的各种盆栽植物。

我们永远无法理解为什么已经20世纪了，各种颜色和品种的肥皂都买得到，她还要大费周章地自己去制作肥皂。作为小孩，我们没有意识到她的行为是多么具有先见之明，多么健康和环保。如今，医学研究不断警告我们，使用含有各种化学添加剂的肥皂和洗发水会给人带来危险和危害。

从这个角度看，我的奶奶远远地走在我们前面，她所有

# 第四章
## 成为母亲后，开始讨厌冬天

的日常活动都是对环境友好的。她总是自己缝衣服，重复地使用和回收布料。她不喜欢使用纸巾，喜欢收集空容器、玻璃罐和塑料袋。

她有这种习惯，和其他老人不一样，她不是一时的妄想和冲动，也不是因为害怕丢失东西，或者纯粹是囤积癖，而是因为我那在阿克区的谢赫·达乌德（Shaykh Dawud）出生和长大的奶奶对那片土地，以及那里的乡村生活怀有深深的热爱之情。

尽管奶奶在洗澡这件事上，把我们带回到了原生态，但我还是下定决心给她用洗发水。我开始在她还没有注意之前，在她用肥皂擦洗和梳理头发之前，给她的头发抹上一点洗发水。在我看来，这是一种折中，既让我安心，也让她感到满意。

我总是担心我会把对蟑螂的恐惧遗传给我的女儿卡玛。到目前为止，我始终无法理解为什么她对这件事一无所知。看见一只蟑螂经过时，她不会感到不安，相反会变得很兴奋，会跑过来用脚踩碎它。看到这一切，尽管我的嘴角总是挂着一丝淡淡的微笑，但实际上我微笑只是为了掩饰我的恐惧。我不希望女儿利用我的这一弱点来要挟我，去得到她想要的东西，如一块巧克力。

我从小就很讨厌蟑螂,所以我经常折磨它们。每当在我们家的走廊或屋顶上看到翻过来的蟑螂时,我就点起蜡烛,把熔化的蜡一滴一滴地滴在蟑螂的身体上,把它们变成石化的蜡像。

我曾经看到过这样一则新闻:蟑螂是唯一能在原子弹爆炸中存活下来的生物,而且它可以在没有头的情况下存活十天。这让我有更多的理由去憎恨和厌恶那个令人作呕的生物。

记得有一次,我参与了一场关于超自然现象和末日审判动物的对话,尤其是那些被人类折磨过的动物。我的一个朋友说,动物会用同样的手段向伤害过它们的人报复。这让我吓了一跳,那个规则也适用于虫子吗?那是一个多么令人可怕的灾难。你能想象一只和人一样大小的蟑螂报复你吗?那岂不是纯粹的炼狱?

与蟑螂相比,我一直很喜欢蚂蚁。每当我在屋顶或房子的各种缝隙里发现它们时,一定会给它们撒一些糖。有时我会仔细观察它们,一直观察到我睡着。等我醒来,会发现它们已经完成了自己的使命,把我撒下的糖一粒一粒地搬进了缝隙。我对母亲很不满,因为母亲总是让父亲把所有的缝隙填满,清除蚂蚁和它们修建蚁巢而运来的泥土。不过,我相

## 第四章
### 成为母亲后,开始讨厌冬天

信它们总会找到重新打开裂缝的办法或新的出口。当我特别无聊的时候,我可能会直接帮它们重新打开一条新的裂缝。

难民营的房子大多建在沙土上。难民来到这里后,最开始会在这里搭建临时帐篷。之后,他们会用黏土和稻草来建造房子。基本框架建好后,再在上面盖上铁皮作为屋顶,这样就建成了与当今世界格格不入的房屋。即便如此,这些房子修起来也十分不易,因为修房子用的建筑材料需经过长期斗争才能运进营地。

奶奶为我们现在的房子捡来了第一块石头,就像我们社区和难民营其他社区的人一样。他们自己建造房屋,其中没有任何规划或工程设计,也没有得到过类似于规划或工程设计那样的帮助和专门指导,他们只是按照自己的感觉和手头能够得到的任何东西来建造房屋。奶奶从难民营四周收集废弃的建筑材料,或者从更远的建筑工地收集废弃不用的材料,把各种形状和颜色各异的瓷砖带回来铺地砖,使得我们家房间的地砖像马赛克一样。当我们打趣那些五颜六色的地砖时,她会带着几分骄傲,果断地回答:"我们是第一个在地上铺瓷砖的家庭,其他人都是浇筑混凝土。"不过,我们经常惊讶地发现,朋友或邻居家的地砖有和我家地砖相同风格的瓷砖。这时,我们会说:"敬爱的奶奶,只需要一块那样的瓷砖就可以拼成我们家那样的样式了。"

除了蚂蚁，我最喜欢的动物是猫，比起来自外国的猫或者我们喜欢说的"资产阶级的猫"，我更喜欢难民营的猫。我们家从来不缺少猫，我会把它们养在屋内或屋顶上。

我养过很多奇怪的猫，其中一只给我带来了馈赠和回报。对于这一点，信不信由你。至少，从猫的角度来看，它们确实给我带来了回报。

那只最奇怪的猫叫穆舒（Mushu），十分不可思议。它会在房间里快速移动，尽情玩耍，自娱自乐，还会像火箭一样蹿到屋顶上，消失一段时间，然后带着一些猎物跑回来。一天晚上，它像往常一样蹿到屋顶上，带着一只死鸟回来。我猜它是想向我展示它高超的狩猎技巧，但很明显，它发现这只鸟时，鸟就已经死了，因为鸟已经变干了。我没有理睬它，于是它又像火箭一样蹿了出去，带着另一只鸟回来。这次，我骂了它。被骂后，它躺下来，蜷缩成一团。突然，它又冲了出去，带回了一只蟑螂，把它放在我的面前。简直恶心至极！幸好，那只蟑螂正在垂死挣扎，几乎动弹不得。

经过严厉的训斥，它改掉了这个习惯。但是，几个晚上后，它抓回一只兔子，吓了我一跳。那天晚上的情景是这样的：我快睡着时，感觉到穆舒嘴里叼着一个什么东西，跳

# 第四章
## 成为母亲后，开始讨厌冬天

到我的床上，把那个东西推到我旁边。整个晚上，我因为害怕，心脏几乎停止了跳动。直到我跳起来开灯，才发现那是一只和穆舒体形差不多大的活兔子。我惊讶极了，也很高兴。我抱起穆舒，一边亲它，一边说："多么英俊潇洒的猫啊！多么令人开心的场景啊！你从哪里抓到它的？你到底是怎样把它带回来的？"后来，我得知那只兔子是邻居家的，但我一直没有向邻居坦白，而是把兔子养了起来，好像它一直是我的一样。

我的女儿卡玛也很喜欢猫。由于奶奶家经常有许多流浪猫，因此她喜欢去我奶奶家玩。对那些猫来说，那里十分平静和安全。它们也习惯了那个地方，对拜访的客人习以为常，看到我们时，从不躲藏或跑开。奶奶很喜欢我们经常去看她。见到我们，她很开心，好像她的生命再次恢复了生机一样。有一次，我看到她正和卡玛玩耍，听到她说："卡玛，我的小兔子，过来，把这枚硬币拿走。"

我目瞪口呆——我以为她只会对我用那个昵称。我坚信，这个昵称是专门留给我的，是我的小名。它总是和叮当叮当的声音同时出现。那时，奶奶会轻轻地拍着我说："我希望你永远不会死，亲爱的。当你躺在你的坟墓里时，不要害怕。"

让我难过的是，卡玛不会记得我的奶奶，对她们一起度过的时光也不会有特别的记忆。但我知道我应该告诉她很多有关她的故事和逸事。奶奶过世的时候，她才一岁半。我一直不能接受奶奶已经去世的现实，也不愿去她的墓地祭拜。一想到她在那里，我会变得烦躁不安。我并不怀疑真主的意志和审判，也不怀疑死亡的真实性，但它确实让我充满痛苦、愤怒和悲伤。她怎么能在流亡之中死去？直到生命的最后一刻，她还在梦想着回到自己的家园，现在却不得不以难民的身份被埋葬在陌生的地方。

即使是逝去的难民，也应该返回巴勒斯坦。奶奶的肉体应该回到她出生长大的村庄。我不知道我们巴勒斯坦的领导人是否关心这件事，但作为难民，我认为返回巴勒斯坦是每个难民的权利，无论生死。

奶奶一直坚持与她在谢赫·达乌德村的亲戚保持联系。她活着的时候，通信技术还没有现在这么发达。电话交换机是她联系和问候他们的唯一手段。无论什么时候她叫我陪她一起去拨电话，我都会陪着她。我不知道她为什么坚持很早就去，也不知道我为什么会同意陪她一起去，替她顺利地把电话打出去。到了之后，我得敲响电话接线员的家门，叫醒他，说："我奶奶想给她在巴勒斯坦的家人打电话，非常紧

## 第四章
### 成为母亲后,开始讨厌冬天

急,麻烦接通一下。"我想,如果不是我说情况紧急,他可能会责备我这么早打扰他睡觉。

然后我走去离电话接线员家几步之遥的电话交换机那里,奶奶正在那里等着。

"亲爱的,在吗?"

"是的,他在,但我得告诉你,他还在睡觉,现在还早。他准备好了,会尽快来这里。"

之后,他出现了,说:"来吧,来吧,乌姆·哈耶耳(Umm Khayr),请进。"

"亲爱的,你好吗?愿真主保佑你,让你顺顺利利的。亲爱的,你的爸爸妈妈好吗?"

一进去,奶奶就把电话簿递给我。我找到阿布·易卜拉欣(Abu Ibrahim)的电话号码,或者奶奶同姓家族的任何一个人的电话号码后,就把电话号码递给那个人,让他拨通那个号码。就是通过这样的一种方式,她了解到了远在家乡的亲人们的现状,知道谁结婚了,谁生了孩子,谁死了。

她不停地谈论她在巴勒斯坦的生活。我经常怀疑她说的一些话的真实性,尤其是涉及她家的土地所有权、她家美丽的房子以及她在那里光鲜亮丽的生活等诸如此类的话。我认为这是一种因渴望、向往和回忆而说出来的夸张言论。

但后来我才知道,她说的一切不仅没有夸大其词,反而十分低调含蓄。她描述的细节都是准确的,没有错误。实际上她的家乡比她描述的更美,比我想象的更可爱。

我是得到真主恩典的少数幸运儿之一,因为我有机会回到巴勒斯坦。我和我的两个朋友决定,如果我们不回到我们的家人流离失所前的村庄,那么重返巴勒斯坦就没有意义了。由于我们没有从占领当局那里得到进入1948年被占领地区的许可,因此向来自耶路撒冷的一位勇士寻求帮助。那位勇士会把巴勒斯坦工人从约旦河西岸偷运至"内部"。他心里记着巴勒斯坦每个村庄的名字。我一说我来自谢赫·达乌德,他就知道了,脸上露出笑容,喋喋不休地说出几个邻近村庄的名字。

我们所要做的就是穿过约旦河西岸的边界,通过以色列的一个检查站。这名来自耶路撒冷的男人有一辆以色列牌照的汽车,使他可以进出约旦河西岸。他告诉我们,万一他们在检查站拦住我们,查看他的汽车许可证,我们要保持安静、放松,表现自然点,以免引起怀疑。

当我们到达第一个检查站时,士兵们让他下车,并带上车内每个人的身份证。我们想着,这应该是最简单的检查,然而,我们搞砸了!他们开始仔细检查我们的文件。当看到

## 第四章
### 成为母亲后,开始讨厌冬天

那个人带着一个士兵过来时,我们努力保持冷静。

士兵把证件递了回来,说:"他们不能通过,他们没有许可证。"

那个男人返回车里,说:"他们不让我们通过。别灰心,我们去其他检查站试一试。"

我们在心里默默祈祷,希望第二个检查站不要那么严格。果然,士兵们只要求出示汽车许可证,然后挥手让我们过去。通过检查站后,我们走在了实现回归梦的路上,终于松了一口气。

我们先开车去雅法,然后去阿卡。进入阿卡区,村庄的名字就出现了。当我看到谢赫·达农(Shaykh Danun)村的名字时,我几乎无法控制自己,因为它和谢赫·达乌德村相邻。我们不知道我们要去哪里,因为我们只知道姓氏。当到达谢赫·达农时,我们向村里的屠夫打听法赫德一家的情况,他示意我们继续上山。一路上,我左顾右盼,看看是否能辨认出任何与奶奶描述相似的地方。

"是这里吗?不,不可能是这里。再往前走一点。"一会儿之后,"等等,停在这里。那一定是他们。"我不知道我是怎么知道那就是我要寻找的正确的地方的,我只知道,我认识那所房子和里面的居民仿佛已经很久了。

汽车停在一扇金属大门前,门后坐着一位老人和两位女士,他们正悠闲地喝着下午茶。

"你好,亲爱的,请问这是法赫德家吗?我们想确认一下。"

"是的,亲爱的,欢迎进来。"这位老人惊讶而又不安地回答道。他看着我们,就好像我们是一群刚从宇宙飞船走出来的外星人。

我的天啊,我来到了奶奶的老家,回到了我所属的村子里,我来自这里,这就是我家的房子,这是我要来的地方,是我每个周末和暑假都应该来的地方。为什么我不住在这里?为什么我在那边?为什么我是一个难民,要住在黎巴嫩那悲惨的难民营里?

我走近他们说:"我来自黎巴嫩,愿真主赐予你力量。我是哈耶耳·法赫德(Khayr Fahed)的女儿,我的奶奶是乌姆·哈耶耳·胡赛尼(Umm Khayr Hussani)。"她名叫胡斯尼亚(Hussniyya),胡赛尼是她的姓,也许是因为她有一副优美动听的嗓音,经常在婚礼上唱歌,所以人们给她取了这个昵称。她就像一只唱着甜美歌曲的鸟儿。

老人长长地叹了口气,从椅子上站起来拥抱我,说道:"亲爱的,你身上散发着珍贵的气味。"语毕,我们都哭了

## 第四章
### 成为母亲后,开始讨厌冬天

起来。

亲爱的奶奶,没有您的生活是无味的。您让我的喉咙哽咽了,好像里面有一个大肿块,让我痛得窒息。亲爱的奶奶,我参观了我们的故乡。我设法从占领者设的关卡通过后,看到了您的亲戚,也是我的亲戚。我把与您有关的事情告诉了他们,他们也告诉了我有关您的事。他们讲述了你们共同的回忆。我在村里散步,敬拜了神庙,读到了为您那殉难的兄弟萨利赫(Salih)所写的墓志铭,听到了您给我讲过的很多有关他的故事。我站在您出生和成长的房子的废墟上。那里的环境和您描述的一样,只是它们更加可爱。

命运如此残酷,它拒绝了您希望在自己的家园死去的简单愿望。一想到我可能会死在遥远的地方,我就害怕。您的坟墓应该在这里,而不是在那里,在那被强制流亡的难民营里。

我向您保证,有一天,我会坐在您的墓前,为您的灵魂诵读逝词。但它会在这里,而不是那里。在这里,您最喜欢的柠檬树仍记得您,想念您,等待着您。

# 第五章

## 达乌克：一个墓地

尤瑟夫·纳纳（Youssef Naanaa）

（贝鲁特，1957）

我在父亲的棺椁里,小心翼翼地放下一个锡盒和大小不一的信封,愿他安息。葬礼仪式和哀悼结束后,我又独自坐在他的棺椁前,看着埋藏着他秘密的宝库。

那个锡盒存放着他精心收集的照片,其中一些是他从巴勒斯坦带来的,一些是他年轻时拍的。让他特别自豪的是他在黎巴嫩旅游时与阿拉伯艺术家拍摄的照片,那个时候,他刚和家人一起移民到黎巴嫩。他曾与埃及喜剧演员哈桑·法伊克(Hasan Fayiq)和演员侯赛因·苏奇(Husayn Sudqi)见过一次,里面还有我们小时候在户外庆祝节日时的照片。其中一张照片的背景是已故埃及领导人贾迈勒·阿卜杜勒·纳赛尔(Jamal Abdul Nasir)伸出手与我们握手,而这些只是在不同场合拍摄的众多照片中的一部分。

信封和里面的东西一样陈旧,里面有各种文件、出生证

## 第五章
### 达乌克：一个墓地

明，以及我们读小学时的成绩单。其中真正的宝贝是一个仔细折叠起来的信封。那封信被精心地保存起来，好像里面装着圣物一样。我打开它，发现了有关爷爷的一些事情。从信中，我得知爷爷是雅法的一名古董家具商人，因此文件里有销售发票和租赁合同。文件里面还有我大姑姑家房子的地契和她那印着三种语言，即阿拉伯语、英语和希伯来语的巴勒斯坦护照。

记忆把我带回到了我的家人从巴勒斯坦刚刚移民到贝鲁特的那个时候。那时，他们还没来得及安全上岸，乘坐的船就几乎被摧毁。起初，他们向我拥有黎巴嫩血统的奶奶的亲戚寻求庇护，在那位亲戚家待了一小段时间，后来先后搬迁至各个地方，其中包括位于贾鲁尔（Jalloul）和烈士公墓之间的马厩。最终，他们在贝鲁特的达乌克安下身来。这块长不足40米、宽不足30米、面积不超过120平方米的地是达鲁克家族捐赠的，专门用来安置巴勒斯坦难民。难民们在返回家园之前，都可以暂时住在这里。地的西侧是萨布拉广场（Sabra Square）和伊斯兰老人之家，北侧是拉瓦斯街（Rawas Street）。

达乌克只有一扇门通向萨布拉的主要街道。居民们说，1960年以前，这扇门由黎巴嫩情报局（Deuxième Bureau）[①]

的人管理和控制,他们会仔细监视所有进出达乌克的人,特别是那些从很远的地方来的。他们会询问他们与本地居民的关系,以及他们进来的目的,而这样做只会让那里的人的生活变得更加困难。

外面的一排商店如同围住达乌克的一堵墙。正门的一侧是卖糖果和冰激凌的苏比·巴塔尔(Subhi al-Batal)商店。店主是我的第一个顾客,因为我给他画了一幅画,画中有一个男孩把冰激凌甜筒挂在了他用来送货的自行车的侧面板上。对这幅画,我向他收费1里拉。正门另一侧是阿布·穆哈迈德·亚西尔(Abu Muhammad al-Yassir)开的商店,在那里可以买到夹有各种肉的三明治以及酒精饮料。阿布·穆哈迈德有自己特殊的制作方式。他把各种各样的肉、蔬菜和泡菜准备好,有条不紊地把它们排成一排,然后给自己倒一杯亚力酒。如此,特制的什锦开胃小吃就做好了。然后他会点上一支烟,打开盒式录音机,大声播放"东方之星"乌姆·库勒苏姆(Umm Kulthum)的歌曲。喝完一杯酒,梳洗一番后,他才开始为顾客服务。

在他隔壁的是阿布·马哈穆德(Abu Mahmud)开的一家卖ful[②]、鹰嘴豆沙的商店。这家店的附近有一家专门修理和焊接水轮机和煤油加热器的公司,老板是阿布·哈

## 第五章
## 达乌克：一个墓地

利勒·马萨勒基（Abu Khalil al-Masalkhi）。旁边是一家属于阿布·胡萨家族（Abu Husah）的果汁店，接着是哈马米（Hammami）超市和烘焙工坊，以及两家杂货店，其中一家是阿布·马尔万（Abu Marwan）开的，另一家是阿布·阿达斯（Abu Adas）开的。阿布·阿达斯开的店有一扇窗，透过那扇窗可以看到我们家的小巷，他常常从那里把我们买的杂货递进来。

还有一家批发出售谷物和石油的商店，这是阿布·泰西尔·亚祖里（Abu Taysir "al-Yazuri"，来自巴勒斯坦亚祖尔村）引以为傲的资产。叶海亚·乌贝德（Yahya Ubayd）开的伊蒂哈德书店（al-Ittihad）是我们购买文具和贺卡的地方，也是我们收取信件的地方。最好的椰枣糖果来自阿布·阿卜杜勒·阿赫瓦尔（Abu Abd al-Ahwal）商店，它的隔壁是萨拉希（al-Salayhi）咖啡馆。在爷爷去世前，我和他在那里喝了我们的最后一杯茶。那天，好像是他最后一次出来。他一一拜访了所有店主和他的朋友，我们还买了一些上等小麦粉，用这些小麦粉亲手做阿西达糖（asida）。右边是阿什（al-Ashi）肉店和法齐·乌贝德（Fawzi Ubayd）的广播电视修理店。

从达乌克还有另一个出口通向"航空"区，之所以给它如此命名，是因为它是贝鲁特第一个机场的所在地，靠近现在的市体育场。但进出达乌克主要通过正门，年轻人会聚集在那里聊天和讲笑话，他们就像兄弟一样。每当一名年轻女子独自走出大门时，其中一名年轻男子就会偷偷地跟着她，以确保她不会被任何人拦截骚扰。她一到目的地，护送她的年轻人就会回来。

由于该地区不在近东救济工程处划定的服务范围内，因此达乌克没有得到近东救济工程处的任何服务，居民们只得通过合作来获得基本服务，确保生活必需品得到供应。在达马克，那里即使有电照明，也很昏暗。房子由于潮湿和水管的原因，墙壁上长满了苔藓。房子是毗连的，你能听到邻居们私下谈话的声音。狭窄的巷子彼此交织，两个人不能同时并排通行。这里盛传一个笑话：我们的父母必须先把家具搬进来，然后围着家具盖房子。达乌克的水沟裸露在外，只有小部分有遮挡物，因此它成了老鼠和其他害虫天然的庇护所。当我们深夜回家时，需要跺脚，大声唱歌吓跑老鼠，以防止它们靠近。

我来到这里第一次睁开眼睛，就看到一个房间。房里放着父母的床，一个有三个柜门的木制衣柜，还有一大堆床垫。到了晚上，父母会给我们铺好床垫，这样我们就可以并

## 第五章
## 达乌克：一个墓地

排睡觉。我睡在五个兄弟和两个姐妹旁边,我们像罐头里的沙丁鱼一样挤在一起。我们中最小的孩子会睡在一张由一块木板组成的吊床上,吊床上有被褥,用绳子从天花板上吊起来。有一次,我弟弟贾迈勒(Jamal)使劲摇晃着我们最小的弟弟,吊床砰的一声砸在衣柜中间的门上,把门砸碎了。母亲和父亲晚上从邻居家回来,看到砸坏的衣柜,惩罚了贾迈勒。但由于弟弟毫发无伤,惩罚并不重。

我的爷爷和奶奶住在我们隔壁的一间屋子里,一有孩子进入青春期,他们就把他或她带在身边。第一个离开的是我的大哥祖海尔(Zuhayr),他是我奶奶的心肝宝贝。他是个循规蹈矩、心平气和的孩子,最重要的是,他睡得很早,睡前不会哭闹。接下来的是我的哥哥穆赫辛(Muhsin)。由于他有时整夜不睡,在房间里不停地走来走去,没完没了地问问题,因此爷爷总是被他惹恼。爷爷是个善良而有耐心的人,但面对这种情况,他很快也束手无策。一天晚上,当他想和我奶奶单独待一会儿时,他会对我父亲喊道:"艾哈迈德(Ahmad)!祖海尔可以和我们一起住,但穆赫辛不行!"

除了这两间卧室,我们家还有一间狭小的房间作为客厅。那间房上面盖着波纹状铁皮作为屋顶。冬天,雨点打在屋顶上，发出悦耳的声音，那声音听起来像是有各种各样韵律和曲调的交响乐，而下冰雹时，这首交响曲就变得令人厌恶起来。一到夏天，它就变成了一个炙热的火炉。我们只能躲进卧室，或者跑去外面的巷子乘凉。与客厅分开的厨房也是我们洗澡的地方。那是一个小房间，里面有一个水池，水池旁边放着一个木架子，上面装着三个煤气炉。周围的架子上放着许多锅碗瓢盆，当然，厨房里还有必不可少的煤油加热器。厕所就在房子的入口处，厕所的门是一扇满是洞的木门。上厕所时，只要房子的正门打开，我们就可以透过门上的洞看到路人。不过，由于空间狭窄，没有人会在那里待太久。

我的叔叔住在我们家房顶上加盖的一间房里，屋顶其他地方拉着晒衣绳。屋顶一角有一个大花盆，里面种着一棵女贞树，香气扑鼻，爷爷很喜欢。如果你要去屋顶，必须先爬上一把木梯子。叔叔的房间里放着一张床、一个有两扇柜门的衣柜，以及一个煤油加热器。我们在那里度过了许多愉快的时光，尤其是在冬天的时候，他会点燃煤炉，把一个锡盒放在火焰上，给我们烤栗子吃。他还向我们解释说明为什么那样做，说那样可以降低火的温度，使得栗子不会烧焦，熟得更加均匀。有时他会把栗子、红枣和红薯放在一起烤。这

# 第五章
## 达乌克：一个墓地

些事情仿佛就发生在昨天，烤栗子和红枣的味道还萦绕在我们的舌尖。

叔叔有一副好嗓子，还会打手鼓。他经常参加音乐聚会，晚上喝得酩酊大醉后，慢慢走回家。他还会推着手推车卖蔬菜、鸡和糖果。学校放假期间，我经常陪他去卖东西。对于我的加入，他很高兴，因为他经常说，有了我的帮助，他才能早早地把商品卖出去。他的顾客很喜欢他，尤其是女顾客，因为他说话的方式和敏捷的头脑，她们有时候甚至会穿着睡衣就出来看他。

在宰牲节之前的一次出摊中，一个女人从二楼的窗户向我们喊道："要两只活鸡。"叔叔称完重后，我负责把它们拿到她那里，收回钱。那天结束出摊后，就像我叔叔经常说的那样，"由于真主恩赐"，我们又经过了那个女人的家。她对我叔叔喊道："喂，卖鸡的，鸡死了！我把它们放在屋顶上就死了。"那时是夏天，烈日当头，热得要命，所以叔叔用他一贯的机智回答说："如果把我留在外面，我也会被晒爆的！"那个女人笑了，我们也跟着笑了起来，然后继续上路。

叔叔小时候患过眼病，后来病情加重，视力变弱。不知道这是否与他在同一时期突然改变生活方式有关。他是个半文盲，但把《古兰经》背得滚瓜烂熟，从一个热爱音乐和歌曲的人，变成了一个诵读《古兰经》的人，一位宣礼人和一位伊玛目。但他的幽默感、社交能力以及开放的思想从未失去，因而他成了一位"现代谢赫"。他洪亮的嗓音使他在背诵《古兰经》和吟唱宗教音乐时，表现得格外出色。

叔叔结婚较晚。婚后，他不得不从房顶的小房间搬出去，找一个新家。在我童年的大部分时间，我家隔壁住着一个从黎巴嫩南部沙希姆（Shahim）镇流亡而来的年轻人和他的母亲。那位年轻人的名字叫侯赛因（Husayn），我们一般叫他侯赛因·沙希米（Husayn al-Shahimi）。这样叫他是因为我们不知道他的姓氏。他在母亲去世后，决定搬回老家，于是新婚的舅舅买下那座房子，搬了进去。

当我们还是孩子的时候，达乌克的小巷就是我们的世界和游乐场。我们会组织足球赛，玩夺旗游戏、跳房子和其他各种各样的游戏。一年中最重要的节日之一是纪念先知的诞辰，那时，我们会在巷子里用木炭画一个圈，在上面浇上煤油，晚上把鞭炮、烟花一起点燃。

如果说童年是我生活中的一场梦，那么青春期就是我永远都在试图重新捕捉的一系列画面。让我试着回忆我进入青春期的那些时刻。隔壁的女孩长大成人，她的脸庞焕发着容

## 第五章
### 达乌克：一个墓地

光，身材匀称，浑身散发出女性气质。看到她，我感觉我身上那股男子汉气概不由自主地显现出来，不断地试图吸引她的注意力。我会躲在一旁，观察她家门前的巷子，等她出来打扫或拖地。如果我足够幸运，她会朝我的方向看一眼。只是一眼，就足以让我感到自己已经征服了她。

在达乌克，我们总是从附近邻居开的商店购买生活用品。其中有阿布·阿德南（Abu Adnan）开的杂货店，有"谢赫"沙班（"al-Shaykh" Shaban）开的菜店，沙班之所以有这个绰号，是因为他会用蘸有墨水的笔在患有腮腺炎的儿童的脸上写下《古兰经》的句子。人们普遍认为，随着墨水褪色，肿胀会慢慢消退，如果墨水完全消失，肿胀也会完全消失。此外，还有阿布·艾哈迈德·阿斯拉夫（Abu Ahmad Asraf）开的泡菜店和阿布·卡巴（Abu Qaba）家族开的面包蛋糕店，在那里，我们可以用很少的钱买到剩下的碎面包。阿尼斯·乌玛里（Anis al-Umari）开了一家裁缝店，专门做衬衫。还有一家肉店，老板是哈吉"卡克"（al-Hajj "al-Kak"），"卡克"是他的绰号。阿布·胡萨（Abu Husahs）甚至还开了一家专门洗胡萝卜、苹果等水果，并给它们切片的店，这些处理好的水果会被送到小区外的果汁店。

我们最喜欢的是卖糖果的流动摊贩纳吉（Naji），他60多岁，个子高高的，留着灰白的长发，脸颊上长着深深的皱纹。即使在盛夏，他也总是穿着一件厚重的外套，卷起裤脚，脚踩一只破旧的鞋子。他推着一辆破旧的婴儿推车，里面装满了各式各样的糖果、五颜六色的气球，以及各式各样的玩具。纳吉十分大方，如果孩子没有钱，却想要买他的东西，他会免费送给他们。最让我吃惊的是，他会给孩子们一支塑料手枪，让他们瞄准附近屋顶上的一根类似于晾衣绳的目标，对着它开枪。孩子们开枪后，他会大喊："嘣！厉害！你打中了！"尽管晾衣绳或其他目标没有被打中，但他仍然会给孩子一个礼物，作为他射击得好的奖励。我不知道他是在拿孩子们开玩笑，还是只想让我们开心。

纳吉拥有大学学历，会说几种语言。人们过去常常取笑他，说他就是因为接受太多教育，读了太多书，掌握的知识太多，而被逼疯了。这是人们普遍的看法。后来，纳吉失踪了很长一段时间，最后我们得知他已经去世了。而从那以后，孩子们脸上的笑容也消失了。这给我们留下一个问题：究竟谁才是真正的疯子？

达乌克的居民像住在许多间不同的房子里的一家人一样，到斋月，我们俨然成了一个真正的大家庭。开斋时，

# 第五章
## 达乌克：一个墓地

邻居们相互交换食物和甜品，以及各种各样的菜肴。斋月的最后一周，小商店大量进货，店里堆满了粗面粉、坚果、椰枣和各种起酥油。每天晚上，妇女们都会聚集在一起，为庆祝开斋节准备名叫ka'k③的糕点。她们每天晚上都聚集在不同人家里，准备开斋的食品，直到她们为每个人都准备了足够的糕点为止。我母亲那边的Sitti④哈蒂·乌姆·阿里（Hajjeh Umm Ali）总是会出现在晚上的聚会中，她在准备糕点时是最积极、最热情的那一个。而我和其他年轻人负责把装着糕点的大圆铝锅搬到两家面包店中的一家。我们把它们顶在头上，带到艾哈迈德·哈吉（Ahmad al-Hajj）的面包店或阿布·哈塔（Abu Hattah）的面包店。直至黎明，面点烘焙完成后，运送糕点的人才会回家。

在开斋节前夕，萨布拉广场变成了一个繁忙的市场，进驻的商户就像蜂巢一样密密麻麻。屠夫会在这里卖肉和活鸡。装着鸡的笼子重重叠叠地堆在一起，屠夫站在秤的后面，随时准备为顾客选好的鸡称重。称完重量后，站在沸水旁边的男孩会拿起屠夫宰杀完毕的鸡，把它放在水里烫，然后扔进拔毛器。那个拔毛器是一个旋转的桶，里面有一个像小橡胶手指一样的突出部分。在那里，鸡毛会被全部拔光。拔完毛的鸡用水冲洗过后，便可以交给顾客。

整夜未眠的屠夫们在他们店铺的周围建造了一个临时马厩，用来拴住或用木板挡住他们的牛羊。如果你晚上在达乌克闲逛，你会听到煤油加热器发出的嗡嗡声，这是准备晚餐的声音，你会闻到鸡肉和覆盖着坚果的饭的香味，你会听到母亲们催促她们的孩子快点洗完澡的声音，这样他们早上就能穿上开斋的新衣服了。

在黎明的晨礼之前，男人们会在他们儿子的陪同下前往清真寺进行开斋礼拜。此时，他们会穿着传统的abaya⑤长袍和戴着白色无边便帽，这些都是每年从麦加朝圣归来的朝圣者带回来的。在从清真寺回来的路上，他们会路过咖啡馆和糕点店，买kanafeh⑥做早餐。我们沉浸在开斋和穿上新衣服的兴奋中，早早起床来迎接盛宴。我至今仍然记得开斋节那天的早晨，我去看望了我的姑妈——敬爱的乌姆·阿里（Umm Ali）。

她半身瘫痪，无法站起来。当我拿着橙子敲她的家门时，她的丈夫开了门。她躺在床上，头靠在床头。没有生过孩子的她看着我，眼里含着泪水。我微笑着大步走向她，说："祝你年年幸福美满！"我一靠近她，她就急忙把我搂在胸前，让我拥抱她。我能闻到她穿着的白色睡衣散发出的一股芳香。她亲吻了我，在我的脖子上深深地呼吸，然后不

第五章

达乌克：一个墓地

顾我的推辞，坚持要给我一些糖果和一笔钱作为礼物。她告诉我，我做了大人都没做过的事，去看望了她。后来，她病逝了。每个人都无比想念她，为她哭泣。女人们无论何时聚在一起，都会亲切地想起她，尤其是在开斋节的时候。愿敬爱的乌姆·阿里安息。

我们仍然与我们一起生活和长大的一些家庭保持着密切的联系。虽然我们已经与其他人失去了联系，但他们的名字仍然镌刻在我们的记忆中。其中有沙卡特纳（Shakatna）、阿瓦尔（Ahwal）、西里（Sirri）、加扎拉（Ghazalah）、马拉卡（Maraqah）、伊斯干达拉尼（Iskandarani）、萨迪（Sa'di）、索万（Sawwan）、伊尔瓦迪（Irwadi）、坎布尔（Qambur）、萨利（Sahli）、亚辛（Yasin）、胡瓦鲁（Huwaylu）、穆佳伊尔（Mughayyir）、阿布·阿达斯（Abu Adas）、哈拉克（Hallaq）、阿布·卡巴（Abu Qaba）、卡赞达尔（Khazandar）、布海里（Buhayri）、米娜为（Minawi）、亚瑟（Yasir）、西尔汗（Sirhan）、法尔（Far）、马斯拉卡维（Maslakhawi）、阿亚什（Ayyash）、汉丹（Handam）、卡西塔（Kasita）、萨迪克（Sadiq）、哈班（Ghaban）、阿斯拉夫（Asraf）、布什纳克（Bushnaq）、沙斐仪（Shafi'i）、卡巴拉

（Kabbarah）、加扎维（Ghazzawi）、拉哈姆（Lahham）、扎伊丹（Zaydan）、哈飞（Hafi）、阿布·沙纳布（Abu Shanab）、达巴比什（Dababish）、赛伊迪（Sa'idi）、桑杜斯（Sundus）、扎伊丹（Zaydan）、萨法迪（Safadi）、扎伊尼（Za'ini）、祖格比（Zughbi）、乌韦斯（Uways）、辛达维（Hindawi）、马什哈拉维（Mashharawi）、阿卜杜勒·拉希姆（Abdul Rahim）、阿布·阿法什（Abu Afash）、纳纳（Na'na），他们都是来自巴勒斯坦城镇和乡村的人。

1969年，我母亲脑中发现肿块，必须通过手术切除。手术后，她失去了记忆。同一年，我爷爷去世，他是我的导师，也是我最大的支持者。我常常给他读安塔尔·本·沙达德（Antar bin Shaddad）的故事和好色之徒萨勒姆·阿布·莱拉·穆哈哈尔（Salem Abu Layla al-Muhalhal）的故事，是他把我变成了一个爱讲故事的人，激发了我对阅读的兴趣，拓宽了我的视野，使我充满想象力。

我爷爷在贝鲁特市中心做服装销售员，与他一位黎巴嫩的朋友合作。早在巴勒斯坦被占领前，爷爷就和那位正在雅法旅游的黎巴嫩朋友认识了。爷爷过去每天大部分时间都在工作。下班后，他会提着一个皮箱回来。实际上，那个皮箱

## 第五章
## 达乌克：一个墓地

更像一个大袋子，里面装满了水果和蔬菜。他的口袋总是装满糖果，他会把这些糖果分给家里的孩子和整个社区的人。他一进巷子，我们就围上去欢迎他，他则会喊着："孩子！糖来了！"他会带着难以形容的喜悦和永远存在的微笑，和我们一起唱歌，尽管当时他已因为站了几个小时而疲惫不堪。这样玩耍了一段时间后，他会张开双臂拥抱我们，带我们回家。

爷爷给我讲过我很小的时候的故事，其中包括一些恐惧和预感。1958年，也就是我出生的第二年，黎巴嫩发生了一场被称为"革命"的危机，当时我的姑奶奶正来我家做客，她还没坐下来，就问当时还只有一岁的我："会发生什么事情？"我答："嘭。"听到我的回答，她立刻跑开了。因为我一说完，我们就听到了枪声和爆发武装冲突的声音。那年，父亲很多次下班都是手脚并用爬回来的。

我的父母就像一对热恋中的情侣。艾哈迈德（Ahmad）和法蒂玛（Fatima）之间的爱恋无法用言语表达。母亲是棕色的皮肤，因此父亲常常称呼她为"巧克力"。到了周末，他们还会穿情侣装。父亲会按照母亲的套装或衬衫、裙子来搭配自己的夹克、衬衫、裤子，甚至还会根据母亲的鞋子和手提包的颜色来搭配自己穿的鞋子的颜色。父亲身高195厘米,而母亲却把她矮小的身材遗传给了我。

当他们穿过小巷去贝鲁特的阿鲁斯-巴哈咖啡店或扎勒(Zahleh)的巴达尼(Bardawni)餐厅时,所有的目光都会集中在他们身上。父亲对我们这些孩子同样很用心,我们一家多次出去短途旅行,一起度过愉快的时光。很多个晚上,他很晚才下班回来。不过,父亲会带着美味的烤肉、糕点和水果回家,叫醒我们一起吃,而对母亲说太晚不能吃东西的提议置之不理。在那些时刻,他只想和我们待在一起。

母亲生病之前,父亲为了养家糊口,夜以继日地工作。母亲的病击垮了他,他开始用酒精来麻醉自己,试图忘记降临在他身上的悲剧,忘却与灵魂伴侣一起生活的乐趣被剥夺的事实。一天黎明时分,他醉醺醺地回到他为母亲租的安装有特殊设备的公寓。那天,负责照看母亲的哥哥穆赫辛问父亲:"你在对你自己和我们做什么?如果这样的事情发生在你身上,母亲会这样做吗?真主不允许你这样做的。"穆赫辛哭了,父亲也哭了。后来,他走进浴室,像是要洗去自己犯下的罪恶一样,把自己冲洗了一遍。从浴室出来后,他抱着哥哥,向哥哥保证再也不会那样做了。后来,他确实没有那样过。

父亲似乎变成了一个有六个男孩、两个女孩和一个更像

## 第五章
### 达乌克：一个墓地

新生儿的妻子的单亲妈妈。母亲虽然和我们住在一起，但她不认识我们，我们对她来说毫无意义。母亲每周会接受两次电击治疗。我们仔细地观察她，专注地看着她，还因为她遭受病痛折磨而经常流泪。但我们从来没有放弃过她会回到我们身边的希望，只要她还生活在我们中间。

为了养育一大家子人，父亲大部分时间都在工作，无法料理家庭事务。母亲生病前，她负责照顾和抚养我们，承担所有家庭事务。我的两个哥哥祖海尔和穆赫辛，像很多年轻人一样，大部分时间都在外面。当他们深夜回家时，会爬上邻居家的墙，跳到我们家的屋顶上，偷偷地溜进叔叔的房间。叔叔会为他们打掩护，说他们昨晚和他一起睡觉。

我在家排行中间，缺乏自信，害怕与人交往，这种害羞甚至使我到了孤僻的程度。我一般负责照顾弟弟贾马尔。贾马尔患有风湿性关节炎，心脏不好，我们一家人都为此感到痛苦。他被禁止参加任何运动，也不能做任何体力劳动。当时大多数医生认为给他做手术的条件还不成熟，但他们又告诉我们，说他将来需要做手术。六年前，条件成熟了，他接受了人工心脏瓣膜置换的手术。贾马尔痴迷于足球，但我不得不拒绝他和朋友们一起踢球的请求。不过，我有时会心软，允许他玩一小会儿。然而，他在第二天醒来时，就会不舒服，脚会水肿，我也会因为没有照顾好他而受到惩罚。

为了弥补母爱的缺失，父亲开始花更多的时间和我们在一起。晚上和他待在一起时，他会给我们讲他的真爱——雅法，还有他在城市里的生活和童年时所受的苦难。当他还是孩子的时候，就被送到一家餐厅工作，每天清晨离家，下午回家。他对雅法的巷子很熟悉，因为他经常在巷子里溜达一整夜，直到天亮。那些日子里，人们会在夜晚讲精灵的故事，让那些在老城街道上走夜路的小男孩惊恐不已。他给我们讲闹鬼的井和废弃的房子的故事，还说有一天，一个女精灵突然出现在他面前，让他害怕得一边跑，一边念诵《古兰经》里的句子。

一天晚上，他给我们讲了一个故事。这个故事可能是他想象出来的，也可能是他从别人那里听到的，或者是他在黎明时分给"夜晚女郎"送餐时看到的。他说："一个年轻人想结婚，于是向他父亲请假。他的父亲告诉他，如果他要和那个女孩结婚，应该在新娘早上醒来的时候去找她，这样，他就能看到她未经化妆品修饰的真实面容。"

我的姐姐巴基扎（Bakiza）承担了照顾弟弟妹妹和家务杂活的任务，我很乐意帮助她。当我一个住在科威特的堂兄向她求婚时，我觉得好像是命运在审判我，考验我承担责任

## 第五章
## 达乌克：一个墓地

的能力。当时，母亲患病不到两年，正承受着痛苦。因此，父亲起初反对这桩婚事。后来，在亲戚们的介入说服，以及姐姐的努力争取下，他同意他们订婚一年后结婚。母亲曾为她的妹妹们准备嫁妆，但不能为自己的女儿做同样的事情，给姐姐准备嫁妆的是我的堂兄。

姐姐离开家，嫁到她丈夫家的那天，对我们来说十分难熬。姐姐抱着我，我们紧紧地搂在一起。她是我兄弟姐妹中与我最亲近的一个，是我思想和精神上真正的伙伴。我从她的眼睛好像看到她在说："弟弟，我知道这是一个艰巨的责任，但照顾家庭是你的任务，我相信你会迎难而上。"

幸运的是，我从她身上学到了很多。接下照顾家庭的重任后，我面临的第一个难题就是：由于第一次煮米饭，所以我不知道放多少水和米，结果把米煮成了烂饭。但不管我煮成什么样，大家都得吃，没有其他选择。后来，我向祖母学习烹饪的技巧，从她那里，我学会了如何放各种食材。经过多次实践，我最终煮出了能让一家人吃得满意的饭。

1973年，巴勒斯坦反抗组织和黎巴嫩军队发生武装冲突。我们在冲突爆发后离开了达乌克。通过向朋友寻求庇护，我们搬到了离母亲治病的地方很近的地区。

虽然我们的处境不好，但并没有妨碍我们接受教育。我的学习成绩总是在班上名列前茅,艺术天赋也随着时间的推移而愈加突出。我就读于近东救济工程处在达纳(Dana)社区开办的亚巴德(Ya'bad)男女混合学校。四年级的一天,我趴在书桌上,全神贯注地画着一只彩色的鸟,而没有注意到老师站在我前面。直到她停止讲课,陷入沉默,我才意识到她的存在。我抬起头,看到她就站在我面前。她看着我说:"画好后,交给我。"因为我学习优秀,成绩好,所以她没有惩罚我。那就是我敬爱的老师——卢特菲亚·萨赫尼尼(Lutfiyah Sakhnini),她那容光焕发和美丽动人的面容,我至今记忆犹新。

中学毕业后,我就离开了学校。像我们这一代的许多人一样,我卷入了政治、意识形态和社会变革的旋涡,以及接连不断的武装冲突中。我不信教,但在我还是个孩子的时候,会和父母一起做礼拜,不吃伊斯兰教禁忌的食物。随着年龄增长,我在经历内心的挣扎和斗争后,形成了一系列不同的信仰。我从未成为无神论者,但我确实放弃了做礼拜和禁食。我从事过很多职业,包括木匠、画家、摄影师,还在一家出版社、一家新闻机构和一家研究中心工作过。我结了婚,成了家,还当了爸爸。

母亲终于恢复了一些记忆,仿佛从过去回来了。她能够

## 第五章
### 达乌克：一个墓地

回忆起很久以前发生的事情，但对最近发生的事情记不起来。随着时间的流逝，她的孩子们长大成家，他们对她重新融入他们现在的生活非常开心。母亲会和她的孙子们开玩笑，给他们讲她能记得的所有故事。

但是，命运似乎对我们开了一个残酷的玩笑，剥夺了我们的快乐。1988年10月14日上午，已经成家并有两个孩子的哥哥穆赫辛去上班，他五岁的儿子沙迪（Shadi）跟在后面问："爸爸，你今天回来吗？""当然，回来。"穆赫辛回答道。但他当天没有回来，因为他在达纳附近发生的大爆炸中殒命了。

叔叔和我准备把这个消息告诉母亲。叔叔先到家里，向母亲说了大爆炸这件事，几分钟后我回来也说了相关信息。听完后，母亲哭了。这时我发现叔叔正坐在她旁边，我说："妈妈，是真主不愿他受苦，所以让他脱离了苦海。"然而，这个消息像霹雳一样击中了她，她放声大哭着喊道："他死了！"她没有戴头巾，就穿着家居服跑了出去。叔叔不敢把穆赫辛去世的消息告诉她，而只说他在医院。而我又能对我可怜的母亲做什么呢？

穆赫辛去世的消息对母亲来说是一个猛烈的冲击。然而，这种强烈的冲击，反而使她的大脑得到了似乎比任何手段都有效的治疗，母亲突然间恢复了全部记忆。

2005年，我们的苦难之旅仍在继续，好像我们是一块对苦难具有特别磁吸力的磁铁。母亲中风瘫痪，失去了语言能力。我们不得不把食物捣碎，通过一根导管把食物从她的鼻子导进她的胃里，药物也必须磨碎后通过这种方式喂给她。看着母亲在这样的情况下一点一点地衰弱，我非常难受。她曾经是我们生活的中心，而我们现在却不能减轻她的疼痛和痛苦。最后，她似乎想减轻我们承受的痛苦，选择结束悲剧，去世了。

我的父亲，法蒂玛的爱人，也许是因为害怕死亡或者是为了表示对去世的母亲的敬畏，他在安慰母亲的亲朋好友时，从不喝咖啡，也从不吃东西。母亲下葬后，父亲让我把母亲的垫子放在他的床上，他要在那个垫子上睡觉。他对我说："儿子，你妈妈的垫子软一点。"

我们常常在他的卧室门口偷偷地听他用熟悉的旋律唱着他专为我母亲改写的歌词。后来，直到在他床头桌里找到一些磁带，我才知道他把这些歌都录进了磁带。

法蒂玛和艾哈迈德的故事永久流传，我们可以把他们的故事讲给我们的孩子和孙辈听。每个知道他们故事的人都在传颂着他们的爱情故事。对一些人来说，他们的故事就是对

# 第五章
## 达乌克：一个墓地

卡伊斯（Qays）和莱拉（Layla）神话故事的重现，因为无论母亲是在世、生病还是去世后，父亲都对她保持着忠诚，对她无私奉献，并有着强烈的依恋。

我们的厄运没有结束。一天，当父亲和弟弟萨德（Sa'd）一起去吊唁一位逝去的亲戚时，正在过马路的父亲被一辆高速行驶的摩托车撞上。他被抛向空中几米高，头着地落下，头骨粉碎。

事故发生前的那个晚上，正值父亲节，我回家看望了他，那也是我见他的最后一面。我永远忘不了那个晚上。我的弟兄们一边逗着他笑，一边谈起挂在他前面的母亲遗像。他指着遗像并向遗像说道："时间差不多了，我就要来陪你了。"原来，他已经和母亲约定好泉下相聚。

叔叔是萨拉丁清真寺的伊玛目和宣礼员，他每天早上都会拄着拐杖，去离他家几米远的清真寺。这一习惯一直持续到他进入老年。甚至在他死后，他们仍然一天五次播放用他的声音录制的宣礼词，以示对他和他的声音的纪念。我的哥哥穆赫辛是邻居们的"唐璜（Don Juan）"，他在还没来得及感受孩子们结婚的喜悦，也没能与孙辈享受天伦之乐时就去世了。我们还想念我的兄弟哈利德，他是家里的第七个孩子，他总是微笑着，善良、单纯。他患了一种肌肉疾病，经过两年与病魔斗争，最后还是去世了。他去世后，甚至连他曾经玩耍过的小巷都在为他悲伤。

今天，我站在去达乌克的主路入口前，发现它已经不再是以前的样子了。阿布·穆哈迈德和乌姆·库勒苏姆的声音消失了，苏比·巴塔尔也不见了，所有那些熟悉的面孔都消失了。随着达乌克发生一系列动荡事件，许多年轻人离开了他们生活在那里的家人，开始了新的移民生活。1973年，黎巴嫩军队和巴勒斯坦抵抗部队发生武装冲突。1975—1976年，黎巴嫩爆发内战。1982年，以色列入侵黎巴嫩，制造了萨布拉和夏蒂拉大屠杀（Sabra and Shatila massacre）。大屠杀的制造者从加沙医院方向进入达乌克，要求人们走出来。我姐夫是其中一员，但他向达纳站的方向逃走了，最终得以保全性命。

最艰难和最痛苦的事情是1985年在难民营发生的战争，这场战争使阿迈勒运动与巴勒斯坦抵抗运动走向对立。随着达乌克被围困，许多人被杀害，他们居住的房屋也全部被摧毁。有幸逃离那里的人们讲起达乌克发生的战事时，好像经历了一场噩梦。人们曾经居住过的地方，如今变成了堆满人类尸骨的瓦砾。

一个叫阿布·阿卜德（Abu Abd）的人不得不把他的母

## 第五章
## 达乌克：一个墓地

亲留在了那里，因为她半身瘫痪，无法移动。她对阿布·阿卜德说道："儿子，我感觉我的生命快要走到终点了。即使你想方设法背起我，你也背不久。如果你带着我，你不可能离开这里。在你还有机会离开的时候，尽快离开。我不想给你带来任何不便，也不想让你和其他家人分开。他们已经出去了，他们更有权利拥有你。他们代表着未来。去吧，儿子，真主不会怪罪你的。有今生，然后才有来世。把水瓶和剩下的最后一个面包放在我身边就行。我甚至不知道我有没有力气拿着。去吧，儿子，不要回头。"阿布·阿卜德从废墟爬出去，找到了他的家人，拥抱着他们，哭得像个孩子一样。等战事结束，他返回达乌克，抱走了母亲的遗体。

围攻一开始，一个名叫比拉勒（Bilal）的男人在他的家人撤离至安全区域后，一直独自留在达乌克。为了搜查隐藏的战士，武装人员在进入达乌克废墟前几小时，四处射击，于是比拉勒逃进与达乌克相邻的一座房子里。房子的主人是一位友善的黎巴嫩人，那家人为了防止武装人员搜查到他，把他藏在阁楼里。不久，一个来自阿迈勒运动的武装团体强行闯入房子，搜查那些逃跑的人。比拉勒为此大为愤怒，因为他担心自己的存在会波及带他进来的那家人。当时，他的弹药已经用完了，身体虚弱无力，即使用力咬手指，或者是切下一块肉,也不会感觉到疼痛。不过,比拉勒还是活着跑了出来。

达乌克的小巷和过道不再是我记忆中十分渴望的游乐场了。现在建在达乌克的那些房子是当局经过长期努力,把建筑材料运送进来才重建的。但它们和之前的房子不一样了,住在那里的人也换了。这里有了以前从未有过的开放区域。一些面孔消失了,而另一些面孔则取而代之。我在那里徒然地寻找着我的父亲,在母亲的祭坛前叩拜。

许多来自孟加拉国和斯里兰卡的移民工人在达乌克附近定居后,许多售卖新品种的水果和具有异域特色食品的新商店开张。"伊斯兰长老之家",即"安全屋"仍然还在。我们小时候经常在那里和邻居们聊天,听着窗外飘扬着的优美歌声。夜晚,有时也会被痛苦的叫声吓到。

以色列入侵期间,许多炮弹落在"长老之家"周围,所有病人、护士和管理人员都挤在黑如隧道的一楼。"长老之家"的管理人员向所有在那里有亲戚的人发布了一则通知,请求他们尽快撤离,因为已经无法保证他们的安全。妻子的姐夫在"长老之家"工作,我和姐夫在没有告知家人情况下,趁夜一起离开了我们邻近巴斯塔的房子。我们设法拦下一辆路过的属于巴勒斯坦抵抗组织的卡车,卡车一路载着我

## 第五章
## 达乌克：一个墓地

们来到达纳附近。

一路上，我们看到破坏无处不在。属于巴勒斯坦武装斗争组织的一个前哨站被以色列航空机枪摧毁。由于机枪的扫射，前哨站周围的土地看起来就像是被翻耕过的农田一样，夜空也被机枪散发出来的明艳火光照亮。从达纳到萨布拉广场沿途的房屋都燃起了大火，"长老之家"周围的房屋也不例外。我和姐夫走进了大楼里所有人都在寻求掩护的类似于隧道的走廊。一位穿着蓝色内衣、看上去70多岁的老人突然出现在我面前，他脸色苍白、头发凌乱，哭喊道："我们要在哪里睡觉？"我绕过他，却被一位老妇人拦住，她抓着我的胳膊恳求我说："带我走吧。"

虽然我刚刚克服恐惧躲过了导弹和炮火，但我毫无头绪，已完全无力回天。我能给他们提供什么呢？当所有人道主义组织和国际组织都无能为力的时候，我又能为他们提供什么保护呢？姐夫对我喊道："现在去哪里？"而对我来说，我想要到外面去，因为站在外面没有庇护的露天场所，总比无力地站在那些可怜之人面前要容易得多。

"长老之家"现在已经扩建，但窗户上仍然装有挡板。这些挡板有一部分是一直住在这里的居民提供的，有一部分由新来的居民提供。挡板后面，人们在"长老之家"挥舞着手臂，大叫着，歌唱着，哭泣着，痛苦地嘶喊着，好像过去几年没有发生一样，好像时间还在等待着他们回到某个地方。

我向所有在达乌克和我一起度过那段日子的人，以及那些我没有提到的人道歉，向所有我经常光顾但没有全部记住的那些商店的店主道歉。他们都在我的心里和脑海里，我希望在我们都回到深爱的巴勒斯坦时，能与他们团聚。

无论我们身在何处，我们都要回到我们内心的家园。

# 第六章

## 比冬天更短，影响更深远

雅法·塔拉勒·麦斯里（Yafa Talal El-Masri）

（贝鲁特，1990）

你的记忆即是所有，是你唯一的武器。在没有录音设备的情况下，你只能任由时间摆布。如果你没有记忆，没有它作为安全保障，那么你将处于悬崖的边缘。

生命中的所有事情都是值得记忆的。在回忆的那一刻里，我们无比真诚，可以做到我们说的所有事情。在那里，不会有谎言，只有一些在短时期内，在特定时间和地点可以说是正确的事情。

当一个男人告诉一个女人他爱她的时候，他没有表里不一。一股似葡萄酒浓烈的激情，浸润在她的肌肤和他的汗水之间。而一旦他的双脚触碰到大理石板，激情就如同殉道者一样逝去。他从未对她撒谎，但激情的寿命确实非常短暂。它可能维持一晚或更长时间，也可能像帐篷上的霜花那样短暂易逝。但是，亲爱的，无论它维持多长时间，激情始终是

# 第六章
## 比冬天更短，影响更深远

激情，没有其他更合适的名称来形容它。同样的，我们对祖国的爱也是如此。

我们撒谎时说的话，某种程度上可能也是我们的心里话。我们都曾为了短暂的幸福而放弃过一项崇高的事业，不论这种幸福是存在片刻，还是可以持续几天、几年。

我从未谋面的祖父总是说："他们能从出卖巴勒斯坦中得到什么？我们一辈子都不会知道。"

他们在没有任何人知晓，没有留下任何字据文件的情况下，出卖了巴勒斯坦。当他们回到他们曾经居住的房屋时，没有人写下他们当时的感受，没有人给我们留下位于雅法的瓦房屋顶模样的记录，也没有人给我们记下花园里生长的鲜花的名字。

在这里，我将简单地记录下我感受到的一切，即使这些感觉转瞬即逝。难道短暂存在的事物就不值得赞颂吗？难道流亡者就不配说话吗？

### 我短暂的谎言

我将向你坦白一些事。我对我的童年，记得很清楚，甚至是那些连我父母都认为我不会记得的细节，我都记得。我记得事情发生的来龙去脉和整个经过。那件事始于我的父亲,那位加入人民阵线的爱国战士,那位用他的出生地"雅法"来给我取名的男人。

他叫我雅法,只是因为巴勒斯坦难民有着许多他们无法控制的例行惯事。他们每天都要用指甲揭开旧伤口,阻止伤口愈合。这种习惯根深蒂固,试图说服难民克制,他们这样做是徒劳的。像所有儿时离开巴勒斯坦的人一样,父亲每天早上都要呼喊家乡的名字,希望故土能对他报以微笑。

我出生时,四个哥哥已经是青年了。他们围在母亲身边,看着刚出生的我,其中大哥说道:"你刚才给我们生了个妹妹吗?她来得不是时候,我们甚至没来得及熨烫我们的衬衫。"他是对的,当他们要踏上他们的另一段流亡之路时,我才刚刚开始我的一天。

我在位于贝鲁特南郊的布尔杰·巴拉杰奈(Burj al-Barajneh)长大。对于"雅法"来说,在"贝鲁特"生活本身就是一种挣扎。直到十六岁,我才开始理解这种挣扎纠结的心情。

夜晚躺在床上时,我都会抱着一只毛绒熊,对它讲述我每天早上在难民营里看到的一切。我会给它讲一个小孩的故事,那个孩子对美的全部认知来自她自己的辫子,以及能让她快乐游玩的满是泥泞的小巷。还会给它讲另一个孩子第一

## 第六章
### 比冬天更短，影响更深远

次得到冰激凌，狼吞虎咽地吃的故事。

在难民营，经过十年与世隔绝的生活，我进入了青春期，因此我决定再次跟随人群，以每年增长十岁的速度前进。我这样做，也许是因为我想竭力弥补那些丢失的岁月，也可能是我一直在为自己短暂的人生做着准备，想把我自己从皱纹、痛苦、回忆，抑或是缺失中拯救出来。

我沉迷于各种冒险和鲁莽行动。在那短暂的、不会比冬天的严寒时间长的生命中，有很多本该由我做的事等着我去经历。因而，我撒过各种各样的谎，做过各种各样骗人的事。在一个就像把我关在盒子里的办公室里，我不由自主地穿上黑色的衣服。这时，我完全变成另一副模样，性格与平时截然不同。我试图在事业上取得进步，全然不顾这种野心的不切实际性。然而，作为一名难民，我需要避开黎巴嫩的劳动法，因为这些法律阻止我在事业上取得更高的成就。但我的名字总是出卖我，揭露我制造出来的骗局。

那些法律把我们对祖国的爱变成了受辱的来源，这是多么的不公平啊！想到有一天，父亲知道他给我取的名字，以及我从他那里继承下来的蓝色旅行证件给我带来的严重影响，我会感到羞愧万分。

## 梦想会引燃内战

和世界上每一个女孩一样,我从小就憧憬着我的梦幻婚礼。

我这样做并不是为了让那些深受"老处女恐惧症"困扰的女人闭嘴,也不是因为婚姻看起来很浪漫,而是因为我纯粹对婚礼本身充满兴趣。我一直在脑海里筹划着那一天,希望它是一个传统的巴勒斯坦婚礼,我在婚礼上穿的是手工刺绣的thawb[①]长袍,而不是白色的婚纱。也许,我不会戴面纱,而是戴着传统的Kufiyah头巾,用它小心翼翼地包裹我的两根辫子。婚礼上,我们不会用电视或收音机播放某位歌手的歌曲作为背景音乐,而会随着母亲们在巴勒斯坦时教给女儿们的传统巴勒斯坦歌谣翩翩起舞。

把欢喜和庆贺带给他的母亲,
在枕头上喷上芳香四溢的香水,
家得安好,房得建,
尽情欢享喜宴,新人龙凤呈祥,幸福长久!

在我对我的婚礼进行宏大规划时,我还不到十岁。

## 第六章
## 比冬天更短，影响更深远

在巴勒斯坦，婚礼通常在城镇的中心广场举行，而贝鲁特没有合适的广场，因而我把全部心思放在找到一个可以实现这个计划的地方。这个地方就是父亲经常带我们去的代尔·卡马（Dayr al-Qamar）镇的中心广场。

我的父母，一位是阿拉伯语教师，一位是人民阵线的前军人，这不可避免地带给我一些额外的福利。首先，我从小就会接触到许多关于历史与文化的知识。然后，我会听到许多永远不会在纪录片或新闻报道中出现的有关战争冲突的独一无二的故事。春夏郊游时，每次经过代尔·卡马镇时，我们都会听到父母讲同样的故事。

父亲告诉我们，代尔·卡马曾经是黎巴嫩一个省（曼尼，Ma'ni）的省会，它是一个典型的基督教城镇，镇里修有六座著名的教堂。在镇中心，法赫尔丁（Fakhr al-Din）一世建造了第一座清真寺。

代尔·卡马的中心广场对我有一种特别的魔力。晚上，我和父母一起坐在广场边上，和他们一起欣赏它与天空连成一线，观看它夜幕降临的样子。当他们看着水从喷泉喷涌而出时，我想象着自己穿着一件当地传统的、红白相间的长袍，一百多个俊男靓女按照我脑海中喷涌出的旋律，甩动着他们的头巾，围着我跳迭步开（Dabkeh）[②]舞。

117

高大可爱的你，让我告诉你，
你将远走，但没有其他地方会比家乡好！
亲爱的，我害怕他会选择其他地方安定下来，
友善待人，不要挂念我。

代尔·卡马镇的中心广场是我举办婚礼的唯一场所，我不会再选其他地方。代尔·卡马见证了亿万年历史，它散发着传统的气息。那儿有清凉的喷泉，有拱门，有舞台，那些环绕修道院的树木也热烈欢迎你去它的树荫下乘凉。当时我对黎巴嫩的政治一无所知，因此没有想到实现我的梦想竟然会引发一场内战。

我完全没有意识到几十年的战争已经让我们的神经高度敏感。

有一次旅行，我们像往常那样在中心广场停了下来，拿着我们的塑料水壶去喷泉里打水。我看到广场上有三座纪念碑，然后指着它们，问父亲这些纪念碑有什么历史渊源。他解释说，修第一座纪念碑是为了纪念修复广场，修第二座纪念碑是为了纪念被暗杀的领导人达尼·夏蒙（Dany Chamoun）[3]，修第三座纪念碑是为了纪念1991年广场翻修竣工。

## 第六章
### 比冬天更短，影响更深远

如果时间允许的话，父亲恨不得把全世界的历史都讲给我听，但这次，他对达尼·夏蒙被暗杀和发生在黎巴嫩山区的战争轻描淡写，不愿过多讲述。实际上，很多书写过那次战争，很多报纸也对那场战争进行过报道，但似乎没有人愿意谈及。

在那一天，一切都变了。我第一次明白了生活在一个被内战吞噬，再也无法看到一丝笑容的国家意味着什么。代尔·卡马的风景一直是我快乐的源泉，我发自内心地爱恋着它，然而它在那场山地战中受到巴勒斯坦人的攻击。

我不知道一块简单的Kufiyah头巾就会染红大海，不知道我们产生和继承下来的仇恨有多深，我们举办的庆祝活动会激怒别人，同时别人的愤怒又会成为我们进行庆祝的理由。而亲爱的朋友们啊，那只不过是一个孩子的梦想。

那一天，我首次明白了政治意味着什么，它扼杀了那个在我心里活了很久的天真无邪的小孩。

对于梦想的幻灭，我不仅仅把它归咎于政治。它的幻灭还有一个原因，那个原因可以从我幻梦中被忽视的一个重要细节反映出来，那就是，我完全忘记了婚礼不仅需要一个愿意忍受我的幼稚的伴侣，还需要他愿意脱掉西装，戴上Kufiyah头巾，穿上宽松的裤子。找到这样一个合适人选的

119

难度，不亚于解放这片土地。事实上，这比在代尔·卡马中心广场庆祝巴勒斯坦人的婚礼更加艰难。

不过，直到今天，如果我有机会经过代尔·卡马的中心广场，我将允许自己幻想在曼尼省的山间唱歌。因为想象不会受外在条件限制，没有什么能阻止我去自由地想象，但真正的婚礼永远不会举行。

## 在手指共和国生活

亲爱的读者，如果你精通政治，那么你现在无疑会哈哈大笑，被我天真的梦想逗乐。人在童年时期，都会非常有趣，无忧无虑，做一些成人世界没有的、能够超越枯燥无味现实的美梦。我们很多人都像给婴儿取名那样给一些物品取名，其中有娃娃，也有其他物品。我们给它们取的名字会伴随它们一生，不会随着时间的流逝而变化。纳斯里（Nasri）是独一无二、特立独行的，因为他取名的对象是他自己的手指。

每次去的黎波里探亲，我都会看到纳斯里，他比贝鲁特其他所有年轻人都更能引起我的好奇。他住在位于海边的巴里德河难民营。在我的记忆里，纳斯里总是笑容满面，即使是太阳，也会在纳斯里的笑容面前黯然失色。

# 第六章
## 比冬天更短，影响更深远

纳斯里没有像我其他的朋友那样，给我起奇怪的绰号，而是给他自己的手指起了一些非常特别的名字。他取的这些名字并不随机，而是经过精心选择的，这种精心程度和给刚出生的婴儿在食品配给卡上准确无误地写上他们的名字相当。他从大拇指开始取名。大拇指代表着我们通往巴勒斯坦的大门，他称之为"拉马拉"。从那里，我们可以偷偷地去往其他地方，因而纳斯里相继给食指取名"耶路撒冷"，给中指取名"阿布·马辛"，给无名指取名"斗争"，给小指取名"回归"。

我们其余的人只会用手指数剩下的假期天数，还有口袋里剩下的硬币，看看是否有足够的钱去买糖果。而纳斯里却用右手手指去数巴里德河难民营新出生的婴儿，然后用巴勒斯坦乡镇的名字给他们取名。他会反复测量"回归"和"耶路撒冷"间的距离。有时候，他也会陷入困境。例如，当约旦河西岸出现愤慨的起义活动时，他发现"斗争"会指向拉马拉，而不是与其他手指有序地排列在一起。在其他时候，他看着自己的手指，把它们弯曲起来，尽其所能将"斗争"和"阿布·马辛"分开，这样，所有手指都能按照一定序列，间隔开来。但再努力，他的手仍然是一个整体，不可能单独分开。不管怎样，中间的那根手指怎么能让其他手指互相打架呢？

我已经向你们袒露了我对政治的一无所知。我始终无法理解纳斯里有关真相与谬误的辩论——他试图介入五个手指之间的冲突。但我始终跟不上他的节奏，因为管理"手指共和国"远比你想象的要困难得多。

在很长的一段时间里，我都无法确定自己是不是想成为手指共和国的居民，尽管那里只住着五个人，但那似乎已经足够拥挤了。

2008年，那时我们还在上中学，纳斯里和他的手指所在的黎巴嫩北部巴里德河难民营爆发了战斗。于是，平时总是炫耀他居住的巴里德河难民营，说它最美丽、最平静的纳斯里，不得不忙于从河中打捞烈士的尸体。那些尸体在被他发现前，已经在河里静静漂浮了好几天。我不禁感慨，原来死去的烈士也如此淡定平静。

从那时起，我就开始夹在那些认为第二次巴勒斯坦大起义无比正义的人和那些声称知道难民营真实情况的人之间，陷入了分裂黎巴嫩公民和已在黎巴嫩生活长达68年之久的巴勒斯坦难民的巨大鸿沟之中。

与此同时，除了信念，纳斯里失去了一切。那场发生在难民营的战争不仅扼杀了他以前的记忆，还让他失去了在巴

## 第六章
### 比冬天更短，影响更深远

里德河附近的房子、四位因面包车自杀式袭击而失去生命的朋友，以及一根手指。

在战斗的最后一晚，纳斯里和其他许多无法离开难民营的居民，决定在位于萨姆德（Samed）社区中心地带的庇护所寻求庇护。随着近海战舰的炮击愈演愈烈，炮火像雨点一样落在社区中心区域，所有在这里寻求庇护的人都在一片火海中死去。

纳斯里在这场炮火中逃生，但他目睹了所有人的死亡。

他的手在炮火中受伤了，救护者们不得不切掉了"拉马拉"。

任何一个手指被截断的人都会受到心理上和生理上的创伤，所以你可以想象这对一个曾经给自己手指命名的与众不同的年轻人的影响之大。在我看来，除了纳斯里经常梦想看到的祖国，他好像已经失去了他身上全部的血肉。

战斗结束，我第一次返回的时候，并没有想着带一束玫瑰花去看纳斯里，因为那不是他的风格，可能他更喜欢我给他带一打沙拉三明治或一张新出版的音乐专辑。因此，我带着穆里德·巴尔古提（Murid Barghouti）的小说《我看见了拉马拉》去看他。当纳斯里看到我手里拿着这本书时，他咧开了他那紧咬着的嘴唇，露出闪闪发光的牙齿。

他伸出剩下的四根手指,兴奋地示意我把书递给他。他用那少了一个成员的"手指共和国"轻抚着书的封面,然后快速地翻动书页,直到他随机看到一句有关"回归"的句子时才停下来。

他念道:"那些出于需要,从故乡的一个地方搬到另一个地方,最终在位于山区的城镇或村庄定居下来的人,我们把他们叫作难民、移民!谁将为让他们流离失所而道歉?谁将向流亡的我们道歉?谁将向那些人解释为什么会出现这种混乱局面?"

他屏住呼吸读着,就像有人在炮火下与恐惧搏斗一样。之后,他慢慢地抬起头,笨拙地看着我闪闪发光的眼睛,微笑着说:"我希望他们带走'阿布·马辛',留下'拉马拉'。"

## 针　刺

我们与纳斯里失去联系已经好几年了。我依稀记得当他决定试图与自己和解时,却神秘地消失了。直到我二十二岁生日那天,纳斯里穿着礼服,带着一块我做梦都想要得到的头巾,从喧闹的生日宴席中走了出来。

那不是一块普通的头巾,它是一个朋友从拉马拉带到贝

## 第六章
### 比冬天更短，影响更深远

鲁特的。当那位朋友知道这是给我的生日礼物时，她说："真的吗？纳斯里，你真的要把这块头巾送给她？这哪是什么礼物？"

她是我们的朋友，我们对住在巴勒斯坦的这位朋友羡慕不已。对于她来说，她很难理解那些把巴勒斯坦视为圣地的难民，为什么会如此重视来自巴勒斯坦的泥土和针线。她永远不会明白为什么她每次来看我们，我们都要紧紧地拥抱她。她从不认为巴勒斯坦的空气闻起来会和黎巴嫩的空气不一样，或者更确切地说，巴勒斯坦和世界上任何其他地方的空气不一样。

当纳斯里的目光看向我时，我小心翼翼地抻开头巾。他期待地看着我，希望我脸上的每一个细节都表现出惊喜。这让我想起了我叠好并藏在梦想衣橱里的那件刺绣婚纱。我的手指轻轻地抚摸着头巾的边缘，脑子里想着我的婚前安排。我会在眼睛周围打上眼影，给眼睛做最后的修饰，然后用别针慢慢地把我的新娘面纱固定好，因为别针可能会轻轻地扎破我的手指，流出来的血会弄脏我的白裙子……

过了一会儿，我猛然想到，这滴血是什么。面纱是一个白日梦，但疼痛的感觉是真实存在的，我手上的血滴也是真实存在的。那么，它们是从哪里来的？

我的手指被一根真正的针扎破了,由于那根针已经断裂,因此裁缝把头巾留在了她工作的地方。

我拿着针发呆,突然忘记了时间和空间,却注意到断针和线之间连着几根发丝。我完全忘记了纳斯里,尽管他正期待着我对他送的礼物做出反应。彼时,我的脑海里充斥着各种画面。在画面里,巴勒斯坦的一位女士已经用这根针缝制了数百块头巾,其中我手上的这件是最重要的。缠绕在断针和线之间的那几根发丝是她的头发,透过这一缕头发,能看到她额头上的汗水。她工作时,头发被线缠住,穿进了针里。

这位女士有一头长长的黑发,我想她每天都花时间梳头,从而让头发可以柔顺地垂在肩上,可以不用戴头巾。我想她的肤色应该比较黝黑,但我又无比确信她很漂亮。她应该三十多岁了,很小的时候就跟着她的奶奶学习刺绣,现在住在拉马拉的乌姆·沙拉伊特(Umm al-Sharayit)。至少,那个地方是我想住的地方。我想描述一下她住的房子,但我不知道巴勒斯坦的房子长什么样,不知道那里的人们怎样在街上散步,也不知道那里的人们会谈论些什么。我不愿把这些事情描述错,从而引起别人的嘲笑。

亲爱的女士,我不知道你是谁,也不知道你是故意留下

# 第六章
## 比冬天更短，影响更深远

那缕头发和那根针，还是你因为全身心投入工作而无意留下的。但不管你是谁，你都唤醒了我的梦。

你这简单的举动可能是我离开贝鲁特，去寻找隐匿着的那部分自我的原因。也许还有其他许多原因，但我只记得你的那一缕头发，因为它是压垮骆驼的最后一根稻草。也许正好是那只骆驼载着我的奶奶，让她从巴勒斯坦北部的卡卜里（Kabri）村到了黎巴嫩。

纳斯里是这一切狂想的来源，不知道他会不会同意和我一起离开。他好像更愿待在新难民营的附近，守护着这里的居民不受之前在这片土地进行侵略活动的殖民者的侵害。没关系，我会进行一系列的调查，为你制订一个可把我带去巴勒斯坦的计划。你可能只是我去巴勒斯坦的借口。我可能会在边境那里找到你，或者我可能会跨过边界，去到那我一直想要去的地方。

### 加拿大的小房子

空白、线条、白纸，噪音对我的干扰总是以各种方式出现在我的大脑中。我内心总是充满了对流亡生活意义的疑问，大脑中总是闪现巴勒斯坦人和黎巴嫩人之间被隐蔽起来的敌意。从接纳我们的社区离开后，我的行动便被禁锢在一个固定的空间内，往返于家、营地和近东救济工程处援建的学校之间。在黎巴嫩，尽管每天都有黎巴嫩人从我身边经过，但除了巴勒斯坦人，我几乎看不见其他人。

由于被限制在特定的空间，如果你把我的衣服全部脱光，你会发现我穿着破袜子，身上散发着我从难民营那儿染上的恶臭味。至于要解答难民的生活有什么意义这个让人困惑的问题，我能找到的唯一答案，排除身上恶臭味的唯一解决办法，就是通过移民的方式，离开难民营，放弃难民生活，成为一名真正的公民。

为了给我的加拿大之行做好充分准备，我拿来了乌德琴（oud）④，把它放在大腿上，努力控制不让手指颤抖，完美地演奏完一首加拿大国歌。不过，这并不意味着一个新的开始，仅仅弹奏一首国歌绝不意味着我已经成为加拿大公民。就像埃及小说《赫普塔》（*Hepta*）里说的那样，"只有一系列结局"。只有等到到达雅法之时，我才可以为这段避难之旅画上一个圆满的句号。但要住进雅法，首先需要在北美大陆那片寒冷的土地上向英国女王宣誓。

我必须首先成为另一个人，然后才能成为自己。

大约二十年前，我一个兄弟走上了同样的道路。当时，贝鲁特狭小的空间和阴沉的氛围把他压得喘不过气来，让他

## 第六章
### 比冬天更短，影响更深远

产生了离开的念头，但我当时只有六岁，并不懂得其中的道理，因此我问他："为什么要离开？"

"因为我们是难民。他们不想我们待在这里，他们不喜欢我们。"

"他们为什么不喜欢我们？我们能怎么办呢？"

"没有特别的理由。他们甚至连黎巴嫩人都不喜欢，又怎么会喜欢我们呢？"

巴勒斯坦人的事情真是滑稽可笑。如果你是巴勒斯坦人，你可以生活在巴勒斯坦，如果你是西方人，你也可以生活在巴勒斯坦。然而，问题是，你是否还继续拥有巴勒斯坦人的身份。对于这个问题，西方的新闻报刊做出了回答，它们说你已不是巴勒斯坦人了。这让我感到困惑和沉郁，难道西方的新闻报刊就能决定我的身份，让我离我的目标越来越远？

我竟然关心新闻报刊的说法？报纸和油墨可能是难民遇到的最大的骗子。它们被用来起草《联合国宪章》，海蓝色的蓝墨水被用来在报纸上把我们写成非法难民，剥夺了我们的巴勒斯坦人的身份。

在加拿大的小房子，法鲁兹（Fairuz）[⑤]可以唱她想唱的一切。今天，我既不喜欢加拿大，也不讨厌贝鲁特。我能确定的是，贝鲁特不恨我，但无论如何，我都要离开，因为我爱的是雅法。小的时候，我总是爱做梦，以为有一天能够赤脚从黎巴嫩南部的拉斯·纳库拉（Ras al-Naqura）走到巴勒斯坦北部的阿卡海岸，回到我的家乡。但实际上，走这样一条路需要经过其他国家，在这些国家，有很多戴着小帽子的孩子们如同蜂群般拥入。当听到难民营里有人讨论巴勒斯坦难民时，他们会恼怒不已。

### 四十天寒潮

"我想今天好像是我生日。"

"生日快乐，叔叔！"

"等等，你说什么？说'我想'？"

"是的，我说的是'我想'。"

"叔叔，你不知道你自己的生日吗？"

"亲爱的，巴勒斯坦人没有确定的出生日期。难道你不看你身份证或其他证件上写的内容吗？"

"是，我看了，叔叔，你是对的。证件上确实只列出了出生年份，没有写出生日期，甚至连月份都没有写。我也总是对此感到困惑。所以家里就没有人知道你的生日吗？"

"让我来帮你解答这个疑惑。和你一样，我清楚地记得

## 第六章
### 比冬天更短，影响更深远

童年的种种细节，甚至我出生之前发生的事情我都记得。卡卜里村遭遇袭击时，你奶奶正怀着我。当时怀有身孕的她行动不便，又因为'大浩劫'爆发，进一步加剧了长途跋涉的难度，在这种艰难的情况下，她迫不得已留了下来。她只能等她的亲戚们到达黎巴嫩后，把那头载他们去黎巴嫩的驴送回来，她才可以骑着那头驴去卡纳（Qana）村。"

巴勒斯坦人抵达黎巴嫩后，首先会搭建帐篷，然后一次又一次地将帐篷从一个地方搬到另一个地方。如果遇到大风的日子，他们就没法记录时间。由于日历在大风中遗失，没有人知道时间过到哪一天了，男人们也没有时间去登记谁出生了，谁去世了。在"大浩劫"中，还有很多比孩子更重要的事情，因此我们都不知道自己到底是哪天出生的。我唯一知道的是，我出生的时候暴风骤雨，那天是那年刮风刮得最厉害的一天。暴风猛烈无比，把用来固定我们帐篷的木桩都拔了出来。母亲生我的时候，帐篷恰好被刮走了，整个难民营的人都看到了她分娩的过程。女人们拿着床单冲过来，把床单盖在母亲身上，不让她暴露在外。这就是我出生的过程，我不知道那天是什么日子，但他们把那年的那段时间称为'四十天寒潮'。当然，'大浩劫'的寒冷无法与加拿大的寒冷相比。"

## 马克杯和星球

当我和哥哥准备离开黎巴嫩前往严寒之地时,母亲哭了整整一夜。我们正在重演三个哥哥曾经在我们之前上演的那一幕,我们是最后离开她的孩子,她陷入了似曾相识的痛苦之中。唯一能慰藉她的是,这将是最后的告别,再也不需要再来一次。

我和哥哥带的东西不多,因为我们不想一直背负着沉重的记忆。我们决定,在摆脱耻辱的难民身份后,将把贝鲁特和伴随着它的悲伤留给它的人民。

那天,我穿了一件黑色毛衣,上面用好看的英文和阿拉伯语写着"巴勒斯坦"。然而,同一航班上的伊拉克移民坚持说我们是跟他们一样的伊拉克人。我认为他们会有这种想法,是因为联合国颁给巴勒斯坦难民的旅行证件和护照与他们的一样。在那个航班上,我还记得一个名叫安娜、信基督教的伊拉克小女孩,她患有癌症,在整个飞行过程中一直吸引着我们的注意力。我常常在想,她将会经历什么?是疾病打败了她,还是她会用她的笑容战胜疾病?我害怕知道答案,因此我一直没有尝试去找到她的联系方式,与她联络。我宁愿相信安娜在加拿大接受了治疗,恢复得很好,正在学

## 第六章
### 比冬天更短，影响更深远

校的操场上，和长着金发的小朋友玩捉迷藏。

哥哥，当我们在开罗机场中途停留时，我记得你陪着我逛了免税区的每一家商店，目的是找一个马克杯。我喜欢收集一些小物件，像印着国家名字的马克杯，巴勒斯坦《萨菲尔报》(*Safir*)的增刊，纪念印章和装满彩色沙子的小瓶子，你是唯一一个从来没有取笑我这个爱好的人。整个开罗机场的商店，我们都逛遍了，但仍然没有找到一个印有"埃及"字样的杯子。所以在离开之前，我们不得不花11美元买了一个带有法老图案的锥形杯子。后来，我们在著名的加拿大尼亚加拉瀑布买了一个马克杯，那个杯子只花了3美元！

你还记得开罗机场里像女士咖啡和星球咖啡等那些名字古怪的小资咖啡馆吗？我们走进星球咖啡馆，差点被咖啡馆里香烟和水烟的烟雾以及旧木凳子散发出来的湿气呛死。

这是你第一次到加拿大，更重要的是，这是14年来你首次看到我们的兄弟。过了半辈子，才见到哥哥，真不容易。但真正困难的是，要在初次团聚的那一刻，竭力压制自己的情绪。对于我们四个人来说，多伦多机场所有休息室的空间都不够我们四个人张开手臂互相拥抱。

那次旅行对我们来说，一切都是陌生的：我们从平静的城镇到了满是奢华的地方。我们要经历的寒冬也从40天延长至9个月。

就在一年前的那一天,我反悔了。尽管身份证上没有写我们的出生日期,尽管我穿的是深黑色西装,尽管我们失去了拉马拉,尽管我的婚礼在现实中不存在,但是我仍然坚持放弃留在加拿大。哥哥,我在没有你陪同的情况下,独自一人返回了贝鲁特。

在返回贝鲁特的途中,我没有在过境区闲逛,没有买马克杯,也没有在星球咖啡厅喝任何饮品。

我回来后,一直没有跟你通过信、说过话,也没有问你在那片寒冷的土地上过得怎么样。为什么要问呢?你在那里的生活一定比难民的生活好。

但我想念你!我、我们的母亲,马克杯、星球咖啡馆,都无比思念你。

## 杂 乱

和所有其他巴勒斯坦人的母亲一样,我的母亲也会用家里的整洁程度来衡量自己的社会地位。每次我们把被她纳入"不必要"行列的新衣服带回家中时,她都会说同一句话:"我们不需要变得更乱!"我不知道"Barabish"(杂乱)这个词是一种巴勒斯坦式的说法,还是母亲凭空发明出来,

## 第六章
### 比冬天更短，影响更深远

用来表达她对那些不能整整齐齐地放在壁橱里的物品的恐惧之情，比如大量书籍、报纸、文章、照片以及其他东西。

但母亲总能找到安置这些物品的办法。她会偷偷地把报纸拿出来，用来擦玻璃或铺在垃圾桶上。她会说："这里的报纸成百上千份，他们是不会注意到少了一份报纸的。"她还会撕照片。数码摄影给人们带来的福音常常被低估。只有当你的抽屉因为成堆的照片、相册和底片而关不上时，你才会像我一样高度赞赏数码相机。无论如何，母亲撕掉的大部分照片都是她想亲自撕掉的一些老朋友的照片。不过，她会留着她订婚和举办婚礼的照片，还有那些她和父亲一起与"智者"——乔治·哈巴什（George Habash）[6]合影的照片，这些照片都保存在一个庄严神圣的相册里，没有人敢碰。

我每次回家，母亲都会检查我的包。当她发现我的包里装着从城里捡来的各种各样的废弃物时，比如从垃圾桶里捡到的汽车牌照，偷偷地从书店橱窗里拿出来的一块软木木板，或者仅仅是一张被丢弃在路边的罚单，她会大发脾气。

我至今记得父亲带回一本百科全书的那一天。当他终于得到了曾在经贸杂志上打过广告的那本书时，高兴得几乎跳了起来，认为自己能得偿所愿，实在太幸运了。然而母亲疯了，因为她不需要那么多书，对怎么处理放置在家里不同地方的三个书架头疼不已。

　　有一次，她把所有旧的、破损的、卷曲起来的书都堆在一个书架上，然后又将这个书架移至东边的阳台上，让它处于视线之外。至于那些真正被损坏的书，像那些封面被撕、缺页的，她会把它们装在盒子里，和垃圾一起扔掉。幸运的是，在垃圾被收走之前，父亲看到了公寓门口的盒子，把它们拿了出来。从那天起，父亲有五个晚上没有和母亲说话。但这并没有阻止母亲扔书，也没有阻止她扔其他物品。只不过，她会悄无声息地扔掉，不让我们知道。

　　对于母亲的命令，我从来没有胆大到敢于违抗。因而我不得不按照母亲的要求，像她扔书那样，把成堆的记忆当作废弃物扔进了垃圾桶。在我的情感联系被剪断之前，我通常不会花太长时间去回想那每一个记忆。这就是我能够漠然地度过十五年的原因。

　　然而，遇到法迪后，他教给了我一种解决生活中杂乱无章之事的方法，这种方法与我过去所使用的所有行事逻辑截然不同。他通过一扇窄窄的门，进入了我的大脑，然后在那里建造属于他的房子。我所有的想法在这一过程中被完全颠覆，或者也可以说是被重新组织了起来。

# 第六章
## 比冬天更短，影响更深远

"Khazaaen"（橱柜）是一个以耶路撒冷为中心的项目的名称，该项目的宗旨是建立一个虚拟的数字档案馆，收集人们日常生活中出现的短暂时光。这些"橱柜"里有我们的名字，也有我们的故事，里面保存着我们所见过的所有报纸和文件的副本，其中包括广告、请柬、名片，以及海报。你的"橱柜"既是你自己的私人财产，也是其他每个人的财富。因为人们可以通过你的"橱柜"知道你的故事，你也可以通过他们的"橱柜"去读他们的故事。

历史将会书写战争与和平，也将描述投掷出去的大米和射击出来的子弹。但它不会提到阿卜杜拉·拉马（Abdullah Lama）那位在布尔杰·巴拉杰奈难民营给穷人看病而不收费的医生；不会提到来自加利利学校的学生，那些要求印刷"返回巴勒斯坦"的传单，在近东救济工程处援建的学校旁边散发传单，然后被赶走的学生；也不会提到一群在没有引起任何人注意的情况下，很久以前就偷偷潜入我们难民营的怪物。

Khazaaen项目试图重新引导忽视我们的历史书写者，试图让那个历史书写者放慢脚步，不要对我们视而不见、毫不理会。Khazaaen会向他讲述别人不会给他讲的事情。

在我的脑海里，法迪的虚拟柜子已经铺好了回去的路。

他说:"我们作为难民,很难回去,但我们的故事可以回去。"

我没能回到巴勒斯坦,回到雅法,但我的物品、我的文章、我的故事现在都在耶路撒冷一个以我的名字命名的虚拟柜子里。

总有一天,会有人在耶路撒冷这个重要的数字档案馆附近游荡,搜寻每一个角落,寻找真相。当他打开一个虚拟柜子后,他会说:"原来巴勒斯坦人是这样生活的。"

总有一天,我会回到耶路撒冷,打开我的虚拟柜子,细细品读我在黎巴嫩生活的所有故事。我将告诉我最亲爱的人,我是如何远离她,流亡在外的。那是一块我曾经在抗议游行中举过的牌子,这是每天去上大学,用1000里拉买的12路公交车的车票,这是我毕业典礼的请柬,这是阿布·阿马尔(亚西尔·阿拉法特)逝世那天被难民们挂在难民营的海报。

如今,我对自己主动扔掉的每一张纸都感到后悔。杂乱无章又怎样?杂乱恰好说明你拥有一个家,亲爱的妈妈。

# 第七章

## 哈尼（渴望）

哈尼·穆哈迈德·拉希德（Hanin Mohamad Rashid）

（提尔，1993）

当你听到出租车司机随机播放的一首歌时，你可能会不由自主地在心里与之产生共鸣。它可能会在无意间把你带到一个你平时不会想到，但其实更接近你自己内心的地方。你可能会在某人离别后写的一首诗的开头看到它。在这首诗中，作者并没有打算重提那些你的、他的或任何碰巧读到这首诗的人的旧伤。然而，尽管未刻意提及这些伤痛，但从那位母亲的脸上，你仍能清楚地看到伤痛的存在。她的脸被一块盖在烈士身上的国旗染红，那颗麻木不仁的子弹在击中她儿子的胸膛并使他成为烈士之前，就已经穿透了她纯洁的心灵。它是什么呢？它就是渴望，就是文字，就是感觉，就是永远的伴侣。

很显然，我们没有选择自己名字的自由，也没有勇气去更改我们的名字。我们对自己仅有的几个字产生了依恋，它

# 第七章
## 哈尼(渴望)

也反过来占有了我们。它让我们充满了自信,让我们敢于放纵。无论我们走到哪里,我们都会首先提起自己的名字,这也是我们与他人见面时介绍自己的第一件事。它是我们在决定我们未来的考卷上写的第一句话,是我们最喜欢听到我们所爱的人说出的话。

我总是对我认识的那些熟人和他们名字之间千丝万缕的联系十分着迷。他们会把自己的名字变成一个无论付出何种代价都要实现的梦想。比如,阿迈勒(象征着"希望")每天晚上睡觉前都充满信心,相信随着一天天过去,现实会越来越认真地对待他的愿望。在拥有美丽心灵的阿玛尼(意味着"梦想")看来,她的名字承载着许多她渴望实现的愿望,她会努力工作来实现它们。哈莉玛(意味着"耐心")总是耐心等待着出现一个更美好的、更值得让她会心一笑的未来。

至于我,我怀着无比的喜悦和满足之情承认,我的名字已经决定了我的命运,它给我带来爱和力量,也给我带来痛苦。我从小就喜欢我的名字,一想到我的名字与我经历过的和存在于我内心的东西有那么多的相似之处时,我就会更加高兴。如果我能表达出来的话,我会尽量把这些喜悦之情写下来。

我们每个人都有一种特别的渴望，不管我们喜欢与否，它都占据着我们心中的一部分。这种渴望有时会在没有表现出来前，就穿透孤独的夜晚，像羚羊一样跳跃到被压抑的意识中，使事情变得更糟，唤起痛苦的记忆。这是一种会把你变成一个愚人的渴望。因此，在只有强者才可以生存的环境中，你可能会变得相当软弱；在找不到可以宽容你的小过失的人的环境中，你可能会过度宽恕。

每当我提到我名字的由来时，我都会不由自主地笑起来。我的名字是我的姐姐取的，她比我大六岁零一个月。在她小的时候，她特别喜欢一个卡通人物，是那个人物的超级读者。因此当我在9月底温暖的一天出生时，她就决定按照她喜欢的那个卡通人物的女朋友的名字来给我取名。谢天谢地，幸好她没有按照那个卡通人物的名字给我取名叫"拉米"。

这就是哈尼（象征着"渴望"）来到我身边的原因，取一个这样的名字完全不是我自己的错，而是拜姐姐所赐。我命中注定会取这个名字，因为一对情窦初开的男孩和女孩第一次见面时，就选择为爱而结合在一起。这种爱炙热无比，以至于每当我们向母亲询问他们相爱的细节时，她都找不到词来形容。她只是害羞地微微一笑，而这种笑容我永远无法

# 第七章
## 哈尼（渴望）

理解。在生我之前，母亲已经生了五个孩子，他们每一个都在母亲温暖舒适的子宫里给我留下了一些记忆。在母亲子宫度过的九个多月时间里，我搜寻着他们留下的痕迹，保留着他们的记忆。后来，我希望那个子宫能够包裹我，怀抱着我，时间越长越好。

当我的耳朵第一次听到一个不适合唱歌的嗓音发出零散的音符时，我很快变得活跃起来，那是父亲的声音。他不厌其烦地让我们听一首歌，那首歌的歌词总是能将自豪、激情和欣喜传输给任何一个信仰坚定的公民。那是父亲用心、用思想、用灵魂学会的一首歌。在不停地熏陶下，我和我的兄弟姐妹们没有付出额外的努力，自然而然地学会了那首歌。

在我年龄尚幼的时候，没有任何事物比这首歌或类似这样的歌更神秘的了。后来随着我慢慢长大，我竭尽全力去发掘它背后的秘密。通过广泛搜集相关知识，与父亲交谈到深夜，我们沿着回忆之路，回到了一个安于现状，充满坚定的意志和甘愿牺牲的时代。那时，父亲最热切的愿望是把好兆头带回家，给他那位把所有希望都寄托给二儿子，也就是父亲自己的母亲。她把实现那个目标的任务交给了他。

就这样，我迈出了第一步，进入了一个对家乡怀有永久渴望的独特的世界。父亲最喜欢的那首歌的曲调常常回荡在我们狭小的房子里，歌曲从那里传到难民营里谦和的邻居家里，传到我们每个月都要去的位于黎巴嫩南部的村庄。更有趣的是，汽车上的座椅也随着不断跃动的音符而有节奏地振动着。在那里，我们会发现一块地方，那里翠绿的田野与湛蓝的天空相互映照，共同描画出了一幅美丽的、令人充满希望的场景。

我们用同一种坚定的声音唱道："我要抵抗你，我的敌人，你会面对来自我们每个家庭、每个社区、每条街道的坚强抵抗。"随后我们的声调变得舒缓起来。

父亲给我们讲述了一连串拒绝死亡或重生的回忆。我不记得我是否曾问过这些词的含义。有时候一个小女孩可能不会去做一些身负众望的事情，因为她可能会克制不住自己，会因为自己的好奇心而扰乱其他人。她可能会问她父亲，他想要"对抗"的人是谁。也许父亲那些埋在心中很多天的渴望并没有隐藏多久，就随着父亲成为fida'il①而大白于天下。我们定期旅行的目的地不是随意选择的，而是有针对性的。我们的目的是回应对家乡的渴望，让父亲能够重新想起在那些地方度过的岁月。

父亲似乎更多地活在记忆中，而非扎根现实。在他眼里，他母亲的愿望比什么都重要，他的梦想就是实现他母亲

# 第七章
## 哈尼（渴望）

的愿望，他的内心无时无刻不被这个梦想占据着。

父亲在那个崎岖的山峦中扎营坚守多年。在那里他除了艰苦，什么也没得到。在他独自守夜的那些夜晚里，他做的每一次祈祷都可能是最后一次。当寂静笼罩在他黝黑的脸上并暴露出他的年龄时，我和兄弟姐妹们立刻意识到肯定发生了什么事情。

他是一户普通人家的次子，是一个正直的孩子。他们一家住在布吉·希马利（buji al-shimali）难民营。他始终认为那里只是一个临时的避难所，所以我们也从他那里继承了这种想法。

他十分幸运，因为在他那张蓝色的身份证上，出生地写的就是他所属的那个村庄。对于难民来说，这是最珍贵的一件事情。因为他不必付出任何个人努力就能让别人通过这个标签知道其中包含的荣誉，当然也有痛苦。

每个认识我父亲的人都知道，如果没有人每天早晨为他祈祷，没有一颗纯洁的心灵给予他满满的爱和关注，没有敏锐的头脑使他意识到周围存在的严重威胁，他不会在1969年一次又一次地避开发生的严重流血事件。他的母亲，也就是我的奶奶选择为巴勒斯坦身体力行，希望在真主的帮助下，在她的祈祷下，年轻人能够通过革命行动，阻止以色列的占领行动。

由于从小就在充满爱的氛围中长大，因此父亲的成长是顺其生长规律的。在那个温暖的家里，他度过了无数个夜晚，从坎坷的童年到没有什么波折的青春期。

但他最大的愿望总是留给一个对他而言不可替代的人：我的奶奶。他希望她安息。

我和奶奶有一种神圣的联系，有人说我的五官和她一样，脸颊和她一样苍白，同时脸上也有着和她一样温暖的微笑。

她不是俗话说的那种"摇摇篮的女人"。原因很简单，因为她从来没有拥有过摇篮。然而，她能用她的力量和深刻洞见去撼动大地，用她温柔的话语和对陌生人的慷慨去打动人心。

她把她的祈祷变成了一座稳固的桥梁，让父亲可以通过它，来坚定获取胜利和解放祖国的信心。尽管我们肩负的重任可能一辈子都无法实现，但她毫不动摇地支持和鼓励我们。当我们遇到挫折时，她会轻轻地拍一拍我们的肩膀，虽然直到她离开我们，前往美好的天堂，再也没有人可以告诉她胜利和回归之日何时来临。她也从没告诉任何人，当看不到回归的前景时，她那颗玲珑小巧而又饱含深情的心会多么

# 第七章
## 哈尼（渴望）

痛苦。

我还记得，有时候晚上聊天，我们问到有关奶奶的事情时，父亲会不时地停下来，抹去伤心的眼泪，浇灭记忆里无意之中唤起的对过往的怀念。

有一次，父亲沉默了一会儿，吸了口气，对我们说，1976年的一个晚上，他回到位于难民营的家，在那里作最后的告别，想记住他所爱的人的面孔。之后，他和他的战友们被派到可以俯瞰巴勒斯坦的一座山上，执行一项重要的军事任务。他十分清楚地记得，那天他是如何强忍着不由自主流出的泪水，拥抱奶奶并亲吻她的手。奶奶带着淡淡的微笑，试图安慰父亲。然而，她也在极力遏制内心的痛苦，告诉父亲："只有难民营里的所有年轻人齐心协力，才能解放被占的领土。"说完，她跟着父亲走了出去，用手摸父亲的额头，嘴里重复地祈祷："愿真主保佑你胜利，我的儿子。"

我不知道为什么父亲不愿把自己与祖国的故事、与那片他竭力守护的土地的一切一一讲出来。可能只要一讲到那些事情，他的心就疼痛不已。

回忆带来的痛苦太强烈，难以陈述，只能报以沉默。没有什么力量比记忆的力量更强大，它有一种可以唤醒深埋在内心的痛苦的超能力，这种力量可以持续到人生命的最后一刻。不要责备记忆这个沉默的杀手，无论你身在何处，经过多少岁月，记忆都可以让你瞬间回想起过去。即使我们做了最大的努力，这种渴望也不会减少，反而会加深。

父亲继续讲他的故事。这一次，他没有理会他眼睛里流下的泪水。当他自豪地谈起他年轻时取得的无数胜利时，我十分羡慕他。他取得的这些胜利，使他成为一个孜孜不倦、忠于祖国和事业的人。直到他生命的最后一刻，他都在从事这样的事业。而当这些事业结束时，他却要挣扎着把镌刻在他记忆中的、很多我们无法想象的场景删除。

尽管我努力培养和丰富自己的想象力，但是我的想象怎么才能和我几乎不了解的奶奶的形象相符呢？在父亲离开难民营，去位于南部地区的军营报到前，奶奶是怎样向父亲辞别的呢？父亲非常想念奶奶的声音，根据他的形容，奶奶的声音能够巧妙地隐藏她的悲伤和忧虑。

奶奶在辞别时说："儿子，你要告诉你的战友们，如果你牺牲了，不要把你的照片挂在我们家门前。我不想看到你的照片挂在墙上，然后被撕毁，我希望它在我心中完整地保存下来。"

每告别一次，蕴含在坚韧和力量背后的信念就增长一次，对此我该如何解释呢？只有在奶奶面前，父亲才会变得

# 第七章
## 哈尼（渴望）

虚弱；只有当别人提到她时，父亲才会被击溃。我不知道奶奶是如何将爱和力量融合在一起，把我的父亲从一个不知劳累的农夫变成一位只为光荣而战的战士的。除了三十年前奶奶离世，没有什么事情能让他心如死灰。

由于奶奶对她出生的地方越来越想念，她再也没有办法去隐藏她对故乡的那种情感，甚至没有办法在异国他乡度过余生。她渴望有人用力地拉开父亲那双紧紧握着的手，将她从我们身边带走。他们都是孤独的受害者，都在努力寻找一些东西，来填补他们心灵之间存在的空隙。

奶奶走了，尽管那些认识她的人只能从对她最后的吻别中寻找慰藉，但她给人带来的温暖如四面八方吹来的暖风，让人感到舒适。

愿哈莉玛安息，她是爷爷的初恋，是父亲最爱的人。我在这样一种充满爱的环境中长大，从来没有真正接触过她，没有真实感受过那些爱，但这么多年来，我学会了一边凝视着她那张挂在墙上的画像，一边在嘴里毫不犹豫、毫无痛苦地念出"西提"（对奶奶的爱称）这个词。

死亡从来不是一件简单的事情。我们哭泣，不是为了那些离开我们的人，而是为了脆弱的自己，是为了让自己能够面对失去亲人或爱人、朋友的痛苦，让自己可以面对因渴望而突然唤醒的记忆。

对于死亡会带来什么破坏，会给人带来何种影响，我直到一年多前，亲身经历了才意识到。当时我从甜美的睡梦中醒来，听到了一个我非常喜欢的声音，它当时却在哭泣和哀号。那是母亲发出来的，听到她的姐姐去世的消息后，用这种方式来表达她对姐姐深沉的爱和怀念。

比起其他人，我对那可亲可敬的姨妈有着异乎寻常的渴望、依恋和同情。有两个场景经常闪现在我的脑海中，在那里，我和姨妈是女主角，其他人好像都是配角，我们周围的一切也都只是美丽的风景。其中第一个场景发生在1966年4月。那时，我只有三岁，作为家里最小的孩子，得到来自全家的宠溺，哥哥姐姐们陪着我玩，他们像我爱他们一样爱我。随着以色列对黎巴嫩南部地区发动名为"愤怒的葡萄"的侵略行动，姨妈一大家子人不得不逃难，住进了我家。但这让我心中的葡萄愤怒了。至于我为什么会这样，我自己至今都无法解释。我只记得我内心充满了嫉妒和受限的感觉，像我这样一个受到全家宠溺的孩子，无法接受姨妈一家长期住在曾经只有我玩耍、嬉戏、跳舞和在角落里抓小蚂蚁的小房子里。

后来，母亲和兄弟姐妹把我那些毫无意义的滑稽行为讲

## 第七章
## 哈尼（渴望）

给我听，我不禁开怀大笑。当他们告诉我有关我得慢性胃炎和查不出原因的便秘的事情时，真是羞愧难当。好像我曾对自己的肠胃发誓：只要姨妈和她的孩子还在我家住，我就不去卫生间。在姨妈一家离开的那一刻，我以闪电般的速度冲进卫生间。这表明确有其事，我确实做过那些荒唐的事。

我脑海中经常闪现的第二个场景尽管与第一个完全不同，但其中的主角仍然是我、姨妈和战争。2006年7月，姨妈一家为了躲避即使是在难民营也无处不在的炮火，再次来到了我家。但这一次，每当我听到轰鸣声，不管它是在远处还是在近处，我都会疯狂地寻找小时候极力抗拒的姨妈。找到她的时候，我会紧紧抓住她的胳膊，把我那满是惊恐的脸埋在她的腿上，而她却扭动起来，这不是因为她害怕，而是因为我把她抱得太紧，让她不舒服了。她每次都会拽着我的胳膊，努力让我冷静下来，并且低声地说着："亲爱的，靠在我的肩膀上。我的肩膀在这里，亲爱的。"

我不知道我最初对她的排斥是如何在多年后变成对她的依赖的，也不知道她的脸和那略带沙哑的声音是如何变成永远萦绕在我心中的记忆的。我一生都在寻找一个可以依靠的肩膀，而死亡无疑会提醒我，我们设法找到的肩膀和手注定会消失。

如果把渴望和离别联系在一起,那么谈论渴望就显得乏味至极。但它也可能正好相反,如果你把它与你即将要迈进的那个充满深情的世界联系在一起时,它就会传播希望和欢快的笑声。在那里,除了爱没有其他东西。

感谢真主!如果一颗由血和肉构成、和拳头一样大小的心脏,满怀着渴望,那么它足以让整个星球充满激情。然而,即使你足够坚强,可以承受各种各样的情绪,你也可能无法抗拒某个让你内心发生剧变的人的出现。因为那个人,你可能会自动失去控制情绪的能力,而如果没有那个人,你又会感到未来变得不再美好和值得期待。

一个不知从何而来,一个你一遇到就把它当作朋友的灵魂,会把你从一个地方带到另一个地方,而你根本不需要移动。它拥抱你的方式是你用一千次拥抱都无法做到的,它会让世界上其他的一切都变得多余。只有它能够破解封锁你内心世界的密码,只有它能在任何时间、任何地点占据你的全部。当那个灵魂的主人成为一个珍贵的客人时,他们会给你的希望加上渴望,用喜爱点燃你的灵魂。

我发现,每相遇一次,我的生活就向前进了一步,每分离一次,我的生活就向后退了一步。我不得不承认,这种奇怪而温暖的感觉始终笼罩着我。每当清晨从路人的脸上看到

# 第七章
## 哈尼（渴望）

同样的面孔时，或者每当夜晚从偶然听到的歌曲中听到同样的声音时，这种感觉就出现了。

这种感觉预示着渴望的风暴将出现。我从不关心那些在平时会让我害怕的后果。但我始终坚信，这一切终将过去，会渐渐消失。喧嚣终会平息，这是让一切变得容易的原因，也让那点燃我内心火焰的人能够毫不费力地向我靠近，没有任何障碍。

曾几何时，我觉得已经太晚了，无法去经历和体验那些充满激情的混沌。美好的事物好像已经迷失了方向，永远不会再靠近我。但是，后来这些美好的事物突然出现在我的生活中，与我碰撞在一起，没有给我带来任何痛苦。

当渴望在我心中生根发芽，千万种情感汇聚在一个人的心灵中时，最终会有一个人出现，带来平静和宁静。我的感情的发展方式与世界上其他生物一样，它们都是自然而然产生出来的，没有经过刻意的安排和筹划。

这些感情会在眼睛瞳孔、睫毛和眼皮下萌芽发展，我能记住它们的每一次变化。孩童时我们曾梦想将它们带到这个世界上，一起阅读我们喜爱的书籍，和我们一起成长。在我常常更换的枕头上，也处处有着这样的回忆。

我的感情越来越深，渴望也越来越强烈，它超出了我所有朋友们的预期,也超出了母亲的预期,甚至超出了我自己最美好的梦想。

我收集了很多有关自己的散落已久的碎片。随着搜集得越来越多,我感到自己被一种疯狂的渴望所笼罩。这种感觉已经持续了好几天。我把那些碎片收集起来,是要把它们串成一条美丽的项链挂在我的脖子上,让它时刻提醒我,让我知道我们内心的忠诚。那串项链就像一束茉莉花,尽管季节变幻无常,却依然坚持绽放。

我坚信真主会包容我们脆弱的心灵,这种信仰一直支撑着我。此外,每当我需要一些特别的安慰时,我就会重复一句话:"一切都有原因,命运中没有巧合。"现在,我能够接受任何结局,并且能够带着记忆的碎片一起生活。我可以一边忍受孤独的苦涩味道,一边品尝最近上瘾的咖啡。

渴望总是主宰一切。当我像个孩子一样天真地闭上双眼,让模糊的记忆带我回到一个经常出现的场景时,它就会突然出现。过去我常常要穿过一条狭窄的路,才能从我们所在的社区走到难民营的女子学校。这条路见证了我的童年、青少年乃至成年生活中的很多场景。我和姐妹们、朋友们经常在一条小巷中间停下来,偷听其中一户人家说话。这家人住在一间狭小的房子里,房子的墙壁和隔壁房子的墙壁几乎

# 第七章
## 哈尼（渴望）

一样。这种淘气的偷听行为，是我们早晨会做的许多事情之一。在难民营里，清晨只会被提前准备好的食物散发出来的香味或新生儿的哭声所扰乱。路上的水坑不是只在冬天出现，而是一年四季都有。我们已经习惯了不管背着多么重的背包，都能优雅地跳过水坑，而不被水坑里的水溅湿。

我们从来没有觉得从住的地方去学校的距离太远，也没有意识到我们走得有多慢。直到学校的铃声响起，那扇蓝色的铁门即将锁上，我们才清醒。于是，我们开始跑起来，就好像发令枪发出了跑步比赛开始的号令那样向前冲。放学时，我们迅速地排成一排，热血沸腾，把憋了一天的话一口气说了出来，毫无顾忌地笑着。我们就像蜂房里的蜜蜂，或列队的士兵，开始大声高唱国歌，就像我们的老师常说的："我要用震天动地的声音。"

在那个时候，我们的学校可能已经成为战场上的圣地。而我们，一群昏昏欲睡的女学生，可能是一群复兴的勇士。

多年过去了，但我的脑海不断地上演着同样的场景。那是我出生的地方、成长的地方，那里的一切都和我一起成长，经历岁月的洗礼。

一开始，于我而言，渴望仅限于我的家人，一个我喜欢当最小的孩子的家。之后，渴望渐渐延伸到我梦想返回的故土。在那里，我想到了被死亡带走的亲人。每当我想念他们时，就会亲吻他们留下的一两张照片。再之后，渴望延伸到那个由一群简朴的人居住的小难民营，那个地方是一切的开始，它造就了现在的我。当我的心被一个灵魂伴侣同时也是我现实生活中的伴侣触动时，渴望就产生了，我不由自主地陷入了进去。那一刻，已无法用话语来描述那种渴望，所有的幸福都比不上我们之间的爱。由于他和我自己，我开始热爱生活。无论走到哪里，只要一想到他的样子，我就会心花怒放。

我想象着潜藏在阴影中的思念，正想着如何为一个会引起往日痛苦回忆的故事进行最后的润色。那些故事都是花了很多时间和无数个不眠之夜才创作出来的。思念总是能找到无法愈合的伤口，选择在最困难的时刻接受失去的事实。它在伤口上撒上一些盐，然后继续前行，只留下爱的痕迹或者类似的东西，而这些痕迹会伴随我们一生。每当夜幕结束，黎明到来时，我们在思念的同时，又在痛苦中欢笑，一边享受着胜利的喜悦，一边露出笑容。

我不是一开始就说过，思念会不自觉地存在于你的心中吗？

它存在于我们每个人对自己的爱中，给我们留下深刻痕

# 第七章
## 哈尼（渴望）

迹的生活细节中，我们对过去的爱中，对那些活在过去的爱中，对那些活在过去的人的爱中，对那些不辞而别并带走了我们一部分的人的爱中，母亲对儿子的爱中，母亲对儿子离开的恐惧和对儿子归来的期待中，儿子对母亲的永恒的爱中。尽管母亲早已不在，但无论他走到哪里，母亲都伴随着他。它存在于你从小长大的故土中，尽管你从未踏足那里。它存在于你对难民营里一条只够两个人走路的小巷的爱中。它存在于你爱人的心中，无论你到哪里，都要向那个住在你心里的人表达你的爱。

只有思念会只增不减，即使世界万物走向生命的终点，它仍能持续存在。

# 第八章

## 我的心挂在桑树上

韦达德·塔哈（Wedad Taha）

（利比亚，1991）

硕大的雨滴倒映在汽车的仪表盘上,我误以为那是一只在我不留意的时候爬进来的虫子。我试着用手擦去那些闪亮的黑点,然而12月寒冷的天气让我瑟瑟发抖,什么也没有擦掉。对着那些无法擦除干净的黑点,我摇了摇头,感到羞愧难当——我胆小到连一只昆虫都怕得要命,总是显得与周围的环境格格不入。但我先说明一点:我一直与周围的一切保持一个手臂的距离,同时也与我自己保持距离。我并不真正了解自己,也许是因为我从来没有寻找过自己。但我也没有让自己依附于一个地方或一个人,我从来没有对任何事情充满热情,也没有被驱使着去寻找原因,只是低着头走路。

在我来到黎巴嫩之前,从来不知道巴勒斯坦是我的家乡。也许我很晚才意识到自己是巴勒斯坦人,或者直到开始流浪之后,我才完全明白身为巴勒斯坦人意味着什么。我的

# 第八章
## 我的心挂在桑树上

家人从黎巴嫩南部出发，到地球最遥远的地方去寻找活路。父母结婚后，他们去了利比亚，也就是我出生的地方。之后，他们从那里去了阿联酋，我们在那里一直住到我12岁。我不记得父母曾提起过巴勒斯坦。相反，在我们家里，所有的话题都是关于难民营的。我不懂"难民营"这个词，也没有兴趣问。

我沉浸在童年的回忆里，那里有学校组织的实地考察，有我穿的绿色的天鹅绒连衣裙、丢失的水壶，还有我从妈妈首饰盒里拿出来送给老师的金戒指。不过当老师看到上面用小小的绿松石写着我父亲名字的首字母时，她又把戒指还给了我。我不记得父亲曾经有过一份长期稳定的工作，我们在阿联酋过着简单、刚够谋生的生活。当他丢掉工作时，母亲会流眼泪，卖掉一些金首饰。我们不像现在的移民那样，每年夏天都回黎巴嫩。我不知道是否因为父母想与黎巴嫩保持距离，还是因为他们的经济条件有限而无法回去，只知道我是一个喜欢跳舞的固执的孩子，我只知道我的苏丹朋友马赫拉和我永远地分开了。离开时，她一句"再见"都没有。

我不知道第一次海湾战争是不是造成父亲失业的原因。由于阿拉法特在这次战争中支持萨达姆，因此那些海湾国家要让他为他的立场而付出代价。成千上万的巴勒斯坦人被无情地驱逐出境，流离失所。

就是在那时，我们回到了黎巴嫩。

当母亲在位于黎巴嫩南部城市提尔的爷爷家门口向我道别时，我第一次明白了流离失所、失落和渴望的含义。那天，我内心十分悲伤痛苦，甚至没有意识到她要隔很长一段时间才会回来。我不知道，到底是为了不让我辍学，她才不得不和我以及其他兄弟姐妹分开整整一年，还是因为28岁的马哈穆德叔叔在德国突发心脏病去世，她被击垮了，不得不把我送到爷爷这里。

我的母亲是一个浑身充满恐惧的女人。随着我渐渐长大，我开始怨恨她身上具有的那种恐惧。我一直不明白让她恐惧的原因是什么，母亲也没有足够的自我意识来向我解释她恐惧的由来。她只知道，她要继承传统，让我服从她。就因为她是我的母亲，她就有权用她的思想将我束缚起来。对于这件事，我从来没有原谅过她，对于那种愚昧的传统，我从未接受。因为在我看来，它唯一的目的就是让我变得愚蠢。但我的反抗纯粹是被动的，只在心里寻求庇护，虽然不知道那是否让我摆脱了母亲继承下来的传统和她那遥远的难民营，还是让它以某种方式成功地使它们在我的心中变得更加根深蒂固。

## 第八章
### 我的心挂在桑树上

在黎巴嫩,我和堂兄弟姐妹一起上学,一起住在爷爷的房子里。我的两个姑姑把我当作客人,在她们冰冷的卧室里为我腾出一个小空间。从这个房间往下看,可以看到尤尼斯理发店。为了满足自己的好奇心,我会从那个隐蔽的小窗户偷偷地向外看,想知道墙上满是镜子的理发店在发生着什么。我总是会被狭窄神秘的空间所吸引,会被我去过的每一个地方的每一条裂缝所吸引,想要在其中寻找生命的迹象。我也会被小路所吸引,比如我们每天往返于巴斯难民营尼姆林小学的那条狭窄的小巷。整个冬天,当我跌跌撞撞地走过那条泥泞的小巷时,我心中充满了恐惧。我渴望上学,但又很担心可能会遇到一只抓伤我的腿的猫。

去学校的路上,我们会经过一些建筑物、小玫瑰花丛和一些生有红锈的铁门。这些铁门后面有一排光线阴暗的房子。早晨,这些房子的房门会被打开,女人们从房里走出来,朝着小巷的方向走去。她们互相问候,和孩子们道别,并把雨水从低矮的门槛上扫到附近的排水沟里。营地里到处都是露天的排水沟。当碰到排水沟时,我们会跳过它们。由于咖啡渣被倒在沟里,附近大桑树的树叶也落在里面,因此这些排水沟散发着一股恶臭。由此,他们也把这里叫作桑树难民营。

在去学校的路上,我还会遇到我的亲戚伊克拉姆。她金发碧眼,有着一副沙哑的嗓音。我们一起走过一群挤在难民营小巷里玩耍的小学生,一起欣赏春天的花朵,一起迎接12月的风,一起背诵昨天学过的课文。我一直不知道她是怎么找到可以让我们比别人早到学校的捷径的。由于我们到学校早,因此我有机会在叽叽喳喳的孩子们来到学校、校长敲响金钟之前,静静地观察学校。成人之后,我一直保持着一个习惯,就是在正式开始上课前,提前一个小时来到学校。在这一个小时里,我会读书、喝咖啡,享受早晨和我的梦想。

黑色的校门很大,但我们通常从一个狭窄的侧门进去。这时,校长会带着慈父般的笑容看着我,而我会低下头去开门。他的头发总是整整齐齐地梳向一边,离他的耳朵非常近。除了他那件短皮夹克,我对他的印象就是这些了。

现在,在我的记忆深处,时常会出现这样一个情景:校长正带着他时常挂在脸上的标志性笑容,给我颁发学业优秀奖,在场的每一个人都显得非常满意。虽然我已经不记得当时我是一种什么样的感受,或者有一种什么样的经历,但我永远不会忘记回到家里后爷爷的脸。他的白胡子闪闪发光,粉红色的牙床从浓密的小胡子下露出来。他总是取笑我,说我容易上当受骗、愚笨无能,这让我非常局促不安。那

## 第八章
## 我的心挂在桑树上

天,他高兴地敲着手杖说:"亲爱的,你今天在学校干了些什么?"

他终于问了那个让我担心的问题,之后我们陷入沉默。对我而言,这种沉默是一种莫大的折磨。然后他又说:"我今天见到穆罕默德先生了。你为什么不告诉我你在学校获得了第一名?"过了一会儿,我仍然不清楚他这样做的目的是不是想让我开心,让我继续沉浸在成功的喜悦之中。直到我被表弟打了一顿,我才意识到我取得的这个成就的全部意义。表弟是爷爷最喜爱的孙子,但他被爷爷对我的关注和宠溺逼疯了。

之后,爷爷把全家人叫到一起:"尤思拉,过来,亲爱的!马哈!塔哈!你们在哪里,孩子们?穆斯塔法的女儿今天让我感到骄傲万分!过来吃些糖果吧。"在说"糖果"这个词时,他的舌头好像在嘴里打了卷,发出来的声音特别奇怪。我们哈哈大笑,纷纷开始模仿他滑稽的说话方式。然后,他抓起那袋珍贵的糖果,撕开包装袋,将里面的糖果从我们的头顶撒下来。彩色的糖果四处乱飞,我努力向上伸手,试图抓到更多的糖果。

我不知道我对地名的好奇是从哪里来的。当我得知我的学校是以巴勒斯坦的一个村庄的名字命名时,就缠着爷爷问关于尼姆林的问题。但我从没想过要问他外面矗立的杆子上挂着的蓝色旗帜的事情，或者是关于我们学校的蓝色窗户、冰冷的座位和黑暗的教室的事情。与近东救济工程处援建的其他学校相比，这所学校被当作一个典范。

我对阅读的热爱始于阿联酋。在那里，母亲会给我们买一本名为《马吉德》的儿童杂志。我每次都会带着兴奋的心情看这本杂志，一遍又一遍地读，一点也不会感到厌倦。在提尔，我开始以阅读课本为乐。我特别喜欢历史，也特别渴望得到历史老师的赞扬。每当我对历史表现出非凡的认知时，他都会说"好极了"。有一次，我问爷爷一个词是什么意思，他咯咯地大声笑起来。他的笑声大得让他的大肚子都摇晃了起来，直到他那顶白色的hattah[①]头巾从头顶掉落，他才停止大笑，不得不弯下腰把它捡起来，换上一顶黑色的iqal[②]头箍。我随着他的动作而摆动，等着他解释那个词的意思，但是他没有回答。

几年后，我敬爱的凯米尔老师去世，我的问题仍然没有得到解答。我无法理解，像凯米尔老师那么高的人竟然会死。而凯米尔老师突然而又让人感到可怕的去世和我叔叔的离世，让我第一次对死亡产生了疑问。我意识到死亡有时微不足道，却是永恒的。死亡是神巧妙地创造的一个借口，它

## 第八章
### 我的心挂在桑树上

的目的是让我们更接近它。它既可以以一种可怕的方式突然发生，也可以用一种让人充满疑惑的方式或一种毁灭性的方式出现。无论如何，当母亲对他那个英俊、善良、充满活力的弟弟进行临终告别时，我就是这样想的。他躺在棺材里，一路从寒冷的流亡地运送回来，就是为了和我们见最后一面。

妈妈来看我时，我把我的小脑袋埋在她的腿上，同时心不在焉地对她说："妈妈，我想戴上面纱。"我闭上眼睛，嗅着她黑色长裙散发出来的香味，心里想着那是妈妈的味道，我趴着的是妈妈的腿。她已经有一个半月没来看我了，只留下我在夜里辗转反侧，想念着她。我想念她可爱的灵魂，想念和兄弟姐妹一起玩耍的时光。我是几个兄弟姐妹们中排行中间的孩子，但我对他们总是表现得像个妈妈。我把头埋在母亲的大腿上，紧紧抱着她，哭了一个小时，好像要把她植入我的灵魂里，这样我就可以尽情地独享母爱了。

母亲是我灵魂得以寄托的地方。我不知道是因为我失去了她让我更爱她，还是因为她身上的故事，抑或是因为她给我们洗澡时，在雾气缭绕和香皂散发出的香氛中唱出的甜美歌声，让我更爱她。我用手抱着她的头，告诉她，不要把我丢在这里，无论去什么地方，都要把我带在身边。我止不住地哭，不知道自己站在哪里，也不知道该怎么理解发生在我身上的事情，更没有完全意识到我所经历的一切究竟有什么意义。

以下我所描述的是我在梦中总是看到的最清晰的画面之一。像大多数巴勒斯坦家庭一样，我的家庭信仰虔诚。我们遵循着真主规定下来的传统习惯，服从真主对人的心灵、思想和行为的约束。

我还会在同一个梦里看到先知。我迷迷糊糊地醒来，和母亲说道："妈妈，我想戴上面纱。"但母亲拒绝了我的要求。她担心我会在一段时间后摘下面纱，希望我对自己自主做出的第一个决定负责。我说的是"自主的决定"吗？我不知道我做出决定时有多自由，现在也不知道那个决定有什么深远影响。我甚至不知道那是一个决定，还是一个传统在梦中对我产生的影响。

我周围的所有女性都戴着头巾。奶奶直到70多岁仍然戴着头巾，但这一点不影响她与爷爷之间的眉目传情。我的母亲也戴着头巾，那些层层叠叠地垂落下来、色彩鲜艳饱满的头巾把像波浪般卷曲的浓密头发包裹起来，遮住了女性身上最美丽的部分。当然这不包括仙女们的部分，如果她们确实存在的话。我总是把自己的头发与姑姑们稀疏、粗糙的头发

## 第八章
### 我的心挂在桑树上

放在一起比对,感谢真主没有让我继承她们的发质。我的四个姑姑和我居住的这个社区的所有女性都戴着头巾,即使是住在黑暗狭窄的壁洞里的乌姆·苏莱曼(Umm Sulayman)也戴着头巾,尽管她从不出门,几乎不能正常行走。除了我和我的奶奶之外,没有人去她家做客,去看她每天吃了什么食物,她是怎样度过严寒的冬天,去了解她的贫困,去聆听她与孩子们的过往。

第一次戴着头巾拍照时,我站在白色的背景前,微笑地看着易卜拉欣·苏西(Ibrahim al-Susi)的镜头。照片冲洗好后,我把这张照片和一枚刻有"如果可以把我对您的思念当作礼物,我将把它送给您"的句子的钥匙扣装在一起,寄给了父亲。我对父亲回信并没有抱多大的希望。

一个阳光明媚的冬日,学校的校长把我叫到办公室。进去后,我看到像巨人般高大的父亲坐在黑色的皮沙发上。我扑向他的怀抱,脸上的皮肤却被他浓密的黑胡子所刺痛。我在父亲的怀里哭了很久,而他和校长却看着我笑。

父亲接着亲了我的脸。而对于父亲在学校放学前来接我这件事,我感到很惊奇。这是一件罕见而又奇怪的事。我们回到家时,爷爷坐在客厅里那张他经常坐的椅子上,显得光彩夺目。为了庆祝父亲回来,我们做了一顿丰盛的午餐,之后父亲带我去了我们的新家。

在一条坑洼不平的道路上经历长途跋涉之后,我们终于抵达那里。一路的颠簸震动让我备受折磨。这条路一直向前延伸,路边水果园的景象匆匆掠过,与此同时,我的心跳加快,一整天都沉醉在无比欢快和刺激当中。车停下后,我便向房子跑去,闻到了母亲特别为我准备的扁豆菜的香味。

在认识到已不可能回归到巴勒斯坦的事实之后,爷爷用父亲在海湾工作期间赚回来的钱在两个难民营之间购买了一小块地,在上面建了一幢两层楼的房子。不过,爷爷直到晚年才住进来,在他新建的房子里度过了他生命中的最后几年。自从黎巴嫩发生了巴勒斯坦人的流血事件后,这座房子就成为来自各个派系、民兵和团体的人的庇护所。

由于这座房子地处艾因·希尔维和米耶·瓦·米耶(al-Miyeh wa Miyeh)难民营的中间地带,曾经还是黎巴嫩军队兵营的驻地和巴勒斯坦红十字医院的主要地点,因此其中一些人把它用来作为狙击的绝佳位置,另外一些人则把它变成了弹药库。我们的邻居甚至告诉我们,在某些战争时期,它还被当作临时监狱。

母亲是第一个看到那栋新房子的人。她说当她走进去时,几乎晕倒了。对此,我能够想象得到,她当时是多么的

# 第八章
## 我的心挂在桑树上

沮丧和失落，尤其是当她想到我们在海湾安稳的生活被一群贪婪的士兵和那些掠夺我们财产的人摧毁时。爷爷把房子登记在他的名字之下，这栋房子在他死后应该由父亲和他的兄弟们继承。然而，奇怪的是，这栋房子仍然被用来关押人质。在拉菲克·哈里里任黎巴嫩总理期间，黎巴嫩议会通过了一项财产法，禁止巴勒斯坦人在黎巴嫩购买和拥有私人土地，因此爷爷去世后，他的子女们无法继承房产或将房子登记在他们的名下。我一直说服父亲放弃申诉索要房子。那栋我们生活了二十多年的房子，现在对我来说，似乎是对我的诅咒。

读完初中后，我进入塞达市的女子公立高中就读，那所高中现在被称为尤姆纳·阿尔伊德（Yumna al-Id）高中。在那里，我和一群非常聪明和有上进心的学生一起学习。高二时，我和我的黎巴嫩同学共同获得优秀学习奖。但我从未明白，明明只有我才真正有资格获得这个奖，为什么要让我和那位同学共享这一奖项。当我拿到奖金时，校长坚持让我和我的同学伊巴（Hiba）一起平分。

尽管如此，母亲还是为我的成功感到万分高兴，当时联合国近东救济工程处援建的贝桑学校突然开始收费，因此母亲用这笔小小的奖金给妹妹交了上学的学费。这已经不是我第一次感觉到真主对我们的厚爱，好像即使我们处境艰难，他也要让我们接受教育。许多巴勒斯坦人都从各类不同派系的政治组织那里收到奖学金，但我从未向他们寻求过帮助。我不确定这到底是因为父母的自尊心，还是因为他们决心不让那样的事情发生在我们身上。

　　由于身份问题，我经常感到自己悬在半空中。我从未理解在大学里加入巴勒斯坦学生协会、加入某个组织、参加抗议游行或效忠于某个领袖的价值在哪里。也许在我看来，对巴勒斯坦的归属感只是一种私人的情感，是一件私事。我对家乡的热爱和我向真主祈祷的方式很像。如果可能的话，我甚至会把那种热爱隐藏起来，只在心里默念。但是我一直有一种无法解释的疏离感和不安定的孤独感，这种感觉一直伴随着我的一生，并且随着我经历的增多而变得更加复杂。即使我大学毕业并在近东救济工程处援建的学校获得一份工作，情况也没有发生改变。

　　由于某种原因，我总是有一种强烈的信念，认为自己永远不会在近东救济工程处援建的学校工作。这个机构的存在让我感到羞耻，我拒绝从这个机构的任何服务中受益。

　　我有这种想法，既是我的优越感使然，也是因为我浓厚的爱国情怀。或者，这也许是因为我一边不敢承认巴勒斯坦

## 第八章
### 我的心挂在桑树上

无能、贫困和分裂的事实,另一边却又对这份工作高度依赖,极度需要那充分暴露我们一无所有和揭露世界丑陋面目的一袋面粉或一条毯子。但正是这种对贫困的恐惧,我接受了一份在这个机构当代课老师的工作,即使这个机构从剥削和贫乏的视角来看待我们。

我愿意放下自尊接受这份工作,也许是因为那个时候我没有更好的选择,也许是因为不想再让父母失望。这份工作也好像是对充斥在他们和我们生命中的,众多悲剧的一种物质和精神上的补偿。

在我的生命中,我们家的房子和我的身份并不是唯一悬在半空中若隐若现的东西。我经历的那些战争也是想象的——我从未经历过真正意义上的战争,母亲从来没有像其他巴勒斯坦妇女和她们的家人一样,带我们去过防空洞,从来没有人死在我的身边,我也从来没有像塔拉扎塔(Tal al-Zatar)难民营的人们那样,被迫从尸体上走过去。但通过母亲讲述的故事,战争又时刻萦绕在我的心头。母亲在恐怖的战争中受过心理创伤,她从未停止过提及战争,她总是有无穷无尽的事情可以说。

我唯一一次近距离接触战争,是在1996年以色列对黎巴嫩发动的"愤怒的葡萄行动"期间。当时我们家挤满了从提尔逃到西顿，以躲避以色列进攻的难民。我们一家只好挤进了父母居住的大卧室。我们这些孩子和普通的小孩子一样，又笑又吵。而大人却和其他的大人一样，害怕出现饥饿。一次，我听到大人们和分发口粮的年轻人讨价还价。他们声称人数多，需要更多的大饼。而那个年轻人却说，他们只是想和其他人一样，利用战争来获得难民身份，从而获得更多的口粮。就在这时，我听到叔母沮丧地喊道："你以前见过我吗？"

渴望是属于被压迫者的歌。奶奶过去常常唱歌，她会对着枕头、对着大海、对着长长的道路、对着被遗忘的打谷场、对着指甲花和婚礼等一切事物歌唱。但我从没意识到，她唱的一切都与巴勒斯坦有关。至于为什么唱这样的歌，我从没有问过她。我只是听着她哼曲，仔细地听她唱歌。直到她被自己的渴望噎住时，慢慢停下来，我才会停止聆听。

也许是她流利的歌声和无声的泪水教会了我克制，也许是她那温柔的声音带我看到了我的家乡，也许是她给了我一个矛盾的巴勒斯坦人形象：既是温和的，又是被诅咒的。的确，我指责巴勒斯坦人自己参与了占领活动。如果他们没有把巴勒斯坦留给以色列人就好了，如果他们没有投降，我们就不会被迫迁徙。我们为流亡付出了沉重的代价，我们的尊

## 第八章
### 我的心挂在桑树上

严随着时间的流逝和不断的妥协逐渐丧失。我们曾经不顾一切地试图确保自己的生存,却没有意识到让步、背叛和背信弃义的严重性。这些行为不断地、循环往复地让我们一代又一代人蒙受羞辱。

当我在近东救济工程处工作时,这种感觉变得更加强烈。一个在黎巴嫩的巴勒斯坦人被认为是一个不值得活下去的人。这使得巴勒斯坦人不得不像信徒那样向近东救济工程处祈祷。而他们这样做的原因只是近东救济工程处为他们提供了一些基本的服务。

在那里工作时,我第一次有了这样的想法——巴勒斯坦人最大的敌人是他们自己,他们有心理疾病,情感上吝啬不堪。我把这归结于折磨我们的集体意识并蔓延到我们文化中的恐怖心理。吝啬是贫困和害怕匮乏的结果,而守财奴首先是在感情和情绪上吝啬。

在近东救济工程处援建的学校的教师休息室里,你听到的都是有关工资和补偿的对话。在教室里,你看到的都是对学生的咒骂和惩罚。如果你不使用惩罚性措施,你就会被认为是愚蠢的。在那里,我第一次感觉到我和我周围的那些巴勒斯坦人之间出现了裂痕。他们的面容严峻,其中一些是近东救济工程处援建的学校的老师,一些是曾教过我的中学老师。

但学校也是让我得以了解孩子们内心世界的地方，让我可以感受到他们的痛苦。尽管我对在学校的日常生活感到愤怒，但他们也让我学会对巴勒斯坦社会中那些会让人愤怒和痛苦的一切，报以同情和感激。由于种种原因，我生活的社会本身就是支离破碎和不连贯的，而不仅仅是因为它没有清晰地展现出祖国的形象，没有塑造坚定的公民意识。从某种程度上来说，我们的归属感是有问题的，它带来的是致命的冲突、排斥和抵制。巴勒斯坦派系林立，领导人被追捧，我们的家园在充满伪装和琐碎的日常生活中逐渐消失。

我提到了孩子们的内心世界。他们兴奋地举起小手，仿佛向着真主，向着你呼喊："我，小姐……我，我，我……"我看着他们，抱怨那些老师竟然向那些娇嫩的小花朵灌输他们自己的思想，这会促使我问自己一系列西西弗斯式的问题，比如我是谁？我们是谁？我们的命运是什么？这些问题让我头晕目眩。因为我也不知道我是谁，真主是谁。

作为一个巴勒斯坦人，意味着什么？它意味着为自己是一个软弱的人而感到羞耻，意味着被驱逐出自己的家园。它意味着接受那些只会做出愚蠢的决定的领导人的"丰功伟

## 第八章
### 我的心挂在桑树上

绩",他们只会给你带来损失,剥夺你的权利。它意味着当你让别人为你的悲剧承受重负,为你的流亡付出代价而感受到的不舒服的满足感。对于他们来说,你是这个世界在良知上的污点。这个世界见证了你的悲剧,却保持着沉默。作为一个巴勒斯坦人,除了意味着品尝痛苦和被边缘化外,我不知道它还意味着其他什么。

我真的觉得巴勒斯坦人用他们自己的悲惨处境给世界带来了负担,这种悲惨处境有时是他们自己造成的,有时不是。当我看到我周围的同事唯一关心的事情就是钱和政治派系的时候,当我发现巴勒斯坦作为一个国家却在他们的谈话中完全缺席的时候,我觉得我们起义的真正对象应该是我们自己——我们应该针对自己,反思自己。

我们企图用自己的损失来敲诈世界,却又对自己的国家无比冷漠,这让我们更像合谋者,更像美化自己的以色列人。即使我们遭受了迫害,我们也不能要求世界来为我们的流亡或半个多世纪以来针对我们的屠杀提供物质补偿。我们的讹诈企图只会使祖国离我们更加遥远,因为他们将对我们的人道主义援助神圣化,以致我们忘掉了自己,忘掉了国家的存在,使我们对未来将发生的事情毫无远见。

我不否认我过于理想主义。我对自己和人们都很苛刻,我要求自己时刻保持高水平的自我认知，却没有意识到我们都只是人。我要求改变，而每天发生的现实却决定了我们的命运。也许，我有时没有意识到，我们有权利不去为了崇高的目标而生活。也许，我没有看到，那些被我批评的人也在为自己的生活而努力奋斗。他们只不过是普通的员工，在服务国际社会的名义下，接受着更高层级的领导的指示。也许，我没有问自己的是：在经历了所有阿拉伯国家、国际社会以及自己国家的背叛后，我们巴勒斯坦人是否可以自由地生活？我们是否能够克服恐惧、无知和迷惘？我们是否不需要等待命运的转折，就可以过上正常的生活？

我们日常抱怨的都是有关道路和基础设施的问题，是对官僚主义和繁文缛节的不满，或者是要求获得更好的通信服务和水电供应服务。我不知道，在经过69年的手足无措之后，我们是否能从苦难的十字架上爬下来，成为一个民族。

但是，在这里或那里，总有一些人真诚地做出过努力，比如一位曾经是囚犯的司机，一个正在学习的孩子，一场婚礼或生日庆典。这些让我意识到，我们对以色列进行了抵抗，为了生存而斗争。这种想法让我重新尊重我们作为巴勒斯坦人所展现出的高度忠诚、普通而又神圣的本能。我们甚至可能是"真主的选民"，有存在的责任。

# 第八章
## 我的心挂在桑树上

我在近东救济工程处援建的多个学校任教了好几年时间。我自己其实也不清楚为什么我没能在任何一个学校待上一年以上。当我最终进入黎巴嫩一家最高端的私立学校工作时，我身边的熟人、同事甚至一些亲戚的脸上都流露出一种惊讶和蔑视的表情。黎巴嫩人无法理解巴勒斯坦人在没有关系的情况下，怎么能在黎巴嫩找到工作；巴勒斯坦人无法理解，巴勒斯坦人的孩子怎么会拒绝为自己的后代贡献自己的劳动成果。

他们都忽略了这样一个事实：如果一个生活在自己家园之外的人可以被视为一个异类的话，那么，巴勒斯坦社会的腐败和政治派系主义已经夺走了我的工作，即使我学习成绩优异。当我的大家族向我询问薪资、假期、福利和汽车的时候，似乎没有人注意到他们的小女儿已经获得了硕士学位，出版了三本小说，她有资格去任何地方。然而，他们只是一边喝着咖啡，一边闲聊着她不为巴勒斯坦人服务的事情。

当我仔细观察巴勒斯坦的社会结构时，我常常惊讶地发现它实际上是破旧不堪的。我想起了一个小片段，它是一件发生在我在近东救济工程处援建的学校任教的时候的事情。当时，一位老师试图接近我，但我不明白他想要什么。我没有过多地考虑他的关注，是因为我不会回应他的钦慕。在之后的几个月时间里，他不断地试图亲近我，甚至有时在大家面前公然向我调情。这种冒犯和具有压迫感的方式，让我感到厌恶和恶心。显然，他这样做是因为他认为我有永久教职，当他发现我与学校签订的是日薪合同时，他就不再和我打招呼。事实上，从那以后，我们甚至没有在教师休息室见过面。如果不是我的一个朋友告诉我，他想要找一个有稳定工作的单身女人，我绝不会知道他为什么不再和我打招呼。

曾几何时，我是个理想主义者，认为巴勒斯坦人理应是先驱和英雄。我想，即使他们没有为了巴勒斯坦牺牲自己的生命，也不会被物质主义所奴役。我愿意相信，我们是真主选中的一批人，注定要像圣徒一样生活。

当我参加为巴勒斯坦儿童举办的夏令营时，意识到我们被困在生活这个玻璃瓶的最底端。我无法理解出身于难民营的巴勒斯坦组织者，会以巴勒斯坦儿童的名义行窃，然后公开地把自己偷来的碎屑残渣分给他们。我曾经认为，痛苦会让我们走到一起。那些小时候遭受苦难的人，肯定会希望难民营的孩子们走出他们潮湿阴暗的住所。后来，我突然想到，以色列要对出现在巴勒斯坦人之中的犯罪行为负责，他们之所以这样做是因为他们有心理疾病，他们继承了他们的父辈因为常年忍受来自以色列的征服、否认和羞辱而出现的

## 第八章
### 我的心挂在桑树上

心理疾病。多年后，我原谅了他们把说谎当作追求生活的一种方式。

2006年7月，战争爆发了。尽管它带来了痛苦，带来了很多不眠之夜，但作为一个已经失去了希望的巴勒斯坦人，我认为它是历史为我们打开的一个窗口，我们可以通过它逃回巴勒斯坦去。人们对抵抗这个话题的兴趣越来越浓厚，因为许多人将其与巴勒斯坦历史上的斗争进行了比较。

黎巴嫩抵抗力量宣称巴勒斯坦是我们的目的地，解放巴勒斯坦是他们的首要目标。对我来说，这种表态给我带来了一些希望和安慰，它使我感觉到自己是真实存在的。巴勒斯坦人在黎巴嫩遭受多年的谴责和诋毁并被剥夺许多基本权利之后，巴勒斯坦在那一刻，成为所有向往自由的阿拉伯人的目的地。我不想讨论这种意识带来的影响和它在政治上的复杂性，只想沉浸在它给我带来的甜蜜而又充满希望的氛围中。我开始觉得巴勒斯坦就在眼前，只要我们说出来，它就会回归，而且我们会通过自己的努力实现回归。

我的一些家人们会想方设法回来看我。当我的两个叔叔患上肾衰竭时，爷爷设法通过国际红十字会，安排他们去巴勒斯坦接受治疗。他们回来后，带回了很多有关以色列医生和我们在巴勒斯坦的亲戚的故事。奶奶带回了一些秘密买回来的葡萄干、无花果干和彩色的陶瓷,把它们藏了起来,我们经过很长时间的寻找才找到。她还从耶路撒冷带回了一些泥土,把它们装在罐子里,用来给她心爱的孩子和孙子们祈福。我还清楚地记得,当时我并不关心它是如何被拿回来的,也没有在家里对它给予过多的关注。

很久以后,奶奶和叔叔去了巴勒斯坦。我记得我问奶奶阿米娜(Aminah):"你为什么不留在那里呢,Teta[③]?"她哭着用满是皱纹的手擦着美丽的脸庞。也可能是她咕哝了几句我听不懂的话,我也没有费心地去了解那些话的含义。但过了一段时间后,她给我讲了一个有关一棵桑树的故事,她说那棵桑树是她的父亲在巴勒斯坦北部米亚尔(Mi'ar)村栽下的。每年都有从村里逃亡出来的人的子孙后代回去摘桑果,把它的照片传播至世界各地。

# 第九章

## 卡迪杰,我母亲的母亲

因提萨尔·哈扎伊(Intisar Hajaj)

(西顿,1959)

我的外婆卡迪杰（Khadijeh）和她的缝纫机是一对密不可分的双胞胎。她的故事开始于黎巴嫩南部的坎塔拉（Qantara）村，发展于不间断的流亡生活，结束于她离开人世的艾因·希尔维难民营。1982年，在色列入侵黎巴嫩南部期间，她过世了。由于道路被以色列军队封锁并设置了很多检查站，无法通行，因此没有人能够带着她的遗体回到坎塔拉村。尽管她生前一直要求，把她埋在她生活的村庄，但她过世后，遗体还是被安葬在附近的西顿市。

外婆虽然住在巴勒斯坦，并曾在艾因·希尔维难民营寻求庇护，但她那美妙而又动听的黎巴嫩口音并没有改变。直到她离世的那一刻，都一直记挂着她生活过的黎巴嫩南部地区。她记得她在那里缝的每一件衣服，绣的每一针。那一针一线最终缝出了一件满含着悲伤、痛苦、剥夺、背叛和无尽

## 第九章
### 卡迪杰，我母亲的母亲

的流亡的衣服，她也用针线写出了一个苦乐交织的故事。

外婆总是重复给我们讲她过去的生活细节，特别是在她变得年老体弱之后，讲得越来越多。好像她可以通过讲述最细微的细节来让她的听众陶醉其中，从而使她恢复青春和美丽。她天性勇敢，这种勇敢的天性又引导着她的行为。

她对我和我的兄弟姐妹们感情很深，教会了我们很多有关生活的事情。作为缝纫方面的专家，她把她的缝纫机当作至爱，缝纫机也成了她佝偻着的身体的一部分。她一旦开始工作，就会充满活力，浑身焕发着力量和爱。当缝纫机的轮子在她的操作下转动起来，她就像在黎巴嫩南部的丘陵山谷以及巴勒斯坦加利利的平原上自由翱翔，神采奕奕，一生的过往也在她眼前缓缓铺开。

当我和她坐在一起时，我总是如痴如醉、兴奋不已、充满好奇。开始缝纫时，我们会坐在地上，把布铺开，我负责给她剪布，给她穿针、递针线或卷线轴，那是我最快乐的时刻。母亲也从她那里学会了缝纫，有时候母亲也会过来帮忙。外婆的那台缝纫机是一台老式的手动缝纫机，我们一坐下开始缝布，它就会发出刺耳的声音，而外婆却不会受影响，继续用她动听的声音绘声绘色地讲着她的故事。

直到夜幕降临，外婆才会放下手头的缝纫工作，停下来休息放松。随着她开始休息，我们也停下来，收拾好缝纫机和布料，准备过夜。我尤其喜欢在外婆工作的时候听她讲她的故事，喜欢看她讲述时那种轻松的神态，喜欢她毫无保留、事无巨细的讲述。我是一个专心而执着的倾听者，会全神贯注地听她描述有关她曾生活过的村庄和巴勒斯坦妇女们，然后又把我听到的故事向她重复一遍。这时，她会笑着说："你说的就好像你在那里亲身经历过一样，我想要你来给我下葬。"

外婆的故事还没有结束，也许是因为外婆认为自己的人生历程和不可重复的独特经历十分重要，所以她向一切愿意听她故事的人讲述她的过往，不断重复地向我们在艾因·希尔维的朋友和邻居们讲述，直到他们记住为止。我想，她是不希望自己的记忆像那些从她生命中消失的人和事那样，随着她的离去而消散于天地之间。

外婆喜欢一边喝阿拉伯咖啡，一边抽手卷烟。不过她只抽用南方的纯烟草做成的烟。每天早晨和晚上，她都会点好烟，坐下来，慢慢地品味醇香的咖啡和烟卷。她来自美丽的坎塔拉村，直到她生命的最后一天，她都有着红润的脸颊、白皙的皮肤、匀称的身材。她厚实的发辫由一条白色的头巾包裹着，褐色的眼睛散发着智慧、力量、爱和渴望。她是一

## 第九章
### 卡迪杰，我母亲的母亲

个为爱而生的女人，充满着爱而又被别人爱着，这就是她现在仍然还活在人们心中的原因。

外婆一开始是村里的女裁缝，与他的哥哥卡塞姆（Qasim）和嫂子哈贾尔（Hajar）生活在一起，受到他们的监护。哈贾尔来自巴阿尔巴克，是卡塞姆的堂妹。外婆是一个性格固执和叛逆的人，经常惹怒我的舅公。他们经常发生争吵，她要么不服气地走开，要么被打到屈服为止。她认为自己的胃病是他造成的，因为他曾经用手杖打她。舅公则一笑置之地说："那是因为你太顽固不化了，卡迪杰，你从不听我的话。"

外婆年轻时嫁给了村里的一个男人，但是没有生过孩子。那是一个大规模移民的年代。婚后，那个男人去了美国，他离开时曾承诺，他一旦安定下来，就会回来接她去美国。然而，两年之后，那个男人把他对外婆的承诺抛至九霄云外，背弃了他曾生活过的村庄，向她寄来了离婚协议书。对于这件事，外婆没有过多地抱怨，而只是自顾自地坚持过自己的日子。她一边踩缝纫机，一边帮助她的哥哥和嫂子照顾孩子、种庄稼、养牲畜。

由于黎巴嫩南部和巴勒斯坦北部毗邻，外婆每周二都会在亲戚的陪同下，去巴勒斯坦的哈利萨（Khalisa）村赶集，买裁缝用的布、线和其他物品。有一次，她去了更远的萨法德镇，买回来了一台事先向一位商人预订的新缝纫机。那台缝纫机现在还静静地躺在我们在艾因·希尔维的房子里，等待着外婆讲故事。每到周二，商人们纷纷从黎巴嫩和叙利亚各地来售卖他们的货物和庄稼，集市上人群聚集，生意红火。从远处来赶集的人们都住在村里穆赫塔尔的家里，或者在他们的朋友家里借宿。

由于我的外婆经常去那里赶集，认识了一群朋友，成为那里的贵客。那里的人们喜爱她，她也喜欢那里的人们。在那里，她能买到她需要的一切东西，然后又带着在家里做好的礼品和衣物去集市赶集。这一次，她带着一台现代样式的缝纫机回来，开心得不得了。她还经常去巴勒斯坦北部旅行，她喜欢那里的人，觉得那里需要一个会用缝纫机和可以教别人缝纫的女裁缝，于是打算搬到那里去。

外婆有自己的主张，因为坚持己见，她从来没有停止过与我的舅公发生争吵。尽管舅公比她大几岁，但她从不怕和他发生激烈的争吵。她强烈要求他同意她离开，但舅公要求她答应在农忙季节和嫂子分娩的时候回来帮忙。在做出很多保证后，一天早上，外婆带着她的缝纫机和一些必备的物品，骑着骡子走了，同行的还有村里的其他人。

# 第九章
## 卡迪杰，我母亲的母亲

等到达目的地，也就是到了她曾住过的哈利萨村的穆赫塔尔家时，外婆已疲惫不堪。她是穆赫塔尔妻子的朋友，给其做了很多衣服。这个女主人对外婆讲了她的故事，说在所有那些喜欢她和她喜欢的人中间，她最终选择穆赫塔尔做她的丈夫和守护者。在穆赫塔尔家住了几天，当了几天客人后，外婆找到一个新住所，安顿了下来，为自己的独立而欢欣鼓舞。

妇女们开始蜂拥地来到外婆家，请她给她们做内衣和其他衣服。外婆还进行创新，做了几款新式风格的衣服，这让她的那些客户们很开心，也十分满意。她是一个富有说服力的演说家，但她也很专横，总是想把自己的想法强加给其他人。尽管她那样做的时候是以爱的名义，而非为了嘲笑和贬低他人。她不停地在黎巴嫩南方和加利利这两个地方搬来搬去。我的舅公时不时过去看望她，确保她一切都好，然后会买些东西回家。

在哈利萨，我的外婆遇到了伊萨·哈马德（Isa al-Hamad）。这个男人来自一个大家庭，他英俊潇洒，受过良好的教育，十分开明，曾被胡拉地区的一位领导凯米尔·侯赛因（Kamil al-Husayn）看上，拉他当合伙人和助手。外婆爱上了伊萨，伊萨也迷恋上了这个古怪而又坚强的女人，他认为外婆比他村里所有的女孩都要好。这个古怪的女人身上究竟有什么神秘的魅力？只有深爱她的人亲自走进她的内心去探索，才会发现。他对外婆的爱，以及他们之间的爱情故事，至今还在村里流传。

尽管两家人都反对他们的这桩婚事，但在村里长辈的干预下，他们接受了舅公提出的所有条件，最终结成了夫妻。

外婆嫁给了她一生的挚爱。自我记事以来，凡是外婆开始回忆有关艾因·希尔维的事情时，没有一次不提起他。但出于一些我当时无法理解的原因，她流露出来的不是思念、渴望和爱，而是愤怒、仇恨和怨恨。她曾和他幸福地生活在一起，被当作皇后那样接受着来自他的宠爱。但是，俗话说，幸福从不意味着完满，她的幸福也带着一些缺憾，因为她发现自己不孕。她看了一个又一个妇科医生，甚至还跑去了萨法德，然而都无济于事。她唯一想要做的事，是让伊萨·哈马德开心，心心念念想要和他生孩子。但她的子宫条件不好，不能孕育胚胎，虽然一直都很努力，积极治疗，但始终没有成功。

伊萨的家人开始向他施压，要求他再婚，但他坚定地拒绝了家人的要求，始终相信真主会让他们怀上孩子。

我的舅公卡塞姆和舅婆哈贾尔倒是生了很多孩子，有男

# 第九章
## 卡迪杰，我母亲的母亲

孩，也有女孩。其中最小的两个孩子是一对漂亮的双胞胎，可以说春天在她们的脸上绽放，太阳的光线与她们的发丝交汇，绿色的麦粒在她们的眼睛里闪烁。外婆很喜欢法蒂玛（Fatima）和玛雅姆（Maryam）这对双胞胎，尤其对法蒂玛有一种特别的疼爱之情。分开时，外婆会对小法蒂玛思念不已；相聚时，外婆会紧紧抱着她。

舅婆家孩子多，负担沉重。为了养活一大家子人，他们不得不耕一大块地，养一大群牲畜。然而，只在晚上睡觉，根本不能让哈贾尔得到充分的休息，也无法缓解她眼睛和身体的疲劳。外婆便常常去她家帮她忙，一忙就是好几天。

有一天，外婆突发奇想，她可以带着她心爱的法蒂玛去巴勒斯坦，在那里她可以像对自己的女儿一样抚养她。最重要的是，那个时候法蒂玛已经断奶，可以走路了。通过这种方式，她既可以帮助哈贾尔，减轻她的负担，又可以成为一个有女儿的母亲。在与卡塞姆和哈贾尔商量之后，她实现了她的愿望。玛雅姆仍然跟着哈贾尔，法蒂玛则被过继给外婆，成为她的女儿。

外婆带着法蒂玛回到哈利萨，她把收养哥哥女儿的想法告诉了伊萨。伊萨很高兴，没有反对，因为他深爱着她，依恋着她，他希望她能成为木屋里美丽的麦穗。

他们和法蒂玛一起玩，给她买礼物和糖果，法蒂玛得到了她想要的一切。外婆从来没有像她爱法蒂玛那样爱过别人，法蒂玛触动了她的灵魂，唤醒了她那沉睡的子宫，使她内心燃起了战胜无法生育的希望。当然，与此同时，法蒂玛也经常和她的父母见面。然而，尽管美丽、平静的法蒂玛给他们的生活带来了幸福，但伊萨·哈马德和他的家人从来没有放弃把自己的孩子带来这个世界的想法。

他们之间的冲突并没有结束。为了平静下来，从一直压在她身上的重担中解脱出来，外婆决定给伊萨找一个可以给他生孩子的妻子。她认为只要和她给伊萨找的妻子住在一起，伊萨就不会离开她的视线。伊萨勉强接受了外婆的要求。于是，外婆为他找了一个符合她的要求而不是伊萨要求的女人。最重要的是，她为自己的家和自己的爱情找到了一份保险。

这个故事我早已熟记于心。因为我在艾因·希尔维难民营的那座用波浪状铁皮做屋顶的房子里和外婆一起缝纫时，她说过无数遍，我也听过无数遍。只要缝纫机的车轮一开始转动，外婆的记忆之门就被打开，这种习惯一直持续到她生命结束的那一天。

我们都为外婆的不幸感到同情，每当看到她眼中噙着泪

## 第九章
### 卡迪杰，我母亲的母亲

水时，我发现自己也在哭泣。外婆的泪水让我感到担忧，因为在我还没有长大之前，我不能理解她的那种悲伤。长大之后，我明白了，即使自己被深爱的人伤害了，自己的爱被那个人扼杀了，但对那个人的爱仍然永远不会被遗忘，不会被弃置一旁。

随着三人生活的开始，厌恶和愤怒占据了她的内心，但她从来没有停止过爱她的丈夫，尽管她经常否认这一点。

当我的母亲法蒂玛请求她原谅伊萨，忘记过去的不愉快时，她非常生气。为了进一步劝解外婆，母亲曾努力让外婆意识到比起她个人承受的痛苦和负担，流离失所和流亡给她带来的痛苦更大。母亲说整个国家都消失了，她不应该再沉浸在自己的悲伤中，最好忘掉那些不愉快的过去。然而，母亲说的这些话却让外婆更加生气，她好几天都不和母亲说话。

外婆为她的丈夫选中的妻子是来自叙利亚南部的哈兰（Hawran），曾经常和她一起做针线活。她身材高挑，皮肤晒得黝黑，身材宽阔，神情平静，看起来就具有很强的生育能力，能为伊萨生下强壮健康的孩子。获得伊萨的同意后，外婆同意了这个女人和她父母的条件，还安排他们在她和伊萨结婚的同一栋房子里结婚。他们住在一个房间里，外婆和法蒂玛住在另一个房间。

每当一个新生命在她情敌的子宫里诞生时,外婆就会经历巨大的痛苦和悲伤。嫉妒之火被点燃,两个女人之间的冲突也在蓄势待发。伊萨被困在两团火焰之间,一边是爱的火焰,一边是身为父亲的火焰。随着时间的推移,父亲的火焰似乎胜出了,爱情渐渐消退,男人陷入了困惑之中。最后,他决定为他的妻子,也就是他孩子的母亲另找一栋独立的房子。

事情最终发展到了这个地步。外婆在诸多女人中选择了哈兰做她的姐妹,而哈兰却成了她的情敌。外婆更加悲伤了,如果不是法蒂玛,她可能已经被命运压垮。随着伊萨大部分时间都待在另一栋房子里,外婆决定离开他。当她不顾丈夫的反对,收拾好自己的东西出走时,我的母亲法蒂玛才十岁。她们搬到了邻村纳米亚,也就是我的父亲居住的村子。外婆对我父亲的家庭很了解,因此她和他们一起生活,他们对她也很好。在那里,她又重操旧业,做起了缝纫工作,以维持她和女儿的生计。

接下来的几年里,法蒂玛进入青春期,长得越来越漂亮。当时我父亲是个英俊的、长着棕褐色皮肤的年轻人。他身材高大,受过良好的教育,在萨法德和哈利萨当老师。由

## 第九章
### 卡迪杰，我母亲的母亲

于他工作的地点离家很远，因此很少回家。

一天，放学后他回到村里，发现了一个和村里其他女孩一起散步的年轻女孩。他对她一见钟情，发誓要娶她为妻。父亲打听了她的事情，知道她在家里的名声很好，便向她的母亲自我引荐。

父亲向母亲法蒂玛求婚时，他25岁，母亲当时只有13岁。由于母亲年龄太小，外婆对父亲的求婚犹豫不决。她还向母亲的其他家人寻求意见，其他家人强烈反对这桩婚事。

但父亲坚持要给这个漂亮的姑娘一大笔聘礼。经过多轮协商，在村里长辈的介入下，父亲最终如愿实现了自己的愿望。1946年，父亲和卡迪杰的女儿，同时也是哈贾尔和卡塞姆的女儿结为夫妻。婚后，他们和父亲的父母住在同一个街区。然而，父亲的母亲却对这桩婚事不甚满意。因为在她看来，法蒂玛是外人，不如和父亲同属一个大家族的女孩好。但父亲下定决心要娶她心爱的女孩，他是在不顾母亲的反对和风俗习惯约束的情况下，义无反顾地娶了法蒂玛。

父亲很爱法蒂玛，她是他亲爱的妻子，也是他最珍爱的人。他用"南方的花朵"来称呼母亲。他们经常去碧绿的草地踏青，去清澈的池塘钓鱼，一起度过了美好的一年。1947年底，14岁的母亲在纳米亚生下我的大哥。他几个月大时，犹太复国主义武装组织哈加纳军事入侵加利利村，屠杀村民，导致该地区出现大规模移民。

父亲和母亲撇下装饰华丽的房子和家养的牲畜，简简单单地收拾行囊，一个家族在长老的带领下匆匆离开，步行前往黎巴嫩南部地区。经过整整一夜，终于在黎明时分，他们走到了我母亲的老家坎塔拉村。备受恐惧、饥饿和疲惫煎熬的他们在亲戚家住了一段时间。之后，父亲一家人对去哪里产生了意见分歧，一些人想留在黎巴嫩，一些人更想去叙利亚，他们打算在那里与以色列人开战，夺回他们的土地。但是父亲不愿再冒险，他们准备待在房子里，无论何时听到胜利或战争的消息，都时刻拿着钥匙准备着。

起初，他们认为可以在不超过十天的时间内返回家园，之后又认为可以在几十天后返回，再到后来，他们又预计还需要好几年才能返回，手中的钥匙始终没能插进钥匙孔里。

在任何时代和地方，对于主人而言，客人都是一种负担，尤其是当这些客人是正在等待回家的一大家子人时，情况更是如此。尽管坎塔拉村的村民们对他们格外友好和热情，我的舅公对他们关怀备至，但几个月后，父亲终于忍受不了这种长期客居他乡的感觉，决定离开这里，去追随已经在黎巴嫩多个地方定居的家人。

## 第九章
## 卡迪杰，我母亲的母亲

当时，近东救济工程处开始帮助这些流离失所的人，为他们寻找临时住所，直到他们无家可归的事情得到解决。于是父亲决定迁往纳巴提耶镇，和外婆收拾好行李，一家人离开了坎塔拉村。至此，父亲的那个家族四处分散，分别定居在黎巴嫩南部的不同地区。父亲带着妻儿迁去了卡法·鲁曼（Kfar Rumman）村，在那儿租了一间石屋——房子至今仍然在那里。父亲受过教育，在哈利萨当老师前，曾在英国军队服军役，懂英语。借助这一优势，他在近东救济工程处寻得了一份工作，负责给纳巴提耶难民营的难民分发食物，也就是难民们常说的"口粮"。

在卡法·鲁曼，当时16岁的母亲生了一个女儿。如果不是外婆一直陪在她身边，她可能无法承担养育孩子的重担。随着生活变得越来越艰难，人们又开始四处离散。无家可归的他们走在街上，睡在果园的橄榄树下。对于一个曾经在自己的祖国和平生活的民族来说，生活已经遭到了灾难性的毁灭。他们突然发现自己成了无家可归的人。他们究竟招惹了谁，让他们面临这样的下场，遭受这样的厄运？他们没有工作，每天做的事情就是聚集在任何一个有由木头制成的旧收音机的地方，时刻收听有关巴勒斯坦最新发展情况的新闻，预测着他们一直在等待的有关回归的前景。

几年后，西顿附近聚集了很多难民，父亲也决定迁去西顿，与那里的难民一起生活。因此他辞掉了近东救济工程处的工作，打包行李，和家人以及一些亲戚一起前往永久的避难之都"艾因·希尔维"。

在一片被小山丘和柠檬树园环绕的平坦地带，他们搭起了帐篷，帐篷的四角用石头固定。帐篷整齐地排列着，就像飘浮在空中的幽灵。从那时起，那些幽灵就成为一直萦绕在那些家庭心中的噩梦。大多数帐篷住了不止一户人家。对于生活在帐篷里的人来说，难民没有隐私。他们什么都做不了，没有任何权利，只能勉勉强强算一个人，能做的事情只有等待。每个人都眼睁睁地看着自己的国家被吞并，他们期盼着阿拉伯人取得胜利，等待奇迹出现，这是他们自"大浩劫"以来一直在做的事情。当时，母亲正怀着她的第三个孩子。

1951年9月初，暴雨淹没了营地，我母亲居住的帐篷也受到洪水影响。那时，她刚刚生完第三个孩子。包括泡沫垫子在内，所有的东西都浮了起来，人们冲过去帮助我的母亲、外婆和三个孩子。当时的情景让母亲和外婆一直没有忘记。

几个月后，艾因·希尔维开始建造用波浪状铁皮做屋顶

## 第九章
### 卡迪杰，我母亲的母亲

的房子。父亲租了一套有隔间的木屋。在那里，母亲又生了三个孩子。几年后，一大家子人搬进了父亲在另一个街区修的一座石屋。随着人口增多，父亲的负担越来越重，他发现只要"大浩劫"持续存在，自己的处境就会非常艰难，因此他决定去沙特当老师赚钱，以养家糊口。

那年是1958年。父亲走了之后，母亲和外婆负责在家照顾孩子，操持家务。这座新房子共有三间卧室、一间厨房和一间浴室，外婆也有了自己的房间。因此，她又开始重操旧业，发展了一批新客户。她除了负责家务活外，还常常和我母亲竞相扮演母亲的角色。对于孩子们的事情，事无巨细她都要介入，甚至连孩子们的名字也由她来取。

艾因·希尔维难民营是一块由来自巴勒斯坦各地的人匆匆忙忙地建造起来的小地方，里面的社区都以巴勒斯坦城镇和村庄的名称命名。人们建造它时并不知道所谓的城市规划，甚至"规划"这个词从来没有出现在人们的脑海中。住在难民营的人被不分青红皂白地统一对待，就好像他们没有自己的面孔和名字一样，或者好像在所有人类中，只有他们被单独规定要遵守一部特殊的法律。

对他们来说，冬天给他们写了一首在其他地方听不到的歌。到了夏天，太阳晒在有孔洞的铁皮屋顶上，炙热的空气把挤在房间里的人们压得喘不过气来。早晨，只要你的脚一碰到房子的门槛，就会闻到下水道的恶臭味。狭窄的小巷，蜿蜒的道路，肮脏的夏天和泥泞的冬天，塑料靴子成了生活中永恒的伴侣。尽管如此，我们的生活仍然有着快乐和满足。我们认为难民营就是自己所能触及的世界，因此我们没有太多的抱怨，也没有更多的渴望，只要围绕在我们周围的，都是笑对艰难困苦的善良面孔就好。

随着来自巴勒斯坦各个城镇和村庄的居民先后迁徙到这里，我们周围的房子也成倍地增加。让人感到幸运和巧合的是，我们这个社区有一个鲜明的特征，就是大多数家庭都是由来自黎巴嫩南部的妇女和来自巴勒斯坦的男人组成的。这给我母亲和外婆带来了极大的慰藉。其中有来自梅斯·贾巴尔的乌姆·穆萨·费达（Umm Musa Faydah）、埃塔娜的乌姆·萨拉赫·纳赫拉·曼苏尔（Umm Salah Nahla Mansur）这样的邻居，她们见面后都高兴得说不出话来。

但母亲最关心的人是乌姆·穆萨·古尔（Umm Musa al-Ghul），她是外婆的好朋友，和外婆年龄相仿。朋友们来家里做客时，会一边喝着咖啡，抽着手卷烟，一边讲述她们从故乡来到难民营所经历的事情。在艾因·希尔维，我们家面对着南方而建，巴勒斯坦正好位于黎巴嫩以南，因而我们

## 第九章
### 卡迪杰，我母亲的母亲

总能看到巴勒斯坦。生活在一个主要由巴勒斯坦人组成的社区中，我们不仅从来没有感觉到来这里的人和那些本就居住在这里的人有什么区别，甚至还为让来自多个国家的人聚集在一起而感到骄傲。除了巴勒斯坦人，我们的邻居还有叙利亚人、库尔德人、约旦人和其他国家和地区来的人。来自黎凡特地区的人在这里会合，共同建立了一个被称为难民营的地方。

在六个孩子的父亲外出赚钱谋生时，承担起照顾他们的责任是一项艰巨的任务，母亲不仅要对孩子们展现慈爱，还要像父亲那样严厉管教他们。写信是我们唯一和父亲维持联系的方式，父亲的回信一般会送到位于难民营主干道，名为阿布·卡米尔·萨夫萨夫（Abu Kamil al-Safsa）的店铺里。当外婆或某个兄弟姐妹带着父亲的回信回家时，我们的喜悦溢于言表，高兴至极。我们会围坐一团，一起了解父亲的近况，倾听他对母亲和我们的思念。1960年后，父亲每年会回来一次。母亲又生了两个孩子，他们一起生育了八个孩子，其中四个男孩、四个女孩。

外婆继续在卧室里做缝纫工作。随着她的顾客不断增多，她的故事也传播得越来越远，吸引了来自其他社区的听众。她会缝制新衣服，也会把旧衣服上的破洞补好，让衣服可以继续穿。为了赚一点微薄的收入，外婆从不抱怨，也从不讨价还价。随着时间流逝，其他街区的女裁缝越来越多，外婆的顾客随之相应减少。但最贫穷的那些人还是会选择来外婆这里，因为她们只付得起外婆缝补的费用。

至于伊萨·哈马德，他和他的家人住在纳巴提耶难民营，依靠经营一家杂货铺谋生。他的妹妹经常来艾因·希尔维看望外婆。从他妹妹那里，外婆知道他已经对抛弃她后悔了。外婆从来没有去看过他，但乐于从别人那里打听他的消息。他也从没来看过外婆，好像他们之间的爱和激情已经干涸了。伊萨忙于打理自己的家庭事务，和一个他从未爱过的女人住在一起，经营着一家无人问津的商店。尽管母亲知道这件事的来龙去脉，但她和我们说，她不明白外婆为什么要离开她的丈夫，无法理解外婆是如何把自己的心变成石头那样坚硬，把那份伟大的爱情抛之于脑后的。

事实上，外婆从未从被抛弃的痛苦中恢复过来，她总是祈祷他能比她先死。她经常回忆起她在巴勒斯坦幸福和富足的日子，抱怨在难民营的生活和她经历过的困苦，即使她对难民营也有着强烈的感情。1974年，在以色列的一次进攻中，纳巴提耶难民营被完全摧毁，伊萨·哈马德也被杀害。对于他的逝去，外婆没有任何反应，甚至没有掉一滴眼

## 第九章
### 卡迪杰，我母亲的母亲

泪，至少我们没有看到。她一声不吭，在房间里一直待到第二天。

我那羞涩、谨慎和美丽的母亲是外婆的宝贝，也是我们的宝贝。她深爱着我的父亲。她从小就和父亲朝夕相处，接受着父亲一家人的照顾。她虽然不会读写，但她从父亲那里学到了很多东西，比如对诗歌的热爱，对知识的渴望。她喜欢早上听费鲁兹（Fairuz）的歌，晚上听乌姆·库尔苏姆（Umm Kulthum）和阿卜杜勒·瓦哈卜（Abdul Wahab）[1]的歌。我们也继承了她的审美品位。有时她会被音乐冲昏头脑，用她温婉的歌声唱出远比她的年龄更加深沉的情感。

母亲是一个通情达理的女人，有着一个如同泉水般清澈的灵魂。她还是一个对出门在外的丈夫尽职尽责的妻子，拒绝受到外婆坚强意志的影响，不愿在每一件事上都受到外婆的蛮横干涉，这导致她们之间总是出现冲突。但经过几天冷战，她们的关系又得到恢复。外婆对母亲的感情很深，她无法忍受和母亲长期不和。她们之间的爱就像一般的母女之间应该有的那样，总是充满和平与宽恕。

慢慢地，我们都变老了，外婆、母亲以及在遥远的沙漠谋生的父亲都不例外。父亲只在夏天回家来看我们，其他时间只能通过信件来与我们保持联系。直到1981年，父亲决定离开沙特，回到黎巴嫩，结束他长达25年的打工生涯，这种生活才结束。在这25年里，除了我们寄给他的黑白照片，他没能亲眼看着我们长大。与此同时，母亲则在难民营的流亡生活中度过了她的一生。在过去的25年里，母亲就像一朵被茎秆撑起来的鲜花一样，渴望着夏天的到来。她对自己的一生十分满意，并对她生命中最得力的助手——外婆感激不尽。和难民营中在西顿的果园及其附近的地方务农的人相比，我们的生活是富足的。

外婆见证了从"大浩劫"到1982年以色列入侵黎巴嫩时发动的所有战争。她的身体越来越虚弱，视力和听力也慢慢衰弱，到最后缝纫衣服已经成为一件极其艰难的事。她把缝纫机交给母亲，满怀遗憾地停止了缝纫工作。之后，镜子成了她唯一的朋友，她会对着镜子说话，拉起她下垂的脸颊，哀叹她逝去的容颜。由于嘴唇已经无力吸烟，她便把手指放在嘴唇上，然后拍着虚弱的大腿说："卡迪杰，这就是你的一辈子吗？唉！"

我和姐姐们会一边听外婆碎碎念，一边逗她，说她的美貌早就消逝了，她则生气地骂道："我年轻美丽的时候，你们这些小毛孩还不知道在哪里呢！"然后我们咯咯大笑，抱着她，向她道歉。时间似乎总是让人措手不及。不经意间，

## 第九章
### 卡迪杰,我母亲的母亲

人们会在早上醒来时发现自己老了,老得比飞驰的风还快。

生活把我们带向了不同的地方,而外婆和母亲却一直留在难民营。外婆已经103岁了,不能站立的她看起来十分娇小,像小孩一样。在生命最后的日子里,她不吃不喝,经常问起她的家人,我们每一个人以及村子里大大小小的事情。1986年3月的一天,她独自躺在床上,灵魂抽离出来,离开了她出生的地方,离开了那片曾经像一棵雄伟的橡树一样养育了她并安葬她的地方。那棵被她从坎塔拉带来的无花果树被种在了我们在艾因·希尔维的房子里。

# 第十章

## 梦想在继续

鲁巴·拉赫梅(Ruba Rahme)

(大马士革,1986)

每天晚上睡觉前,我都被思念所征服。

每当闭上眼睛,我都能感觉到她的小手在抚摸我的脸颊。我希望我能最后一次拥抱她,再摸摸她那柔软的卷发。

我们家的墙壁渴望着再次听到她的笑声和她轻柔的脚步声,尽管我们被所有可怕的回忆困扰着。她的玩具仍然散落在地板上,但我不愿把它们收拾起来,以免我对她的记忆消失不见。

自从她离开后,那些玩具就一直散落在那里。也许在德国,她能找到在她六个月大时就离开她的父亲,也许是他们见面的时候了。

我的母亲一年前去了荷兰,父亲三年前去了土耳其,然后又去了希腊,我的弟兄们也跟着父亲先后去了土耳其和希腊。我留在家照顾弟弟萨利赫(Salih)和妹妹哈扎尔

# 第十章
## 梦想在继续

（Hazar），成了他们的父亲和母亲。后来，我又成了哈扎尔女儿法拉赫（Farah）的母亲。法拉赫每次回家都会让我开心不已，她会抱着我，给我讲当天发生的事情，而我实际上并不明白那是些什么事情。她常常问我有关比拉勒（Bilal）和叔叔萨利赫·哈洛（Salih Halo）的事，我们之间的对话常常以下面的方式结束：

"是的，布巴（鲁巴）！"

"是的，布巴的掌上明珠！"

"布巴，我爱你！"

我也爱你，你是家里快乐的源泉。你来到我们身边的时候，我们还没有想好给你取什么名字，但我们普遍赞同你外婆给你取的名字。

"我们就叫她'法拉赫'（开心快乐的意思），也许快乐将会回到我们家中。"

妈妈，你对了，但是你没有预见到她的离去，她会把所有的快乐从我们的心中偷偷带走。

我不知道她离开后是否还记得我，但她的德国医生告诉我的妹妹哈扎尔，由于萨利赫和我分开，她的心理受到创伤，经常会在半夜突然醒来。一个不到两岁的女孩竟然能懂得爱和渴望的含义，这是多么令人惊奇啊！但也许不是这样的。她曾经叫我"妈妈",因为我是她的第二个母亲。母亲是那个给她生命、养育她和爱她的人,母亲的姐姐只能算她的半个母亲。

法拉赫是我的小女儿,我看着她一天天长大。当她开始学走路的时候,我就发现她是一个调皮的孩子,喜欢想方设法弄乱我的文件。她还喜欢模仿我的一举一动,比如我是怎么坐的,我是怎么拿手机的。我的妹妹会在晚上多次醒来查看孩子的情况,当看到儿童床上没有人时,她惊恐万分,然而一转头发现她躺在我的床上。如果不是她寄来一张我一看到就会流泪的照片,我是不会相信她说法拉赫因为想我而半夜醒来的。在那张照片里,一个熟睡的小不点正躺在我的毯子上。曾经,她睡过来,压在我的身上时,我从来没有感觉到她的重量。因为我白天辛苦工作了整整一天,疲乏的我进入了深度睡眠。

在我的妹夫,也就是她的父亲被监禁后,整个家里笼罩着一股悲伤的氛围,直到她出生,这个家里才有了欢乐。妹妹怀她到九个月的时候,妹夫就被抓走了,以至于在她分娩的时候,他也没能陪在她的身边。

她来到这个世界的时候,我们给她取了很多名字,但母亲取的名字使我们大家意识到,那才是我们这个家所需要

# 第十章
## 梦想在继续

的。法拉赫是她的名字，人如其名，随着她的到来，欢乐也开始如奔涌的泉水那样流进了我们家里。在她两个月大的时候，她的父亲被释放出来，这使他能够看到自己的女儿，拥抱自己的妻子。在他被监禁期间，妹妹一直想方设法让他的身份合法化，使在黎巴嫩生下的孩子得到官方承认。对于在黎巴嫩的巴勒斯坦和叙利亚难民来说，没完没了的新生儿登记手续是最严重的官僚主义，给人们带来了很多麻烦。

法拉赫和父母一起生活的时间不到一年，她的父亲就再也无法忍受没有合法身份而带来的羞辱。他的证件被盖上了"离境"的字样，这对他继续留在黎巴嫩构成了持续不断的威胁。因此他决定从海上向西走，前往德国。当哈扎尔和他告别时，她不知道他们是否还会再见面，所以她再次充当了既是母亲又是父亲的角色。

法拉赫一岁半的时候，我的母亲也坐船离开了这里，只留下我们四个人。每晚睡觉前，法拉赫都会抱着我，用她的小嘴在我的脸颊上留下一个湿吻。她的手指告诉我，我是她心中最爱的人。在她的梦里，她会把我带到一个永远幸福的地方。

一次，我离开家长达五天。法拉赫的妈妈告诉我，她每天都站在家门口哭着喊："布巴，布巴！"当我回来打开家

211

门，她看到我时，就开始用一种非常奇怪的方式哭泣和大喊大叫。她走到我的身边，抱住我，然后转过身去。之后，又把她的小手放在我的脸上，抱着我，不停地哭。她以前从未这样以热泪迎接我。

在我们给她过了两岁生日后，哈扎尔向德国大使馆申请的家庭团聚签证有了一些进展。一天，她宣布她获得了德国大使馆签发的签证。由于不知道事情的真假，我对哈扎尔说我不喜欢她让我空欢喜一场。为了打消我的疑虑，几天后，她把她自己和法拉赫盖了签证的护照拿给我看。于是对着护照，我仔细地看了一遍又一遍上面的签证，着力确保签证是真的，而不是一个糟糕的笑话。

新一轮出发计划的倒计时开始了。每天晚上，我都站在阳台上看星星，仔细地数星星，但我每次都数错。我在数星星时，眼前会出现一架巨大的飞机。那架飞机朝着我的身体撞过来，把我撞成碎片，并把我爱的人带到另一个地方。因而，我只能通过手机屏幕看他们。但是，并不是我想看就能马上看到她们，还取决于网速。

她们离开的时候，我说了很多次再见。我之所以这样，是因为我担心以后没有人对我说同样的话。我本以为过了一段时间，我就会习惯她们不在的日子，但房间的每一个角落

## 第十章
### 梦想在继续

都遍布着法拉赫的身影,散发着她的气味,她说"布巴,来这里"的声音也继续在我的耳边回荡。

她们离开后,每当我和萨利赫回家晚了的时候,再也没有人像哈扎尔那样用母亲般慈爱的声音来关怀我们了。她很强大,总是能照顾好自己,而我们不得不自己承担起做饭和做家务的责任。

她一直在躲避那些纠缠着她的厄运,那些对她表示嫉妒的目光。即便如此,她的脸上也总是挂着微笑,仿佛是在告诉人们美好的时光将会在前方出现。

她首先是我的朋友,然后才是我的妹妹。她和我一起生活的时间是所有家庭成员中最长的,我们很少像一般的姐妹那样吵架或打架,而是十分默契,通常在我还没有开口说话前,她就已经知道我在想什么了。

送别哈扎尔和法拉赫后,我和萨利赫从机场回来。当我去衣柜换衣服时,发现哈扎尔在衣柜门的内侧贴了一张纸条,上面写着她过去常常给我提的各种建议,比如"照顾好自己""不要迟到""对你的弟弟萨利赫要有耐心"。

我不知道是哪路聪慧的神明安排我和我最小的弟弟萨利赫单独地待在一起,他那时才19岁。他喜欢空手道和霹雳舞,但他学会的在墙上行走的特技让我担心不已。同时,我也为他感到骄傲,因为他总是能在同龄人中脱颖而出。

在我们还住在叙利亚的雅尔穆客难民营时,他就已经是我们社区的孩子王了。他有经商头脑,会通过卖仙人掌、蜜饯苹果和母亲做的牛奶布丁去赚钱,还会穿过邻居家大声叫卖他的商品。有时,我们的邻居亚伯拉听到他的叫卖后,会买下所有的商品,然后他就会满脸带着笑容回来。

过去,每当我们的姑姑在暑假期间从阿联酋回来,他都会从姑姑那里大赚一笔。姑姑会高额买下他所有的商品,但他内心公平交易的道德感驱使他带着腼腆的笑容给姑姑找零钱。姑姑坚持不收零钱,这让他那天获利颇丰。到了晚上,他会数一数自己的收入,并为第二天做准备。

有一次,父亲去查看存放在已故的爷爷家里的铝板,却发现他那傲慢的儿子已经把一些铝板以不到5叙利亚镑的价格卖掉了。

萨利赫不是一个被宠坏的小儿子。我的大哥才是父亲最溺爱的孩子,他甚至曾追求过四个女孩。萨利赫是一个不顾一切的人,他在没有得到自己想要的东西前,不会善罢甘休。

萨利赫大一点的时候,曾要求父母答应他:如果他从中学毕业,要给他买一台电脑。然而,就在萨利赫毕业准备上

# 第十章
## 梦想在继续

中学时，叙利亚内战爆发了。

我们不得不迁移到黎巴嫩，而在黎巴嫩，想要继续上学是一件无比困难的事。因为他很难拿到入学所需的证明文件，学校的课程也以英语授课而不是阿拉伯语。

这个只有15岁的男孩开始变得绝望，他几乎不知道自己身上发生了什么。他不理解为什么他要开始找工作，而和他同龄的其他男孩却有智能手机，有漂亮的衣服，还可以玩捉弄他们老师的游戏。更糟糕的是，在他正值青春期的时候，他的亲人一个接一个抛下了他，他想要的电脑也从来没有得到过。

有时，我半夜醒来听到有声音，本以为是他在打哈欠，但起床后发现他在哭。我无可奈何，只能回到床上，为发生在我们身上的事情而悲伤和痛苦。又能如何呢？母亲不顾汹涌的海浪、荒凉的原野和其他一切危险，一心决定要去荷兰，都是为了他呀。

哈扎尔离开后，他在床上躺了三天，对她不得不离开故乡而感到可惜。我则强忍着悲伤，努力让他认为我为哈扎尔感到高兴。然而，我会偷偷地哭泣，因为我们失去了第二位慈爱的母亲。

进入青春期的萨利赫开始有一些让我感到困惑和震惊的

想法。他会在某一天说他想要在胸前文身,过一天又说想养一只狗。有时他发现自己内心是一个共产主义者,有时又坦承自己正投入伊斯兰教的怀抱。然后他告诉我,他要回叙利亚,或者指责我冷落他,说我更关心我的学生,而不关心他。一般情况下,他会对自己的行为感到愧疚懊悔,并以他的职责是成为家庭的主要收入来源作为开脱。他将踢足球作为一项事业,但不久,就会带着骨折的脚、鼻子或其他伤回家。

在这种情况下,我通常保持沉默,不会多说什么。我起初会站在那里,对他的行为和不切实际的期望表现出不可思议的样子,之后回到自己的房间,努力平复好自己的心情,然后再出来小心翼翼地和他说话。

事实上,没有人比他更值得让我爱,我也尽最大能力让他得到他想要的一切。但是他鲁莽的行为让我联想起父亲抛下我们的事。同时,我又觉得好像真主知道我是最能容忍他青春期做出不成熟行为的人。

当我听到他一边做礼拜一边背诵《古兰经》的声音时,我想起了父亲——他总是敦促我们不要忘记做礼拜,尤其是晨拜。在雅尔穆克难民营,他会带领我们做礼拜,背诵《古兰经》中关于洞穴或亚辛的章节,我们会在冬天用冰冷的凉

# 第十章
## 梦想在继续

水进行洁净。做礼拜时,我们保持安静,看着已经记住《古兰经》中所有经文的母亲。但直到长大之后,我们才真正理解虔诚的含义。

由于我家在客厅中央使用煤油暖炉,因此即使在冬天,室内也很暖和。父亲、母亲、五个女孩和两个男孩,我们一家人围在暖炉旁边,房子里散发出混合着烤面包和烤洋葱香味的浓郁味道。这时,父亲会用他圆润的嗓音唱歌,父母相互比较着谁在年轻的时候更加受异性欢迎,我们则咯咯地笑着,总是站在母亲一边,因为父亲总是设法让她吃醋。不过,他总是叫道:"嘿,我的新娘,你认为没有你,我还能活得下去?"

父亲至今还不时会想起他开的那家商店。店铺的地理位置非常好,有两个入口,一个在雅尔穆克的主干道上,另一个正对着我们附近的菲达伊因区。商店里铺的瓷砖和里面的员工都是父亲精心挑选出来的,他还精心选出了各种口味和形状的糕点和冰激凌以吸引顾客。经过20多年的奔波和劳累,他终于创办了自己的公司。

商店只开了一年半,难民营就被战争的恐惧所笼罩。为了不让弟弟去服兵役,父亲带着他去了贝鲁特。毫无疑问,父亲认为他开的那家商店经受得住战火的摧残。然而,店铺已被全部摧毁，我们一直祈祷他不要看到YouTube播放的显示店铺已被摧毁的那一段视频。其实他一定会知道这件事，但我们依然要依靠残存的希望来生活。

雅尔穆克难民营与艾因·希尔维或黎巴嫩其他的难民营不同，它不是一个普通的难民营，而是一个具有漂亮建筑和宽阔街道的城市，几乎大马士革的所有商店，甚至最著名和最古老的商店，都在雅尔穆克设有分店。

雅尔穆克是巴勒斯坦人和很多叙利亚人的避风港，在这里，从来没有人问你是叙利亚人还是巴勒斯坦人，是逊尼派还是什叶派。

"兄弟"和"姐妹"这两个词将雅尔穆克的居民团结在一起，我们也都像其他国家的人那样工作和学习。我们的父母和我们说，在叙利亚内战发生后，许多人都试图让巴勒斯坦人参与进来。但我们年轻人不愿发表意见，这不是因为我们害怕，而是因为要在流言蜚语和别人恶意的指责中维护我们的尊严。这种混乱情况一直持续到2012年12月16日，也就是第二次浩劫爆发的那一天，叙利亚政权用战机轰炸了阿卜杜勒·卡迪尔·胡赛尼清真寺。之后，我们预计还会出现第二次轰炸，因此开始讨论撤离难民营。

爆炸发生时，我不在现场。那时，我刚好在大马士革的

# 第十章
梦想在继续

Mezzeh区上完美发培训课。我们听到难民营遭到袭击的消息后，迅速赶了回来。当我们看到名为"西瓜广场"的地方像审判日一样拥挤时，震惊无比。靠近难民营的一侧空无一人，令人毛骨悚然。我朝难民营的那个地方冲过去，但一支来复枪挡住了我的去路，接着有人朝我大喊大叫道：

"去哪里？"

"我想回家，看我的家人。"

"你没看到那条街正在交火吗？我们在这里保护你。"

"你在说什么？保护我们？我要去难民营。"

士兵们不允许任何人穿过广场进入难民营，但我满脑子想的都是我母亲的声音和兄弟姐妹的哭声。我推开挡住我前进的步枪向前走，但很快注意到有一个士兵在后面跟着我。他命令我从另一边跑过荒无人烟的地方，回到我住的地方。在那里，我们遇到一个士兵正在阻止另一派系的人进入我们社区，防止他们从另一边进来。

好在我们这个区的人一直努力保持中立，最后我回到了自己的社区。

我找到了母亲，吻了吻她的手，当我抬起眼睛看她的时候，她告诉我，表兄弟姐妹们坚持要求我们离开公寓。但她的回答让我想起了已故的爷爷阿布·阿里·塔布拉尼（Abu

Ali al-Tabrani），他曾说："我们一生中犯下的最大错误就是离开巴勒斯坦，以为我们几天后就可以回去。1948年以来，我们一直在这里，这种日子直到现在都没有结束，望不到尽头。"

我们别无选择，只能离开。雅尔穆克像加沙那样被以色列占领，成为以色列人的居所。随着我们生活的难民营被摧毁，我们有关童年的故事也就支离破碎了。

迁移到西顿后，我每天都会梦见雅尔穆克，梦见母亲从小学下班后回到家里做家务的场景。在梦里，仿佛战争从未发生过，我们家的墙也没有被摧毁。为了继续沉浸在这样的梦境中，我不愿醒来。因为一旦醒来后，我就会发现我们居住的那些房子不是我们的，它们属于那些每个月来向我们收房租、电费和水费的人。我甚至需要为我呼吸的空气付钱。

黎巴嫩是唯一一个接纳来自叙利亚的巴勒斯坦人的国家。根据黎巴嫩法律，我们既不被认定为巴勒斯坦难民，也不被认定为叙利亚人。我们不是居民，也不是游客、难民，甚至连移民也算不上。我们是一批身份特殊的人，因为检查站的工作人员经常会通过各种问询让我们意识到自己的特殊性。

"你叫什么名字？"

# 第十章
## 梦想在继续

"鲁巴。"

"你从哪里来,鲁巴?"

"来自提比里亚。"

"你说你来自提比里亚,但你的文件显示你来自大马士革,这是怎么回事?"

"对不起,但我如实回答了你的问题。"

"所以,你的意思是你对你这些年一直帮你和收留你的地方——叙利亚不满意?"

当黎巴嫩人在黎巴嫩内战爆发期间来到大马士革时,我们并没有居高临下,而是把自己的房子和毯子分享给他们,彼此协商去帮助他们。然而,现在情况扭转了过来,我们变成了流离失所的人,连生活都成了问题。

我们现在应该希冀什么呢?是梦想着回到叙利亚的雅尔穆克难民营?还是回到我仅仅从爷爷的泪光中看到的提比里亚?甚或是越过大海移民至家人所在的欧洲?

当我向大海表达我的恐惧和悲伤时,它也会变得愤怒,召唤我潜入它的怀抱,帮助我逃离。但那些贩卖人口的走私事件以及被无情的大海淹死的孩子、母亲和父亲们,让我抵制住了它发出的极致诱惑。然后,我想起了大海对母亲和弟弟表现出的怜悯,他们经由土耳其前往荷兰时,没有被大海吞没。我有时对大海充满感激，有时会在海岸边哭泣，但没有人会看到我的眼泪，因为翻滚而来的浪花溅在我的脸上，掩盖了泪花的痕迹。

我想起了我的爷爷，阿布·阿里·塔布拉尼。在我还小的时候，他会把我塞进盖在他后背和肩膀上的毯子里，这样我的小脑袋就会露出来。他给我讲了很多他过去在提比里亚湖用渔网捕鱼的故事，还给我看了他在巴勒斯坦的房子的钥匙。每当他给我讲他们1948年从巴勒斯坦逃到叙利亚的哈兰，奶奶生下我父亲的事情时，他都笑得很开心。他拿来一些老照片，指着照片和我说："把这些照片保存好，这样在我死之后，你还会记得我。我要把我的钥匙、念珠、削笔刀给你妈妈，这样你就能有准备地回到巴勒斯坦。它们和她在一起最安全。"

我拿着照片，跑到二楼，兴奋地把爷爷刚刚吐露出来的秘密讲给妈妈听。但妈妈很生气，让我下楼告诉爷爷说："爷爷万寿无疆！"

在爷爷离世之前，我从来不知道死亡意味着什么。我问妈妈，他什么时候回来，而她只是哭着，默默地抱着我。

时间过得很快，我开始和大海谈论山那边的大地，我们逝去的亲人已经去了那里，现在太阳也宣布它要离开，去往

# 第十章
## 梦想在继续

那里。

日落让我心旷神怡,水面上泛着的粼粼波光告诉我,美存在于生活之中,希望、爱和新的相逢总会在每一次夕阳、悲伤和思念之后出现。

我的妹妹萨拉姆(Salam)是一个不会向现实屈服的人,看到这一点,我又会为我们的巴勒斯坦人身份而感到自豪。每到晚上6点,她就会把难民营的孩子们带到我们在艾因·希尔维的房子,教她们如何随着巴勒斯坦曲调跳迭步开舞。我对她那充满爱意的眼神和激动人心的声音感到无比惊奇——她们成立了一个名为拉吉(难民的意思)表演艺术团的组织。

拉吉表演艺术团的第一场演出就让在场的观众热泪盈眶。萨拉姆一边朗诵诗歌《签证》,一边向坐在第一排的嘉宾做手势。看到萨拉姆的演出,我也忍不住哭了,因为她对我们行政官员的批判深深地触动了我。

还在叙利亚上中学的时候,萨拉姆就显现出了不一样的数学天赋,她想出的一些解决数学问题的方法甚至让她的老师都感到惊讶。那时她的志向是上大学学习原子或高能物理。但来到黎巴嫩后,她的梦想破灭了,泪水和沮丧占据了她的全部,直到她乘船离开这里,这种情况才得到改善。

她不像她在舞台上扮演的那个名为乌姆·塔拉勒的角色，那个角色在与她的儿子告别后不久，就丧生于大海。相比之下，萨拉姆更加幸运和坚强，在她的坚持下，她最终于2015年去了荷兰。

当时，我正在叙利亚的一个中学教初三。学生们要回叙利亚参加初中毕业考试，然后再回来。但有时他们没有那么幸运，他们会因为巴勒斯坦人的身份而被困在位于叙利亚和黎巴嫩边境地带的马斯纳。他们不得不听从边境处暴戾的官员的摆布，在那里做苦工，每天的酬劳不到1万黎巴嫩里拉，约7美元。

比拉尔（Bila）是被困在那里的孩子之一。由于他不能回叙利亚参加考试，只能在黎巴嫩和他父亲一起从事建筑工作。我每天经过他打工的建筑工地时，都会看到他的衣服上沾满了水泥和灰尘，晒得发黑的脸上满是汗水，然而他的眼睛里闪烁着喜悦的光。

他14岁，我教他阿拉伯语。他和其他学生一样，对自己的老师充满敬爱之情。我知道青少年的特殊性，因此在和学生说话时，会尽量保持谨慎克制，但还是忍不住公开表达对比拉尔的喜爱之情。

在他的介绍下，我认识了他们一家人，他的姐姐也成了

# 第十章
## 梦想在继续

我的好朋友。他对我十分亲切,甚至开始叫我"妈妈"。这让我感到十分激动,好像我有一个可爱而又听话的孩子。但他这样做,也让我很吃惊,因为他没有把他母亲的感受考虑在内,尽管这个女人常常对此一笑了之。

萨拉姆离开后,由于比拉尔动作娴熟、擅长编舞,他自愿帮助表演艺术团训练,表演艺术团的团员人数越来越多,其中不仅有巴勒斯坦人,还有黎巴嫩人和叙利亚人。此外我们还在戏剧、迭步开舞、霹雳舞和唱歌方面有了相应的教练。随着在黎巴嫩各地巡演,我们慢慢开始声名大噪。在我的亲人们移民之后,拉吉的成员成了我的家人,我把所有的时间和爱都花在了他们的身上。

我成了这个表演艺术团每个团员的母亲,尤其是比拉尔。

比拉尔离开建筑工地后,我们开始认真考虑如何让他在中断两年的学习后,继续上学,接受教育。西顿的技术学校是唯一的选择,因为它接纳来自其他国家的所有学生,甚至包括巴勒斯坦人。由此,比拉尔得以穿上校服,背上书包去上学。之后,他可以和所有其他学生一样,有机会去抱怨每天要早起,可以在学校放假时欢度假日。我去学校接他时,他会向他的朋友们吹嘘他年轻的新妈妈。而当他的老师告诉我他在课堂上表现很好，学习成绩优异时，我也无比高兴。

于我们而言，我们打过的最艰难的战争之一，就是摆脱过去的束缚，为自己找到一个快乐的地方，走出那个把回归的权利想象成必然实现的世界，放弃那些只在舞台上发生而现实中不切实际的梦想。

没有人能体会到这种感觉，除非他们被家人照顾过，体验过我们所经历过的快乐和悲伤。每天晚上结束训练，独自走在海边时，另一个人会担心。我们会在生日时，给彼此制造惊喜。当然，我们也会斗嘴和吵架。不过，不久之后，就会用WhatsApp发送表达歉意和友爱的信息，让彼此都沉浸在和解的气氛中。

我仍然相信我将再次见到我的家人，不过现在我已经成为其他人的母亲，他们现在是我的一部分。我怎么能像我的母亲离开我一样，离开他们呢？一个母亲在什么样的情况下，才舍得丢下她的孩子、她的爱人，回到悲惨的艾因·希尔维，接受雇主的剥削，忍受恶棍的流言蜚语，过着在咖啡馆无所事事的生活？

这一切只因为我们是难民，我们就必须忍受，必须过这样的生活。我们必须躲开那些要求我们更新居留许可，设有黎巴嫩军事检查站的道路。事实上，为了更新居留许可，

# 第十章
## 梦想在继续

我交了材料,并且为延长为期3个月的居留许可缴纳了200美元。然而,我的申请被驳回了。他们嘲弄地让我离开黎巴嫩,回到叙利亚。

我怎么回去?上次回到叙利亚,还是在2013年。尽管我非常渴望离开这里。

我本应该听父母的话,留在黎巴嫩,和他们在一起,但我和哈扎尔一起回到了我们的天堂——叙利亚。在那里,我们闻到了我们在雅尔穆克的家的味道,看到了遍布街道的瓦砾,以及由叙利亚政府为监视难民营而在入口处新建的检查站。尽管我们居住的社区已经成为叙利亚政府和反对派爆发冲突的地方,但我们仍然排着长长的队伍进入难民营。在轮到我们进去之前,一位老妇人在我耳边轻声说道:"亲爱的,你能帮我带一袋面包吗?"因为军事检查站规定每人只能携带不超过一袋的面包。

尽管我们不能从主路沿着老路回到我们的房子里,但可以设法从远端靠近。路上,我们看到断掉的电线散落在地上,蓄水池里的水因为水池被损坏而流了出来,墙上满是弹孔。一次,我转过身来,刚好对着一个用步枪指着我的男人,我看到他的脸上除了两只怒视着的眼睛,再无其他。

"拿出身份证。你在这里做什么?"

"你是谁？我要回到家里去。"

"你不能进去，那里危险。从哪里来，回哪里去。"

战斗又开始了，它不会因为我们来了而停止。

一个不到15岁的孩子背着一支几乎比他还高的步枪，穿过狭窄的街道来到巴勒斯坦街，街上回荡着发生武装冲突的声音和狙击手的尖叫声，还躺着一位死去的老人。

我们躲在一个放有汽水瓶的冰箱后面。在那里，我们遇到了一个30多岁的女人，她穿着细高跟鞋，脸上露出恐惧的表情，但那种恐惧不是对死亡的恐惧，而是一种对她竭力隐瞒的某件事情的恐惧。

在这样的场合下，为什么她穿得如此奇怪？她紧紧地抓着我的手，但哈扎尔不太愿意让她和我们在一起。

"你能不能把鞋子脱下来跑？"

"不行，地上全是玻璃和金属碎片。"

"好，我们数到三，然后跑过去。"

在我们逃离死亡的那一刻，紧紧握住彼此的手，背诵《古兰经》经文，然后跑了起来。那个穿着细高跟的女人落在后面，留在路中间，因为她走得太慢了。妹妹说的是对的，为什么我要冒着死亡的危险去救那个穿着怪异的女人呢？不过，我们在最后一次穿越生死线前，一直在等她。

# 第十章
## 梦想在继续

从激战的难民营出来后,我们陷入了沉默。看到地上躺着的尸体,房子墙面上的弹孔,以及街道中央被折断花茎的茉莉花丛,我们的内心沉重无比。

在离开叙利亚的那天,我们在边境出口处排成一排。哈扎尔就在我的前面,我看着她的护照盖上了出境章。接下来是我。我把护照递给边境海关官员,他拿到后,在电脑上按了几下。然后,他带着担忧的表情抬起头来,让我在原地等待。我立刻联系了我的一个亲戚,把我的位置告诉了他。当他准备来帮我的时候,我告诉妹妹带上我所有的物品去黎巴嫩,这样母亲就不会同时失去两个女儿。正当我们为此争论的时候,那个士兵回来了,让我跟他走。他把我带到柜台后的一个房间,里面挤满了脸上表情凶狠、肩章上绣有星星的男人。

我鼓起勇气问他为什么把我拘留起来,却被背后传来的冷笑声吓了一跳。一个眼睛布满血丝的方脸士兵咆哮着对我说道:"你被判死刑了!"

听到这句话,我瘫倒在身后的长凳上。就在这时,重重的一拳打在一个穿着优雅、脸色苍白的年轻人的脸上。那个年轻人看起来二十来岁,他的衣着表明他过着富裕的生活。

"我在这里,你竟敢嚼口香糖!马上扔掉!"

"是，长官。"

"你在大学里贩毒吗？"

"什么，我贩毒？"

"是的，你贩毒了！"

他们之间的对话没有持续太长时间。他们把年轻人为数不多的个人物品放在一个棕色的信封里，拿走他的行李箱，并记录了他的个人详细信息。我忘记接下来发生了什么，因为一个穿制服的年轻人刚刚打开了我旁边的一个大文件夹，找到他要找的东西后，开始审问我：

"你住在哪里？"

"住在雅尔穆克难民营。"

"你离开那儿，要去哪里？"

"去我家住大马士革的姑姑家。"

"你是做什么的？"

"我是一名大学生。"

"你去过玛阿达米亚吗？"

"我没有去过。我不知道那个地方在哪里。"

当我越来越恐惧害怕时，我听到他低声对那个看起来凶狠的人说："看来她不是我们要找的人。"

一个小时过去了，我觉得好像蛇的毒液正在慢慢地渗透

# 第十章
## 梦想在继续

进我身体的每一根静脉。我满脑子想的都是母亲,以及她会如何知道这个消息。

我大脑中呈现的这幅画面随着哈扎尔对士兵的大声喊叫而中断。她要求让她进来看我,并和负责这件事的警官谈话。

我的妹妹是个捣蛋鬼。即使我要求她离开,她也不愿意离开我。那个凶狠的人下令,让他们带我妹妹进来。妹妹进来后,拨通了一位与叙利亚政府关系密切的亲戚的电话,大胆地让他和亲戚说话。妹妹看着我对我笑了笑,好像是在向我保证,她能够保护我。尽管妹妹比我小三岁,但她的勇敢让我在等凶狠的那个人接电话时,流下了感动的眼泪。果然,他接到电话后,语气变得柔和了:

"我不会用非正式的身份与任何人交谈。不管怎样,半小时后我会放她走。"

然后他转向我,对我说:"过来。"接着,他问道:"我们打你了吗?"

"没有。"

"我们碰你了吗?"

"没有"

"那你为什么要哭?我们看起来那么可怕吗?啊?"

审问我的那个士兵给了我一张纸条，上面写着一串长长的数字、一个日期和一条指示："转交给大马士革郊区政治安全司。"

在确保妹妹已越过叙利亚边境之时，我把我的行李交给她，并向她保证过几天我会过去找她。我站在那里，看着她搭上去往黎巴嫩的公共汽车。送走妹妹后，我回到了姑姑家。在姑姑家时，我时常在想，我真的要去那个部门问清楚他们为什么不让我离开吗？

接下来的三个月，我一直躲在姑姑家里。他们经常和我说："他们没有你的把柄，你只不过是与他们要找的那个人的名字相似。但是不要去打听，没有人能安然地离开那个地方。"这些话一直环绕在我耳旁，以至于到最后我已经厌倦不已。

姑姑家的房子是传统的阿拉伯式风格，房间环绕着大厅而建。从那时起，我常常想起茉莉花的香味、每天爬进空荡荡的房间去玩耍的猫、描写相隔遥远的爱人的歌曲，以及每天晚上我那流不尽的眼泪。我能听到姑姑爬楼梯的脚步声，她上楼后会来到我的房间拥抱我，并且笃定地告诉我，我在不久之后将与家人团聚。

一天，我厌倦了过这样躲躲藏藏的生活，决定冒险出去

## 第十章
### 梦想在继续

看看他们究竟给我安了什么罪名。不知怎么的，那次母亲出其不意地联系了我，尽管我没有把这个想法告诉她，但她一定知道了我的计划。母亲让我不要出去，耐心地在姑姑家等待，直到边境警官愿意放我出境。不久，在黎巴嫩的父母通过出租车司机，拜托他给我捎点钱。受托的出租车司机如约给我送来了钱，还从他给家人买的橘子中拿出两个给我。之后，他又问我是否需要他从黎巴嫩带什么东西过来。我流着眼泪说："我需要你带我去找我妈妈。"尽管当时我不知道自己能不能相信他，但仍然把事情发生的全部经过详细地告诉了他。说完后，他告诉我准备好，一旦他联系我，就立刻出发。

大约十天后，手机定下的日程显示，到了和司机见面的时候了。除了爷爷，我没有把这件事告诉任何人。爷爷得知此事，也是因为他当时碰巧来姑姑家看我的表弟和妹妹哈扎尔。离开家的那段时间，表弟一直陪着我。不管别人说什么，他总是非常善于说一些安慰我的话，让我安心，让我相信我将与家人团聚。

我向他们道别，并且敦促他们，在我到达黎巴嫩之前，不要把我离开的事情告诉任何人。我不知道我将面临什么，也不知道那个司机是否值得我信任。

从姑姑家到边境检查站,有五个小时的路程。每行驶一公里,我心跳的速度就加快一点,因此我不得不努力说服自己——我做出了一个正确的决定,至此已经没有回头路了。每到达一个拦截我们的检查站,我内心的恐惧随之增加,与此同时,我也更加坚信,我即将接受命运的一切安排。为了镇定下来,我极力说服自己,真主与我同在,我从没伤害过任何人,也没有做过任何错事,真主是不会让我受到伤害的。

后来,我鼓起勇气问司机,他是否已安排好人,让我偷偷地离开。然而,他回答道:"一切自有天注定。"他这句话像晴天霹雳一样击中了我。当我突然意识到他并没有做任何安排,而只是听天由命时,我哈哈大笑起来。我的脑海中迅速浮现出这样一幅场景:母亲知道我再次被扣留后,开始哭泣起来。我好像听到了母亲的抽泣声。

随着心跳的速度加快,我的体温也开始变得忽冷忽热。当我回想起那个凶狠之人所在的地方时,我焦虑的程度越来越严重。快到那个地方时,我迫切地想去洗手间,但恐惧和好奇让我极力控制自己,以秒为单位,关注我自身命运的发展动向。到那个检查站后,守卫的士兵透过车窗看了看我,但他没有问一个问题,就给我们放行,让我们继续前进。我

## 第十章
### 梦想在继续

不知道到底是因为我背诵和引用《古兰经》，还是因为用头向他示意的司机给了他钱，使得他把目光从我的身上移开。之后，我记得的全部内容就是连续有多双眼睛盯着我看，直到我听到司机说："感谢真主，你已平安抵达。"

听到这句话后，我对司机说："我要上洗手间。"

他回答说："现在我要去哪里给你找一个厕所？"

我们在到达黎巴嫩边境一侧的第一段路上找到了一个休息站。然后，我终于可以开始倒计时与家人团聚的时间了。

路上，我一直沉浸在幻想和思索中，直到我们到达西顿的中心广场，听到父亲大喊"真主至大"才回过神来。下车后，父亲泪流满面地抱着我，广场上的所有出租车司机都向我祝贺，好像他们都知道我所经历的一切事情似的。我们和一位邻居一起去了沙哈比尔区。在那里，泪流不止的母亲正和一群街坊邻居在街上等着我，同时她们正努力地安抚母亲，让母亲不要过于紧张。

磨难并没有在我安全返回黎巴嫩后结束，而是变成了一场永远存在的噩梦。那个凶狠之人可怕的脸庞总是显现在我眼前，让我在半夜哭泣着醒来。我徘徊在现在和过去之间，有时会毫无征兆地昏倒和失去知觉。但在父母的关怀下，我回归到了正常的生活，并在其后开启了教书生涯。当我听到我的同事、学生和熟人的那些苦难经历后,我开始克服恐惧,正确地面对我所历经的苦难。

多年的教学生涯使我成为当地有名的"鲁巴小姐"。我的学生把我看作他们的救世主。他们总是对我说,我能办成不可能办到的事。然而,他们不知道的是,我甚至无法为自己在黎巴嫩获得一个合法的身份。

我一直在想,如果我离开他们,从他们的生活中消失,他们会怎么样?他们会去哪里?他们会等我回来吗?

为了是否离开这件事,我多次向大海倾诉,向它寻求意见,与它交流看法,最终我决定向它坦白我的想法。我说:"我们一起宣布休战。你会让我在2017年夏安全到达我的新家,使我与我的兄弟姐妹们在新家团聚。你要把我介绍给一个曾与你打过交道的人,他能对他的客人负责,为人忠诚,会把人们安全地送到阿拉伯地区的对岸。我会在那里与我真正的家人团聚,住在一起,获得非阿拉伯人的合法居留权,我们将放弃所谓的回归权。是的,巴勒斯坦,我同意放弃你,但我会把你珍藏在心里。尽管你除了给我巴勒斯坦人的这个身份外,留给我们的只有驱散、压迫和分离。"

我出生在叙利亚,乐于成为一个巴勒斯坦人;我对自己身为阿拉伯人感到自豪,对我生活的雅尔穆克难民营和我的

# 第十章
## 梦想在继续

国土感到骄傲。

妈妈,我要驾乘着大海的风浪去找你,我要在狂风暴雨中,品尝恐惧、害怕和动荡的滋味。

爸爸,我会带着生活给我颁发的毕业证书来希腊找你。

妹妹,为了组建由流离失所的难民组成的表演艺术团,我会来找你,和你见面。

身在德国的侄女,我将来到你的身边,照顾你,从你母亲身上品尝思念和渴望的味道。

欧洲,我要来找你,这样你就可以给我发一份证明我是一个人的文件。

之后,我会回来。

我会回到黎巴嫩,回到叙利亚,或者巴勒斯坦。

我也许会自己回来。

也许不会。

# 第十一章

## 两次流亡的迁徙之旅

### ——1982年以色列入侵黎巴嫩日记

马赫穆德·穆哈迈德·扎伊丹(Mahmoud Mohammad Zeidan)

(西顿,1969)

## 出营记

艾因·希尔维难民营维持平和与宁静的时间长短不一，有时是几个小时，有时是几天，有时会持续几个月。当以色列的战机飞来，肆意地在空中扫射，难民营的建筑便会被炸成碎片。他们会进行空袭，突破音障，在营地的地平线上留下象征着不祥的白色尾迹云，他们还会轰炸一个位于难民营外围名为菲达伊因的伊斯兰军事基地，夺走人们的生命。这是乱难民营安宁的炸弹。

我们已经习惯了因空袭和爆炸而引起的剧烈震荡。在我们看来，那只不过是扔进一潭静水中的一块石头。尽管扔下来的石块打破了倒映着蓝天的平静的水面，但它最终会被湖水淹没，湖面也会恢复平静和清澈。但是，我在1982年经历

## 第十一章
### 两次流亡的迁徙之旅——1982年以色列入侵黎巴嫩日记

过的那场以色列入侵行动,给平静的湖面带来巨大的影响,它搅浑了湖水,不仅带来了破坏和死亡,还摧毁了艾因·希尔维难民营,它的影响至今人们还可以感受到。

一个周日的早晨,母亲在我家位于难民营的房子前面,架起一口铁锅,烧火煮洗衣物。三块大石头围成了一个灶膛,里面的树枝熊熊燃烧。由于封口不严,铁锅的一侧总是被火烧焦。燃烧的木头发出轻微的完全不同于子弹的爆裂声,即使在盛夏,木头燃烧的味道也能勾起我们对温暖的回忆。随着开水的水蒸气蒸腾上来,里面的尼勒(nileh)[①]洗衣片散发出味道。那种味道与燃烧着的木头的烟雾混在一起,渗透到房子的每个角落。当我坐在客厅里准备期末考试时,这些味道又飘进我的鼻子里,木头燃烧的声音也传进我的耳朵里。

突然,以色列空袭的声音响起。这次声音比我们在其他地方听到的更大。我们条件反射式地躲进厨房,因为厨房除了被其他房间包围着,上面还有一个小阁楼,可以最大限度地掩护厨房,这也使厨房成为家里最安全的地方。过了一会儿,火箭弹的声音震动了整个房子,房子里满是爆炸后产生的碎片。我的兄弟姐妹和他们的朋友赶紧从屋顶跑下来。由于寻找掩体时太过紧张和慌乱,他们互相绊倒在地。

当时，我正坐在客厅里，听到声音后，我立刻跳起来，跑去走廊查看破坏的情况。我看到我们的房子被摧毁了，附近一些邻居的房子也是同样的命运。父亲为了找母亲，跑去了母亲所在的小巷，而妹妹则逃进了卧室。不久，母亲喊着我和我的兄弟姐妹们的名字跑进家里。我们从小就知道，只要听到火箭弹的汽笛声，我们就安全了，因为这说明火箭已经从我们头顶飞过去了。

周围弥漫着烟雾和灰尘，家里的家具和走廊上的所有东西都落满了一种白色的细粉末。尽管这次我们没有听到汽笛声，但此时已经处于安全的状态之中。那枚火箭弹一定落在了贾巴·哈利卜（Jabal al-Halib）[②]，因为那里有一个经常遭到以色列飞机袭击的军事基地，或者是散落在塔利特·塞鲁布（Talllit Sayrub）[③]的基地上。

在以色列以往发动的袭击中，我们首先会看到大型战机降低飞行高度，然后看到他们从低空进行攻击，发射导弹，接着再听到令人害怕的巨大爆炸声。

轰炸一结束，我们就去外面检查破坏的情况，看火箭弹在难民营外围军事基地附近的地面上炸出的大洞。其中一些洞很快被水填满，成为难民营里的孩子们嬉戏玩耍的游泳池。我曾经以为这些水池是因为炸出的洞太深，地下水从洞

## 第十一章
两次流亡的迁徙之旅——1982年以色列入侵黎巴嫩日记

口喷涌出来而形成,却没有意识到水实际上是从破裂的水管里流出来的。我从来没有去那些洞里游过泳,不过常和朋友们一起去围观在水池里游泳的人。然而,这次情况与以前不同,我们连续三天都在屋顶上看到以色列的战机对别处发动袭击后在远处升起的烟雾。

不久我们听到了邻居的声音:

"真险啊!"

"去避难的地方。"

每个人都冲过去看是否有伤亡。这时,我们仍然可以听到低空飞行的飞机在难民营上空盘旋的声音。火箭弹击中了我姑妈塔玛姆(Tamam)家的房子。我们家的房子和姑姑家的房子之间隔着叔叔穆哈迈德(Muhammad)家,因此我们家的房子没有被完全摧毁。当时,姑妈刚出生的孙子塔里克(Tariq)正在房里睡觉,那间房由于火箭弹的袭击,部分天花板塌了下来。不过,塔里克没有受伤,因为恰好有一个衣柜倒在他的婴儿床上。

"他没有受伤。"

"感谢真主护你安全。"

"我们出去吧。"

"带着女人和小孩去避难处。"

在我们前往离我家50米远的巴拉德清真寺避难的路上，亲戚和邻居们窃窃私语，他们的言语中夹杂着惊慌恐惧。巴拉德清真寺避难所是几个月前巴勒斯坦抵抗部队大量建造避难所时建成的。那时，我的叔叔卡西姆（Qasim）和阿布·福·尤尼斯（Abu Fu'ad Yunis）主动和附近村庄的村民一起组成了一个委员会，其中包括来自拉斯·艾哈迈尔的萨拉赫·哈提卜（Salah al-Khatib），以及来自阿克巴拉的阿布·伊萨姆·米阿里（Abu Isam Mi'ari）。他们联系了一位著名的工程师，来帮助他们在清真寺修建一个地下室和大厅，取代之前用金属波浪板建造的老建筑。

实际上，1948年萨弗萨弗村（巴勒斯坦的一个村庄）的居民第一次来这里时，只能搭建一个帐篷用于做礼拜，那座老建筑本身就是对帐篷的替代。为修建这座新清真寺，巴解组织捐助了10万黎巴嫩里拉，又根据叔叔的提议，剩余的款项由来自萨弗萨弗村的移民和其他难民营的居民共同筹集。于是，那座老建筑除了地下避难室外，还建了一座清真寺和用于举办婚礼和葬礼的大厅。

在那次遭到以色列战机袭击之前，我们从未进过避难所。每当遇到袭击行动，我们通常躲在厨房，母亲会抱着我们，一边祈祷说："慈悯的真主啊，保佑我们吧！"然后，

## 第十一章
### 两次流亡的迁徙之旅——1982年以色列入侵黎巴嫩日记

我们跟着她念祷告词。之所以这样，是因为以前的空袭从来没有持续超过10分钟，我们没有必要进入避难所。飞机一般会俯冲两三次，它每俯冲一次，紧接着就会有防空火炮的声音发出来。为了更好地观察炮手的目标，测量爆炸的炸弹的距离，我们有时会跑去站在防御飞机轰炸的机动防空部队旁边看个不停。

我们真切地经历了这些战争时刻，心情随着高射炮炮火击打俯冲轰炸飞机距离的远近而高低起伏，抑制不住地发出呻吟或高兴地鼓掌。炮手们一定把我们的反应当作一种鼓励，因为他们从未试图劝阻或赶走我们。飞机向目标发射完火箭炮后，便会飞走，我们也随之恢复正常的生活。

但那天，似乎一切都不正常。避难所里阴暗潮湿，味道闻起来像干黏土。这个避难所深6米，有着厚厚的屋顶和墙壁，没有窗户和通风口。里面架着一个大约高40厘米、宽60厘米的混凝土壁架。难民营的一些居民在地上铺上毯子，坐在大厅的中央。由于避难所比较小，又是方形的，因此我们小孩不能在这里玩我们平时在难民营玩的游戏。那个游戏是根据难民营蜿蜒曲折的小路和随意开放的空间而开发出来的。

我们坐在成年人和一些老人的旁边，他们却被我们不断地窃窃私语惹得恼怒不已。躲避在避难所的人被禁止一切活动，也被禁止说话。成年人会听新闻，讨论和分析新闻报道。当时，我听到了一些我不能理解但至今仍记得非常清楚的事情，那就是以色列发动的空袭是对企图暗杀以色列驻伦敦大使的报复行动，他们将要入侵黎巴嫩。

我们从不听新闻，它也不是我们关心的事情，我们需要的只是从大人们的控制中解脱出来。我们想让自己忘记避难所潮湿发霉的空气，忘记火箭炮燃烧产生的高温，忘记我们身边发生的一切。但他们只希望我们坐在那里，手脚交叉，就好像我们坐在坟墓旁或教室里一样。

"明天不上学！"

这样一个简单的声明就能点燃幸福之火，让我们的内心充满喜悦。谁不喜欢放假呢？这是老师和学生的共同心愿，无论在严冬还是在盛夏。而母亲是唯一一个讨厌放假的人，因为放假会让她想起自己家的房子有多小，空间有多紧张。三四个不听话的孩子睡在地板上，做家务将会变得多么艰难。但对于身为难民的儿童来说，放假意味着我们可以去任何我们想去的地方，想要什么就有什么。假期为我们打开了一个实现梦想的新天地，我们可以在宇宙的各个角落自由飞翔。当我们让自己的想象力自由发挥时，可以消除任何我们

# 第十一章
## 两次流亡的迁徙之旅——1982年以色列入侵黎巴嫩日记

想消除的东西,尤其是那些飞机袭击所产生的声音。

但是黑暗的避难所限制了我们的行动,让我们的内心感到死气沉沉。这就是为什么我和哥哥艾赫迈德(Ahmed)、堂兄马吉德(Majid)以及邻居伙伴贾马尔(Jamal)和哈桑(Hasan)想方设法打破沉闷的气氛,要跑到地面上的房间里去的原因。我们在那里可以享受开阔的环境和充足的光线。一排排椅子整整齐齐地摆放在房间里,一切井然有序。我们挤在一个角落里,一群年龄稍大一点的男孩坐在我们对面。大家可以在那里玩耍、聊天,并且更好地观察正在发生的事情。

随着轰炸越来越猛烈,恐惧开始蔓延开来。我们开始问一些自己不知道答案的问题:"他们为什么想要杀死以色列大使?"尽管我们不理解"大使"这个词是什么含义,但哪怕只杀死一个敌人,我们中的一些人都感到高兴。我记得当时我问的问题是:"塔玛姆姑姑家的房子和发生在伦敦的暗杀事件有什么关系?"

我们坐在大厅的时候,时间过得很慢。飞机发出的声音越来越大,好像是擦着屋顶飞行一样。之后,我们听到一阵震耳欲聋的爆炸声。一波炸弹声好像从很远的地方传来,然后一颗火箭炮弹击中我们的房子和周围的难民营,爆炸了。

人们说，我们受到了海军舰艇的轰炸。

中午时分，我们回到家里吃饭。妈妈在家准备了午饭，妹妹们轮流拧干衣服。由于她们不敢去屋顶晾衣服，因此她们在房子中央的一个走廊拉了一根晾衣绳，把衣服挂在那里。

我家门前的小巷总是挤满了不熟悉的路人。不过，我很少在难民营的小路上看到陌生人。那些小路一定程度上承担了部分家的功能，为难民营的居民提供了一个煮饭、洗衣、社交以及晚上闲逛的地方。那一天，莫名其妙的骚动打破了小巷平静的生活。飞机飞行的声音、远近各处的爆炸声，以及针对飞机发射的高射炮声响彻天空。然而，对于身边将要发生什么事，我一无所知。

突然，轰炸越来越近，飞机的轰鸣声和火箭炮发射的声音震耳欲聋，双方似乎正处于战斗最激烈的阶段。空中满是灰尘和烟雾，我们再也没有听到火箭炮的呼啸声。

人们四处奔走相告。我的叔叔走进来说："人们正在离开这里，以色列现在在加济耶（Ghaziyyeh）[④]"。

我听到一些妇女正窃窃私语道："以色列人想进入难民营。"

另外一些人则说以色列人已经到达阿瓦利河（Awwali

# 第十一章
## 两次流亡的迁徙之旅——1982年以色列入侵黎巴嫩日记

River)[5]。还有一些人说以色列人在基纳亚特(al-Kinayat)[6]。

我的叔叔告诉父亲：要确保一旦以色列人进来了，每人都有一把刀来保护自己。

我们村的村民正在回忆他们三十四年前经历的事情：犹太复国主义组织袭击了萨弗萨弗村，杀害了近70名男女，一些妇女还遭到强奸。在那之后，整个村庄的居民流离失所，邻村的居民听到萨弗萨弗村发生的大屠杀后，开始向外逃亡。这是为了躲避杀戮带来的破坏性影响，村民们一致做出的决定。

在生活的村子被攻陷后，村民们逃到了位于黎巴嫩南部边境的鲁麦什村，同时犹太人占领了整个加利利地区。之后，黎巴嫩政府派卡车来到鲁麦什，把我们村和其他村聚集在这里的人运送到各个难民营。从那天起，我的家人们再也没能回到萨弗萨弗。

父亲向满脑子都是萨弗萨弗的母亲示意，要求她带着我和我的姐妹们与其他人一起离开难民营。父亲还引用了一句巴勒斯坦农民说的俚语："拯救妇女和儿童。"

但我的爷爷希哈德(Shihadeh)不顾叔叔卡西姆的恳求，拒绝离开他在难民营新建的家。轰炸开始前，我的哥哥艾哈迈德(Ahmad)已经离开家，去巴拉维杂货店买三明治。轰炸的力度加大时，他看到一群人好像要上战场似的歇斯底里地跑着。接着他听到奔跑的人群说，以色列人已经到达难民营的入口处。于是他跟着奔跑的人群一起朝伊玛目阿里清真寺而去，但至于他后来去了哪里，我们不得而知。

每家都试图在难民营外找到一个安全的可以庇护他们的地方。在寻求避难的过程中，我不知道我们的那些邻居和表亲去了哪里，我也不知道我那些关系亲密的朋友们去了哪里，那些刚刚和我在清真寺避难所玩耍的邻居和收留我们的人去了哪里，我更不知道我们要去哪里。

通常由父亲根据他的工友或其他与外部有联系的人提供的消息来决定去哪里。人们都是这样决定去下一个目的地的。综合各种消息做出决定后，父亲会把他的决定告诉其他大人，偶尔也会和他们讨论一下，但我们这些孩子和妇女从来没有权利去参与这样一件性命攸关的事情，就像是家里随身携带的有价值的物品。

母亲非常害怕，她已经做好了aqqub[7]炖菜，但我们没有机会去享受美食。她不顾饭菜，把我们这些孩子集中起来，带着我们穿过小巷。

我们被空袭的飞机、海军军舰上的炸弹以及山上可以俯瞰难民营的坦克发射出来的阵阵炮火追击。而没有武器，也

# 第十一章
## 两次流亡的迁徙之旅——1982年以色列入侵黎巴嫩日记

没有受过任何训练的哥哥和其他年轻人被留下来保卫社区。

### 猫不吃变质的肉

我们沿着巴拉维杂货店对面的路逃离，即使把我的眼睛蒙住，我也能记住沿途经过的所有房子。它们的顺序依次是：阿布·法伊兹·斯拉迪（Abu Fayiz Shraydi）家，阿布·阿卜杜拉·法胡德（Abu al-Abd Farhud）家，法瓦兹·希拉迪（Fawzi Shraydi）老师家，哈尼·克拉迪耶（Hani Kraydiyeh）、法蒂玛·塔尔杰（Fatima al-Thaljeh）、阿布·纳比勒·克拉迪耶（Abu Nabil Kraydiyeh）、阿布·沙瓦克（Abu al-Shawq）、阿布·伊桑·克拉迪耶（Abu Isam Kraydiyeh）和理发师艾哈迈德·穆萨·塔塔巴尼（Ahmad Musa al-Taytabani）家，他的房子正好位于萨弗萨弗居民区和阿克巴拉居民区的分界线上。我们经过阿克巴拉泉[⑧]，朝着塔塔巴社区的方向走过去，又会经过阿布·塔哈·达什（Abu Taha Dahsheh）和阿布·纳赛尔·海亚特（Abu Nasir al-Khayyat）家，一直走到穆赫塔尔（Mukhtar）[⑨]家，他的遗孀至今还住在那里。

我们一路经过的道路已经印刻在我的脑海中。暑假，我和哥哥艾哈迈德在外卖豆子时，每天晚上都会从那里经过。

我们会叫卖道:"来点羽扇豆!"之后我们听到其中某个房里传出一个声音:"来这里!"我们就能快速准确地定位他所在的位置,走到他家门口或窗口卖我们的羽扇豆。

有时会从窗户或屋顶传来一个鬼鬼祟祟的声音:"你老奶奶正在跳舞!"我们假装没有听到这个声音,继续在小巷中穿行——没有什么其他事情能阻碍我们做生意。我们赚到钱后,通常会把钱交给母亲,让她替我们保管。到了放假的时候,母亲会把钱还给我们,让我们买新衣服,还会给我们一笔钱,让我们随意花。斋月期间,我们沿着同样的路线穿过这些小巷,叫醒正在睡觉的人们,让他们起床吃黎明前的斋饭。我们对着窗户喊道:"起床吃饭吧,阿布·法伊兹、阿布·侯赛因。大家起床吃封斋饭(Suhur)[⑩],这是斋月!"直到有人开灯或回应道:"我们醒了!"

有些人的家门紧紧地锁着,有些人的家门则大开着。在我看来,之所以会出现这种情况,可能是因为有人躲在里面,可能是因为他们害怕离开,也可能是因为他们无处可去。又或者,他们敞开大门,是为了对想要在他们家寻求庇护的人表示欢迎。飞机的轰鸣声越来越大,火箭炮的呼啸声也越来越尖锐。然而,只要还在那些熟悉的小巷里,我仍然感到很安全,尽管每隔几分钟就被火箭炮的声音吓一跳。

## 第十一章
### 两次流亡的迁徙之旅——1982年以色列入侵黎巴嫩日记

在我们艰难地穿越小巷的过程中，我多次环顾四周，看队伍中是否有人落下，在我们不注意的时候受伤或死亡，我要确保大家都活着。火箭炮好像正跟着我们移动而移动。从前，只要战火响起，我们总能看到突袭的飞机，看到机动防空部队瞄准空袭的飞机，并向飞机开火的经过，我们知道他们正试图用尽全力来保护我们。

然而，这一次的情况与之前的情况不同，我能感觉到飞机好像是专门针对我们的。由于飞机的飞行高度非常低，防空高射炮发挥不了很大的作用，它的声音开始减弱，微弱得就像低微的呻吟声一样。我们时不时地躲在墙边或遮阳棚下，想等飞机飞得更高一点。小巷里挤满了慌乱的人群，其中一些人带着简单的物品，如床垫、枕头、毯子或厨房用具。他们从过去的逃亡经历总结出，逃亡必须带这些生活必需品。

我们从巷子里跑出来，来到了维拉（villas）街，加入了数百人的行列。这条街道开阔宽广，路的两旁是一排低矮的、大门开在内侧的房屋。我不认识这些房子和住在里面的居民，这是让我感到恐惧和害怕的原因，觉得自己就像一个在严寒中被夺走毛毯的人。

我们来到了伊玛目阿里清真寺，这里已经有很多人提前来寻求庇护。在这里,我们找到了哥哥艾哈迈德。清真寺的对面是一座教堂,那里也有很多人聚集。父亲跟在我们后面,把他从家里拿来的文件和身份证交给了母亲。他是从"大浩劫"爆发后被迫离开萨弗萨弗的事件中知道,必须随身带着那些文件,因为他们那次两手空空地离开,吃了很大的苦头。

没过多久,躲在清真寺的人发生了口角。坐在我们周围的一些人开始咒骂那些留在难民营里战斗的年轻人,他们反对任何人携带枪支。父亲不赞同他们的看法,对他们愤怒不已,激烈地与他们进行争论,反驳他们的观点,但他无法阻止那些人发出抱怨和表露出不满的神情。就在那一刻,他决定离开那个地方。实际上,当我们听说以色列人已经到达塞鲁布时,我们也准备离开。不过,我们之间产生了分歧,父亲认为我们应该去附近的亲戚家,而其他人则认为应该去公立医院。

我们跟在父亲后面,经过黎巴嫩的美国学校后,沿着唯一一条通往亲戚家的路下山。途中,我们经过没有房子,也没有行人的街道,还有米耶·瓦·米耶和马尔·伊莱亚斯(Mar Elias)的山丘。低空飞行的飞机轰鸣声和偶尔发出的弱小的防空炮火声打破了令人窒息的寂静。我们一直沿着街

## 第十一章
### 两次流亡的迁徙之旅——1982年以色列入侵黎巴嫩日记

道的边缘行走,走到了一栋有两层楼的白色楼房前。父亲的二表哥优素福(Yusuf)就住在那栋楼的一楼。之后,父亲把我们留在那里,自己去找哥哥们了。

这座房子平和安静,一点不像难民营里的房子。走进前门后,映入眼帘的是一间将近十米长的大客厅,客厅的天花板很高,客厅摆放的家具既时髦又豪华,墙上还挂着颇有品位的画。在客厅东边的尽头处,有一扇窗,中间有一扇通往厨房的门。在厨房的门的对面,有一扇门通往卧室。客厅的西侧还有一扇门,门外是一个阳台,从那里可以看到美国学校的操场。

我真的很喜欢那个运动场。两年前,我在那里参加了我们社区和邻近社区举行的最后一场足球比赛。难民营的小巷狭隘,不够开阔,因此无法在那里举行正规的足球比赛。而在难民营的东北部,靠近公立医院的地方有一个简陋的土球场。那个球场是为我们村的成人球队阿布·阿里·伊亚德队(Abu Ali Iyad)和艾因·希尔维难民营的艾拉本队(Aylabun)的足球比赛所预留的。我们社区球队的队长是拉巴(Rabah),比我大5岁。他告诉我们,他为我们最后一场比赛找到了一个合适的场地,那里有草地,还有供观众观看球赛的看台。我不知道拉巴是怎么找到那个球场的,因为在那天之前，我从未见过它，甚至从没听说过有这样一个球场存在。

除了1978年世界杯图册里的绿色球场，我从来没有在现实中真正地看到过有草地的绿色球场。比赛那天，我和哥哥放学后，和其他球员一起去球场。我们后面还跟着十多个来给我们加油的邻居家的孩子。当时，伊玛目阿里清真寺还没有建成，我们需要绕到美国学校后面的那条街，爬过铁丝网的一个洞口，才能进入球场。从铁丝网的洞口处溜进去时，我内心高兴不已，充满了骄傲和喜悦之情。然而，我没有想到的是，它不是正门。甚至在我一生中，我都从来没有进入过一个正规的球场。看着绿油油的草地，听着脚踩在草上发出簌簌的声音，我完全沉迷于其中。那种感觉和我第一次睡泡沫床垫十分类似，我们体验到了与平时睡的、不能承受我们体重的羊毛床垫完全不同的感觉。

比赛开始五分钟后，我惊讶地看到一群观众从球门后面跑到球场中央，另外一些人则从看台上蜂拥而出。孩子们大喊大叫，起初我以为那是没有获得参赛资格的人在捣乱，但后来我听到哥哥穆罕默德（Muhammad）大声叫我，其他人也开始大喊："快跑！"

我和其他人一起跑，不知道发生了什么。孩子们四处逃

## 第十一章
### 两次流亡的迁徙之旅——1982年以色列入侵黎巴嫩日记

散的场景和炸弹爆炸的场景极为类似,他们像碎片一样填满了任何一个可用的空间。

我们像赛跑那样跑了起来,看谁能第一个跑到铁丝网的缺口处。一些人爬过栅栏,跑到远处的街道上,另一些人则消失在球场尽头的一排树后面。当我站在那里等着轮到我穿过那个洞时,我回头看了看在后面准备冲过来的人。一个腰上挂着钥匙,一只手拿着一根棍子,另一只手拿着一堆衣服的男人正在后面追他们。球场看起来如同战场一样。有的孩子拿着自己的衣服和鞋子,有的跌倒在地,有的在哭,球场上到处都是被人们丢弃或掉在地上的衣服和鞋子。

现在,我又看到了那片美丽的球场,而且这次没有人赶我走。

优素福家的房子很宽敞,他的家人也很欢迎我们和他其他的兄弟姐妹。加上他自己的家人和其他亲戚,共有三十多口人住在一起。我们和优素福的其他亲戚尽管不认识,但相处起来并不感觉像陌生人。在客厅的角落,有一双绿色的眼睛困惑地看着我们,那是优素福家养的猫。它在房间里来回走动,打量着我们每个人,好像在说:"这些陌生的面孔都是从哪里来的?他们为什么要来占领我的房子?"

房子里人多座位少,人们只要一起身离开自己坐的座位，将立刻面临无座可坐的情况。我们中的一些人坐在沙发上，一些人坐在地板上，还有一些人躲在厨房里，没有地方让猫可以自由走动，甚至它经常趴的那个沙发也有人坐在上面。

那只猫每次从我们身边轻轻地走过去，我们都会吓一跳。而一提到猫，我就会变得紧张。不过，我不讨厌猫，只要猫与我保持一定距离，我仍然会喜欢它们。我家附近的邻居纳兹米耶（Nazmiyeh）曾养了十多只猫，由于她喜欢猫并且总是给猫喂食，因此附近大多数猫都聚集在她家。我一般远远地看着它们，从来没有对它们给予过多的关注，但现在我不得不和一只猫共处一室。或者更确切地说，当前是我在这只猫的家里寻求庇护，所以我不仅要和它近距离接触，还要尽量避免打扰它。

轰炸又开始了，火箭炮的声音也变得短促起来。大楼开始震动，但我们不知道炸弹落在哪里。为了知道战争具体的发展情况，我们打开收音机，试图通过听新闻播报来了解最新情况。然而，播放的新闻并没有与我们相关的报道，他们对我们发生了什么不感兴趣。收音机里，巴勒斯坦之音广播电台播放的是另一场发生在博福特城（Beaufort Castle）和哈勒德（Khaldeh）的空袭和战斗行动，巴勒斯坦之音广播

# 第十一章
## 两次流亡的迁徙之旅——1982年以色列入侵黎巴嫩日记

电台和阿拉伯黎巴嫩之音广播电台同时报道了这起战事。

我们听到，叙利亚人已经参战，利比亚也派出了飞机。这让我们受到鼓舞，也减轻了我们的恐惧，让我们觉得自己不是孤身奋战。但是，我们突然听到了以色列飞机击落叙利亚飞机的消息。之后，电台又播放了我们已经滚瓜烂熟的革命歌曲，那慷慨激昂的旋律让人热血沸腾，极大激发了人们的爱国热情。这些歌曲让我觉得，我们好像正置身于一场真正的战争中，以色列将在战场上被打败，我们将回到巴勒斯坦，尽管周围发生的事情根本没有显露出任何迹象。

到优素福家住的第一天晚上，妇女们睡在一个房间，孩子们和优素福的另一些亲戚睡在客厅。第二晚，我们一夜没合眼。随着轰炸越来越密集，伊玛目阿里清真寺一边在喇叭里广播"清真寺没有战斗人员居留，不会遭到以色列的轰炸"，一边要求所有在清真寺寻求庇护的人离开。他们其中的一些人去了米耶·瓦·米耶难民营，一些人朝着附近正在修建的医院的方向走去。

随着爆炸的声音变得剧烈无比，优素福的很多亲戚也加入了我们的行列，妇女、男人、小孩都聚集在客厅里。每当空间变得狭小时，我都会想起那只猫，想知道它消失的这几个小时去了哪里。房子东西两边袒露在外，大人们不让我们靠近可以俯瞰运动场的窗户和阳台,因此要安静地待在那个房间变得越来越困难。

灼热的火箭炮、飞机的轰鸣声以及比往常的6月更强烈的太阳,都让我的体内由内而外地散发出一股热气。与此同时,一股霉味扑鼻而来。那只猫的行为古怪,它首先蜷缩成一团,然后在地板上舒展身体,伸出尾巴。然而,这里不是避难所!

客厅里有一个体积巨大的陶瓷或石头装饰物,放在卧室的走廊入口处。我哥哥曾在上面作画,并把它当作礼品送给优素福。我喜欢看翠绿的山、晴朗的蓝天和开满山野的鲜花。但随着炮击的力度加大,我们躲在屋里,再也看不到山和天空。

晚上,我们不敢开灯,因为我害怕成为飞机射击的目标。在持续不断地炮击下,电力供应很快中断,接着,水也停了。为了少上厕所,我们开始节制饮食。炮轰的第一天,我们吃了labneh[11]和奶酪三明治,之后,我们就只吃米饭。

猛烈的轰炸声把我们从睡梦中惊醒。猫似乎比我们更早预感到空袭的来临。我注意到,在我们听到空袭的声音之前,它就会瞪着我们。有时,在我们还没有走到坚固的"生命三角空间"时,它已经躲在了那边,蜷缩在那狭小的空间

## 第十一章
### 两次流亡的迁徙之旅——1982年以色列入侵黎巴嫩日记

里。看到这幅场景,我的脑海里出现了这样一幅画面:我们已被发射而来的火箭炮全部击中而死,或者被倒塌的大楼压在下面。如果躲在壁橱或门旁边,也许可以防止我们在废墟下产生窒息的情况。总之,在那种情况下,你能想到的只有死亡。

我们屏住呼吸,不再说话,我对猫的独特感觉也消失了。轰炸停止后,我们回到平时活动的地方,扫视了一眼房子,确保一切物品都还在,然后才敢说话或吃东西。冰箱里还有一些肉,我们的亲戚妮娜(Nina)决定把它和米饭一起煮,以给我们单调的饮食增加一点变化。姐姐担心放在冰箱里的肉由于停电而变质,因此妮娜提议我们好好检查。姐姐问:"怎么辨别肉有没有坏?"妮娜说:"如果猫吃这块肉,我们就可以吃。如果猫不吃,那这块肉一定变质了。"所以妮娜切了一小块肉拿给猫吃,结果猫吃了,这让我姐姐和妮娜放心地把肉加到米饭里。那顿饭很特别,因为我们已经多日没有吃到肉。对我们来说,那一小块肉简直奢侈无比。

然而,我们没有口福吃到那顿美味的晚餐。因为午饭后,一枚火箭炮击中了楼房的一楼,炸伤了一名邻居,我们惊吓不已。因此,母亲决定带我们去附近叔叔和姑妈一家人住的达杜里（Dahduli）大楼，那里有一个地下避难所。我们朝那个方向跑去，但很快发现那里挤满了人，又不得不返回优素福家。

对我们来说，回去无异于迎接死亡。但幸运的是，尽管轰炸变得越来越猛烈，我们仍然有了栖身之所。一小时后，一枚火箭炮击中了达杜里大楼。一位妇女受伤，手臂被炸掉，大楼主人的女儿当场死亡。猛烈的轰炸使得他们无法把她带去墓地埋葬，所以他们把她埋在了大楼的院子里。

在轰炸持续的第四天中午，一枚炮弹落在美国学校操场的一角。炮弹的冲击波冲碎了阳台的玻璃门。我们被迫跑下一楼避难。几小时后，另一枚炮弹击中了一楼的东侧，我们又爬上二楼。来自四面八方的炮火不断向我们逼近。毫无他法的我们不得不蹲下来，双手抱在头上，头夹在膝盖之间，以减少低空空袭和周围火箭弹爆炸的声音的影响。

大人们一致决定带我们离开这个地方，于是我们又聚集起来，回到大楼的入口处。我们先是听到一架低空飞行的飞机掠过，接着听到比我们之前一直听到的火箭炮的声音更加柔和的爆炸声。目光所及之处，天空中到处都是看起来像闪闪发光的小水滴似的东西。大人们见状惊呼："传单！"很快，正站在大楼入口处的我看到了那些东西。

# 第十一章
## 两次流亡的迁徙之旅——1982年以色列入侵黎巴嫩日记

我以前从未见过空中出现传单的场景，就站在那里看着它们慢慢地向我们飘来，把学校的操场弄得乱七八糟。

还有一些传单落在了大楼入口处附近。几个人捡起传单，读道："以色列国防军呼吁西顿不要庇护恐怖分子。想投降的人可以举起白旗，朝着大海或米耶·瓦·米耶的方向前进。"就在这时，轰炸平息了。我们不知所措地站在那里，不知道该怎么办。几分钟后，片刻的宁静被打破，喇叭里传来命令人们向海边走去的声音。

没有必要再考虑了，我们决定组织起来撤离。姐姐牵着我和妹妹的手，一起向街上走去。

### 白色的街道

来自各个地方的人或独自一人，或三五成群地朝着通往海边的主要道路前进，我们也加入了庞大的人流。此时，晴朗的天空呈现出湛蓝的颜色。悬挂在半空的太阳炙烤着我们的脸庞和身躯，我们的大脑好像已被烤焦。街上挤满了人，里面既有老人，也有妇女和孩子，他们都在狂奔。这些人都是从哪里来的？这段时间他们都躲在哪里？有足够的房子让他们住吗？

他们不时地环顾四周，以确保没有任何人落下。其中一些人带着衣服、垫子、毯子和枕头，一些人牵着孩子的手，就像我姐姐紧紧抓着我的手一样。我没有经历过"大浩劫"，也没有根据父亲讲的许多经历去想象那个场景，但那天我意识到自己正在经历"大浩劫"。人们不知道要去哪里，也不知道要跑多久。没人和其他人说话，而只顾自言自语，或哭泣，或哀号。父亲沉默不语，我的兄弟姐妹也一言不发。

大人们一遍又一遍地警告我们："如果看到以色列人，不要和他们说话！"

我向前走着，好像在搜寻着某种东西。我从未见过以色列人，心中对他们既充满好奇，又充满恐惧。我想知道那个想杀我们的人，那个不能对他说话的人，长什么样。

从美国学校到女修道院的路铺着沥青，因而这条路看起来比其他路更黑。路上满是泥土和煤烟，一些路段被炮弹炸裂，另一些路段被坦克碾碎。在一些地方，你可以看到黑色的油渍，好像打过几场小仗。路边有许多被烧毁的汽车，其中一些还在冒烟。倒在地上的电线杆以及倒伏在地上纵横交错的电缆，使我们的行走变得艰难。我们还在路边看到一些尸体，其中一具出现在美国学校附近的岔路口旁，另一具出现在烘焙店附近，还有的漂浮在穆萨里清真寺旁边的露天水

## 第十一章
### 两次流亡的迁徙之旅——1982年以色列入侵黎巴嫩日记

沟里。

我们走到了一座被洗劫一空的邮局大楼里。橱柜被强行打开后,又被扔出来。大楼前的院子和大楼外的街道上,散落着信件和包裹,任由人们踩踏。我很心痛,如果其中一些信是寄给我们的呢?它们也许是朋友们寄来,询问我们当前的现状,想知道我们是否一切安好;也许是我在苏丹留学的大哥寄来的。有些人可能正在耐心地等待着这些信,也许有些信能改变那些收到信的人的命运。也许有些滞留的信放了很长时间,无法根据信上写的地址投递出去。

但是,它们现在都被踩在脚下,都被那些逃离轰炸、努力奔向大海的人踩在脚下。这不是那些信应该出现的地方,也不是它们应该得到的待遇。我们曾经是多么喜欢那个邮局,争分夺秒地去那里取回信件和电报,把它们送到收信人那里去。任何人只要在电报上注明孩子出生的日期,或者其他喜讯,都会从收信人那里得到回信。不过,我们不会发送那些让人伤心的信息,比如有关亲人去世的消息。

比起信件,电报没有信封,毫无私密可言。因此,我们只会留下几句简短而又有意义的话,然后迅速地发给我们想要传送消息的亲人和朋友。我们争相去敲他人的家门,为他们带去电报传输的信息。如果我们敲门吓到了他们,也没有关系，因为电报里的内容很快会给他们带来欢乐。收到电报的人会送给我们礼物，有时送给送电报的人，有时会送给我们所有人。无论谁收到礼物，都会和大家一起分享。

我们村村民收信的地址是：艾因·希尔维，塞鲁布十字路口，阿布·卡米尔·尤努斯商店（Abu Kamil Yunus）。所有寄出去和收到的信都会放在店里。在那里，任何人都能从阿布·卡米尔那里收取信件。收到要寄出去的信件时，阿布·卡米尔会先进行一轮分拣，然后把信件送到他信任的人手中。

对于电报的处理办法则不同，人们不会像等待信件那样等待电报。由于在阿布·卡米尔的商店接收电报比较贵，因此我们会选择去邮局接收电报。每当我们经过邮局时，都会去检查一下，看有没有电报。如果接到电报，我们会直接把电报信息带给亲戚或乡亲，从他们那里获得一定报酬。如今，那些被踩踏的信件再也没有人去读，那些已经发来的电报再也送不到收件人手中。

行走着的人们好像正在进行一场无声的游行，他们的面孔因为恐惧和焦虑而变得扭曲。我惊讶地看到，有人把白色的床单披在肩上行走。他们看起来和那些带着床垫和毯子四处避难的人不一样，但他们之间的不一样体现在哪里，我

## 第十一章
两次流亡的迁徙之旅——1982年以色列入侵黎巴嫩日记

却说不清。接连看到几床铺开的白色床单后，困惑不解的我开始向姐姐询问，姐姐回答说："那是投降的象征。"原来他们正按照飞机投下的传单的要求，做着投降的举动。然后，我开始注意到，一些男人在木棍的一头系着女人的白色面纱。

我们继续向西顿走去。路边的排水沟已被汽车和尸体堵住，我一边走一边打量着现场，一切尽收眼底。有时我不仅仅看到眼前的东西，还会联想到一些其他的事情。比如，当我看到一具尸体时，我会尝试着想象那个人摔倒之前在做什么。我还会根据坦克留下的行车轨迹，猜测他们走了哪条路，是否在小路上遇到了敌人。我的脑海里充满了诸如此类真实生动的场景，感觉自己好像在做梦，又好像在看屏幕上播放的战争电影。

这是我认识的西顿吗？这是那天晚上我们走过的那条街吗？那个时候，我们在这条街上大声地开着玩笑。我们的笑声打破了寂静的夜晚，盖过了昆虫发出的嗡嗡声。

为什么我现在感到如此恐惧和悲伤？

我和西顿这座城市的渊源并不深，但我们之间的关系浪漫而又亲密。假期，我们会去那里参观海上堡垒，进行节日的狂欢。当走在老城的小巷时，我们会买卡纳菲、沙拉三明治、泡酸的野黄瓜和玩具。每到夏天的晚上，大哥会带我们去电影院看功夫电影和印度电影，看完电影后我们就沿着那条街走回难民营。我们激动地叫喊着，直至声音变得嘶哑而又任它们回荡在街头。有时我们会在假期或有人生病的时候，去阿瓦德（awad）叔叔家做客。在这种场合，我们通常会穿上最好的衣服，希望自己的衣着打扮能与西顿宽阔的道路、高楼大厦和别致的房屋相匹配。

我们穿过阿拉伯大饼店对面的铁路，发现铁轨被毁了。那里再也不会有火车经过，火车上也不会发生各种各样的故事。有时我们在铁轨旁等着看火车，尽管我们不知道开来的是货物列车还是载客火车，但我们仍然渴望我们有一天能坐上火车。坐在前面的火车司机有时停下火车，驱赶那些试图从火车尾端爬上车厢的孩子。

当然，在我的邻居当中，没有人敢做这种冒险的动作。调皮的我们把钉子钉在铁轨上，让它被火车磨得像刀一样锋利。我们还会比谁可以在不失去平衡的情况下，在铁轨上走得更远。我们会像置身于某个遥远荒凉的森林那样，在铁轨旁的草地上玩很长时间。在那里，没有人阻止我们奔跑和高声呼喊。我们有时还会去那里学习，这是我们从大一点的孩子那里学来的。他们会穿着鲜艳的衣服，来到铁轨旁准备春

## 第十一章
## 两次流亡的迁徙之旅——1982年以色列入侵黎巴嫩日记

季学期的期末考试。在长高了的绿草的衬托下,穿着色彩鲜艳衣服的他们,如同彩色的花朵一样。

突然,我看见占领我们难民营的以色列士兵沿着铁轨往北走,但没有看得特别清楚。他们穿着和地面颜色一样的衣服,伪装了起来,很难分辨。我的心脏开始加速跳动,但没有把我看见以色列士兵的事情告诉其他人,而是和其他人一直走到灰色的丹达什里(Dandashili)大厦。这座大厦位于达拉(Dala'ah)街和萨拉亚(Saraya)街的交叉路口,是当地最高的建筑。这时,我的哥哥说:"看,以色列士兵在屋顶上!"

我抬头看到一个士兵正在使用一个大望远镜。当我把目光从屋顶移开时,惊讶地看到两个以色列士兵像绿色机器人一样站在我的面前。我非常害怕,他们戴着金属头盔和黑色眼镜,穿着防弹背心和黑色靴子,看起来不像人,而像一个人形的物体。他们的背上,似乎背着一个看起来像近东救济工程处的环卫工人用来在垃圾上喷洒杀虫剂的喷雾泵。此外,他们的背包上还有两根用来连接无线设备的天线。我很快注意到这两个人后面跟着许多士兵,四周也环绕着许多士兵,我们必须从他们前面经过才能继续前进。姐姐握着我的手,叫我不要看他们。我努力把视线转向远处,但仍然看到一个士兵伸出手,好像是要给我们什么东西。

我看不清他手里拿的是什么,于是更加用力抓紧姐姐的手。那个士兵用不流利的阿拉伯语说:"别害怕,这是饼干。"姐姐把我拉过去,牵着我的手,对着士兵说道:"你先杀了我们,然后给我们饼干吃。"

我们都没有拿那些饼干,而是继续向海边走去。经过烈士广场时,人们行进的速度放慢了下来。广场上挤满了人,有的人站着,有的人坐在地上。广场上有两个弹坑,它们不是被炸弹炸的,就是被挖土机挖出来的。弹坑旁躺着许多用塑料布包裹着的尸体。有人说他们正在掩埋那些在公立医院遇害的人。我们没有听说医院发生过大屠杀,也没有时间去想其中是否有我们认识的人,只是忙着思考我们要去哪里。

穿过广场后,我们继续朝着经学院走去。我不知道为什么要朝那个方向前行,只是跟着父亲,而父亲好像也在跟着他前面的人。

经过经学院后,我们朝着马卡西德(Maqasid)协会开办的达瓦学校走去。我们感觉自己好像置身于一个没有摊贩的拥挤的市场一样,每个人都在寻找着什么,但没有人知道去哪里才能找到。一位母亲正在找她的孩子,一位父亲正在找他的儿子,另一位母亲在找一个可以藏匿她年幼孩子的房

## 第十一章
### 两次流亡的迁徙之旅——1982年以色列入侵黎巴嫩日记

间,还有人在为他的家人找一块大饼。

凡是目光所及之处,你都会遇到很多问题,然而没有人能够回答这些问题。如果你碰巧问别人一个问题,你会得到另一个甚至更多的问题。当有人向我询问,我留在难民营的哥哥的情况时,一些人说他们曾在那里看见过他,同时又有一些人说看见他离开了难民营。让情况变得更复杂的是,还有人说他们看到他殉难牺牲,看到以色列人抓住了他。哥哥究竟怎么样了,仍然是一个谜题。

我和爸爸、妈妈、兄弟姐妹们走进达华学校的校门,迎面看到一堆垃圾。我看到有的妇女已在校园边角处铺下床铺休息,有的妇女在位于校园另一侧的水池,洗她一家人的衣服。一些人站在教室的窗前俯瞰校园。教室的窗户上挂着干净的衣服,在这里避难的人们发出的噪音,比平时课间休息时孩子们发出的声音更大、更刺耳。我问姐姐,我们为什么要来这里,她告诉我,我们要找一间教室来睡觉。

不久,我们又开始出发,跟着父亲走出了学校。在整个过程中,我没有听父亲说一句话,也许是因为他不愿说话。因此当我遇到各种各样的问题时,我主要问我的兄弟姐妹们。有时,我也能自己找出答案,比如在找教室时,我说道:"没有空教室了。"

我为自己能回答自己的问题而感到欣喜若狂。但是，我没想过要去问我们在哪里过夜这样的问题。因为我无法想象我能在那所学校的教室睡觉，也无法想象在那里上厕所，忍受震耳欲聋的噪音，在拥挤的人群中呼吸不新鲜的空气。从所有兄弟姐妹的眼神中，不难看出他们和我有一样的感觉。同样，从父亲的沉默不语中，也可以推断出他和我们具有相同的感受。

父亲领着我们穿过达华学校对面的一条窄路，走上屋后的一条小路，最后来到了一个后院。在那里，我们遇到了叔叔一家以及姑姑一家。这个后院原来属于一栋废弃的老房子，房子的一楼有一个门廊，透过那个门廊，可以看到一片种着几棵小树的空地。在房子庭院的另一侧，有一块被6月灼热的太阳晒焦的干草地。草地后面是一块小墓地。叔叔一家已经在门廊处安顿下来，所以我们选择在一棵小树旁停下来，躲在树荫下，以度过炎热的夏日。父亲把我们带到那个阴凉的地方后，就去其他地方了。一路上，他一心想着我的哥哥弟弟们，其中两个至今下落不明。我们不知道他们在哪里，也不知道他们发生了什么。

我们停下休憩的这个地方，不像之前经过的学校那样拥挤，只有几家人零零散散地躲在树荫下。这里没有男人，只

## 第十一章
### 两次流亡的迁徙之旅——1982年以色列入侵黎巴嫩日记

有女人和孩子。以色列士兵把年龄较大的男孩和男人聚集在海边,强迫他们晚上在那里睡觉,从而确保没有人对占领军采取军事行动。我走过去,和他们一起坐在灼热的沙滩上。等到我和哥哥回到母亲与其他兄弟姐妹身边的时候,夜色已晚。

清澈的夜空下,星光透过树叶的空隙,洒在地上。我们时不时地听到直升机的声音,照射过来的探照灯的光束,像阳光一样照亮了我们所在的庭院,然后又消失,如此循环往复。夜晚睡觉时,为了把在这里临时安顿下来且彼此不认识的家庭隔开,一些邻居把毯子挂在树上,以充当隔挡。在这里住下来的第一个晚上,我们没有听到空袭和轰炸的声音,平静地度过了一晚。

第二天,我们已经把从亲戚优素福家带来的大饼全部吃完了,面临着没有食物的困境。因此,每个人都被动员起来寻找食物。一个女人答应给我的妹妹和表妹一些大饼,所以她们跟着她去了西顿的老城,穿过了她们以前从未见过的老巷。到了那里之后,妹妹开始担心起来,害怕那个女人会伤害她们,但女人并不像妹妹担忧的那样,她确实给了她们几个大饼。

拿到大饼后,妹妹们匆忙地跑了回来。由于小巷光线不足，她们拿到大饼的时候，并没有发现大饼有什么问题，直到回来，才看到大饼已经发霉了。

我们不得不把那些大饼扔掉。第三天，我的姐妹们和堂兄弟们做了一些牛奶米饭布丁。由于没有足够的勺子和碗，所以我们轮流用一个勺子直接从锅里舀饭吃。那天下午，我和比我大两岁的堂兄马吉德一起去城里买大饼。途中，我们遇到了一些拿着大饼的人，他们给我们指明了去老城的路，也就是西顿人通常叫的扎瓦里布（al-Zawarib，小巷的意思）或巴拉德（al-Balad，城镇的意思）。因此，我们朝着扎瓦里布，也就是马卡西德学校的方向走去。

往常在假期里，我们去老城的惯常路线是，从沙基里亚（Shakiriya）的阿卡维（Akkawi）开的法拉费（falafel）店出发，经过市政厅，一直走到举办假日狂欢节的海边。而这一次，我们必须从咖啡馆出发，经过马卡西德小学，走进不知名的小巷。沿途，我们看到许多军靴和军服被遗弃在路边，那是逃跑的士兵留下来的。最后，我们走到了大饼店，闻到了新出炉的大饼的香味。

然而，大饼店前的队伍一直排到了阿布·纳赫勒（Abu Nahleh）清真寺。在那里，我看到了比海边更多的年龄较大的男孩和男人，好像城里所有的男人都来这里买大饼了。没

## 第十一章
两次流亡的迁徙之旅——1982年以色列入侵黎巴嫩日记

有一个女人出现在这里,排队等待的男人们在大饼店前又挤又吵。大饼店实行限购,每个人只能从店里买一块大饼,我们在大饼店前等了一个多小时,但轮到我们的时候,大饼已经卖完了,我们只好空手而归。

除了继续过一天没有大饼吃的日子,我们别无他法。我们没有换洗的衣服,所以我的姐姐和表姐去了另一个在阿布扎比的堂兄家,准备带回一些衣服和面粉。他家就住在我们附近,当她们快到家时,碰到了他的邻居。那些邻居说道:"我们已经收留你们(巴勒斯坦人)30年了,现在以色列人要来置你们于死地。"听到这些话,姐姐们还没有走进堂兄家就转身走了。

我们没有大饼吃,没有衣服穿,也没有上厕所的地方。我甚至不记得那段时间我上过厕所,但我经常看到一些人去附近最近的墓地。女孩们则相互结伴去墓地解决这个问题。

后来,房子的主人回来了,对着我们大骂,羞辱我们。我们没有做出回应,叔叔一家也没有从门廊的地方搬走,只是给房子主人让出一条路,让他们得以进入大门。我们无处可去。不管怎样,他们辱骂侮辱的不是我们哪一个人,而是所有巴勒斯坦人。他们走进房子,拿了一些私人物品就离开了。

到了第四天，以色列人允许人们回到他们在西顿的家。所以我的姐妹和表姐妹们去了叔叔阿瓦德家。叔叔家离加桑·哈穆德（Ghassan Hammoud）医院很近，我们曾经在放假时经常去他家。走到叔叔家后，他们烤了很多大饼。烤大饼的香味吸引了叔叔家邻居的注意，那位邻居激动地说道："你们巴勒斯坦人一直是我们的骄傲，你们是好人。"于是姐姐分给他一些大饼，然后把剩下的分给我们的亲戚们。

在这段时间，我们一直想逗孩子们开心，试图分散他们的注意力。但大饼一端上来，每个人都安静下来，被大饼散发出的浓郁香味迷住了。那天下午，我们还去商店买了一些必需品，所幸这些商店没有遭到抢劫，店主尚且可以正常开门营业。

第五天，以色列占领军一大早开始广播，要求所有人在达华小学校门口附近集合。负责广播通知的士兵有着独特的口音，听起来像也门人或德鲁兹人。在学校门口，我们看到许多载着全副武装的士兵的军车。当所有人在学校大门前集合完毕后，那些全副武装的士兵开始让藏在半履带装甲车里的告密者认出可疑人员。告密者的头上罩着一个白色的面具，面具上有两个洞，可以透过那两个洞来辨认可疑人员。我从未见过那种车，也没看过那样的场景，尽管当时站在远

## 第十一章
## 两次流亡的迁徙之旅——1982年以色列入侵黎巴嫩日记

处,但内心仍然充满了恐惧。

每个人都被命令从告密者面前走过去。如果告密者做出反应,那些士兵就会把那个人拉到一边,如果告密者没有做出反应,那么他们就会放他走。我记得来自斯里兰卡的工人也被带到那里,聚集在一起。随着告密者一个接一个地指出他们,他们被士兵带到一边。之后,所有被指出来的人都被拉到一边,带去了一个未知的地方。当时流行这样一个笑话:当有人问他们在哪里工作,他们的回答是"法塔赫公司"。

以色列人在被拉出的人的身份证上留了一个小标记。每天都有人来到海边,让以色列人在他们的身份证上盖上希伯来语印章。接着,他们会被带去岸边。而我每天都去看海边发生的事情。我认为自己已经是一个大人了,可以去那里。不过,我看起来年龄没有那么大,所以我从来没有被要求从告密者面前走过去。以色列人命令所有15岁以上的人去海边,拘留了我们的许多朋友。其中一个朋友名叫苏海尔·阿布·库尔(Suhail Abul-Kull),尽管他当时只有14岁,身材矮小,但仍然被以色列人拘捕。后来,他在一次囚犯组织的抗议活动中,死于安萨尔(Ansar)拘留营[12]。

第六天,我的姐妹们回到叔叔家,探望我们大家庭的情况，还给我们洗了一些衣服。叔叔告诉她们，他已经找到了一套足够我们这个大家庭居住的公寓。因此我们和姑姑一家，两个堂兄弟以及他们的家人搬进了那套公寓。其中一个堂兄弟是从科威特来这里度假的，没想到却和我们一起困在这里。我们大约二十个人，一起住进了富丽堂皇的新公寓。公寓的客厅长约十米，天花板很高，墙上还挂着画。公寓里有三间卧室和两间浴室。其实对我们来说，有四面墙来遮蔽就够了，但真主确实赐予我们更多。在这座公寓里，男人和孩子们睡在客厅，女人们睡在卧室。

以色列人整夜都在城里巡逻。我们不仅能听到装甲车不断发出的轰鸣声，还能看到照亮公寓阳台的照射灯。白天，他们通过扩音喇叭要求所有人前去广场集合。晚上，男人们被要求去位于西提·纳菲塞的大广场，在街上排列成队。以色列人要搜查所有房屋，寻找"恐怖分子"，杀死任何没有出去排队的人。

人们内心充满恐惧。事实上，在我的内心深处，我想去我们新公寓附近的广场，因为那可以证明我已经不是一个孩子，可以加入我那些被俘虏并被带到安萨尔拘留营的朋友和邻居的队伍中。但是我的姐姐不赞同我的这种想法，坚决阻止我去，说："你还不到15岁！"

## 第十一章
## 两次流亡的迁徙之旅——1982年以色列入侵黎巴嫩日记

他们甚至不让我16岁的哥哥去，我的大哥自己也不愿去。

每天早晨，我们都会在一些大楼的入口处看到堆积着的Energa反坦克步枪或AK-47枪的子弹。人们会在晚上偷偷地把那些子弹倾倒出去。因为持有或拥有武器是一项严重的指控，所以一些人开始向以色列人告密，说他们住的大楼里有武器。

我对西顿藏匿的武器数量和巴勒斯坦抵抗组织开办的办事处的数目之多感到震惊。其中一些办事处负责分发救济用品，一些办事处用作他途。我们住的那栋楼下有一个地下仓库，里面装满了毯子、军装和一些小型武器。几乎我们附近的每栋大楼都有抵抗的迹象。我们还看到每栋楼外都停有以色列军用卡车，他们准备拿走放在大楼仓库里的物品。仓库里装满了新的和没用过的补给品，仅仅搬走这些东西就需要花好几个小时。

这真是一个令人悲伤和感到可恶的景象。

不久，以色列人开始在其对外宣传中，使用"恐怖分子"这个词来指代巴勒斯坦战士。他们命令平民不许庇护"恐怖分子"，对人们的家进行突击检查。这个时候，以色列人会破门而入，挥舞着步枪，用刺眼的灯光照亮房间。

他们会问："这里有恐怖分子吗？"由于以色列人频繁

使用"恐怖分子"这个词,以至于一些黎巴嫩人也开始用它来形容巴勒斯坦人。更严峻的是,甚至巴勒斯坦人也会对以色列人回答"这里没有'恐怖分子'",而不是称抵抗组织的那些人为斐达伊因(指为某种目的或主义而甘愿牺牲的人)或战士。

一天清晨,我们正在客厅睡觉,听到有人用力敲我们公寓的门。姑姑打开门,和敲门人攀谈起来。他们之间对话的声音回响在空荡荡的公寓里,但我们不知道发生了什么。姑姑回来说:"是以色列人。"之后,她走进卧室,叫醒了正在睡觉的妇女和女孩,说道:"以色列人要来搜查房子,不要害怕,不要惊慌。"

姐姐拿来几床床单盖在大哥身上,坐在他的床上。姐姐之所以这样做,是因为大哥还没有在身份证上盖上以色列印章。过了一会儿,五名全副武装的以色列士兵进来了,后面还跟着一些我们曾送给他们大饼的邻居。他们走进大哥睡觉的卧室后,姐姐大声喊道:"这里都是妇女和女孩。"

士兵退了出来。他们继续搜查房子里的其他房间,每一间房都被依次搜查过,但他们一无所获。一名以色列士兵对邻居说:"谁说这里有恐怖分子?"

以色列士兵向我们道歉,还给孩子们糖果,但是我们没

第十一章
两次流亡的迁徙之旅——1982年以色列入侵黎巴嫩日记

有接受他们的道歉和糖果。

## 两次流亡之间

难民营里仍然坚守着一些拒绝投降和离开的战士。以色列人派了一些长者去基法小学（al-Kifah）劝降他们。但战士们的回答是：要么胜利，要么殉难。

经过11天的猛烈轰炸，艾因·希尔维难民营沦陷了。对于"11"这个数字所蕴含的特殊含义，许多巴勒斯坦难民乃至于住在难民营及其周边的巴勒斯坦人可能都没有意识到，更不要说那些没有在难民营生活过的人。但我们中的一些难民以及以色列占领军对这个数字高度敏感，永远不会忘记它。

凡是经历过这件事的人都知道，当以色列占领军抵达巴姆登（位于黎巴嫩的舒弗山脉）时，艾因·希尔维还在坚持抵抗。他们都知道以色列人整整11天都没有攻下这个地区。而那些奋起反抗，阻止以色列占领的人仅有11人，他们是一群年龄从16岁到43岁不等的人。我们从其中一个战士那里得知了这个英勇的英雄事迹，他向我们讲述了整个事件的经过。他说："我们只有11个人。"不过，以色列人并不知道在难民营坚守那么久的人总共只有11人。那11个人是围绕着炮火而不是太阳运行的11颗行星，勇敢地从萨弗萨弗清真寺的后门走出来，迎面直击猛烈的炮火，英勇抗击以色列人。一辆巨大的梅卡瓦坦克向难民营的房屋发射导弹，瞬间将那些房子炸碎。这11个人向坦克后侧发起攻击，摧毁了坦克，阻止了其他装甲车前进。通过与敌人近距离交战，他们在11天的时间里，有效地阻止了以色列空军的袭击。

在11位勇士撤离的那天，战斗停止了，难民营的居民也被允许回家收拾物品。以色列占领军发出告示，称："早晨7点至晚上9点，可以进入难民营拿取物品，此后将恢复封锁。任何留在难民营的人都将被视为'恐怖分子'。"

成千上万的人走进了难民营，我们也跟着父亲去了。大多数人进来的时候匆匆忙忙，离开的时候更加匆忙，因为他们要从自家的废墟中找出被掩埋的床垫和家居用品。我发现自己同时被两种感觉所撕裂，一种是因为恐惧而迫切地想要快速离开，一种是希望继续留在那个我出生的地方。

恐惧和渴望两者并存，我从来没有这么长时间地离开难民营。我想念我们生活的社区、我们玩耍的小巷，想念我们在葡萄架下学习或休息的时光。我想要大哥给我买的玩具、故事书以及属于我的其他东西。但是，对轰炸随时可能再次发生的焦虑和恐惧，压倒了我的渴望。

## 第十一章
两次流亡的迁徙之旅——1982年以色列入侵黎巴嫩日记

离开难民营,我们沿着大街向外走。由于街旁的房屋和商店已被夷为平地,因此这条街道比以往更宽。堆积在街道两旁的残骸现在成了保护占领军坦克和装甲车的屏障。我们来到了一个开阔的大广场。这种规模的广场,我们以前在难民营的时候从未见过。当我们把看到的场景与我们记忆中的原状进行对比时,不由目瞪口呆。那是通往赛鲁布的路,我们曾经经常从这个十字路口去另一个社区。很显然,那里发生了一场激烈的战斗。一辆被击毁的梅卡瓦坦克正在燃烧,很多迹象表明,曾有以色列士兵在那里被杀。

后来,我才知道,发生在那里的战斗是第二次世界大战以来最惨烈的一场战役。在那次战役中,难民营的年轻人狠狠地给以色列占领军上了一课。那里曾是繁华的赛鲁布十字路口,但现在没有留下任何人生活的痕迹,街旁的商店也消失殆尽。我能辨认出萨弗萨弗清真寺,人们过去常常聚集在那里进行庄严的哀悼。但现在它已经倒塌,整个建筑完全沉了下去,陷入地下避难所。

躲避在清真寺地下避难所的老人和其他人全部遇难。从那时起,萨弗萨弗清真寺改名为烈士清真寺。在那里,我还看到了阿布·哈马德咖啡店留下的一点痕迹,这家店卖的咖啡浓郁醇香,每一个路过的人都能闻到咖啡的香味。

在咖啡店里，聚集在一起的人们讲述了许多英雄烈士的故事，以及对失去的家园的回忆。阿布·马尔万（Abu Marwan）就是其中一位hakawati[13]。他不厌其烦地向人们讲述他在"大浩劫"期间，为保护萨弗萨弗而进行战斗的英勇事迹，他还会讲一些异国的奇闻逸事来吸引顾客，让咖啡店座无虚席。然而，咖啡杯已被打碎，喝咖啡的人四散而去，那盛放深褐色液体的杯子也已无法从废墟中寻得踪迹。

咖啡店的隔壁是穆哈迈德·迪布（Muhammad Dib）开的商店，我们经常在那里买三明治和费拉菲，夏天还会在那里买冰激凌。旁边挨着的是阿布·卡米尔·尤努斯商店留下的断壁残垣，也就是我们寄送信件的地方。

阿布·卡米尔是个性情温和的人，走路时像机器人一样迈着僵硬而缓慢的步伐。我们在旁边玩耍的时候，他还会给我们吃糖焗杏仁。我们一直不明白他为什么那样走路。有人说是因为以色列人曾经用枪击中过他，导致他一瘸一拐的，但直到我们得知他是那场恐怖的萨弗萨弗大屠杀中唯一的幸存者时，才最终明白其中的缘由。

当时，阿布·卡米尔正从位于黎巴嫩南部的朱拜勒面粉厂往回赶，没有意识到萨弗萨弗已经落入犹太复国主义民兵的手中，难民营的战士已经撤离。因此，他一回到家，就被

## 第十一章
### 两次流亡的迁徙之旅——1982年以色列入侵黎巴嫩日记

两名以色列士兵抓住,反手绑了起来。他每次从面粉厂回来总是会买糖果回来,那一次,他少不更事的儿子像往常那样跑过来向他拿糖果,那让阿布·卡米尔心慌意乱。当以色列士兵挡住他的儿子时,他把糖果扔了出去,说:"拿着,儿子,这是爸爸给你的最后一份礼物。"

他不知道自己能活到哪一天。那次,犹太复国主义民兵从村里带走了一直躲在村长伊斯马利·纳赛尔(Isma'il al-Nasir)家的大约50名年轻人,让他们靠墙站成一排,用机枪对着他们扫射。阿布·卡米尔受伤倒伏在地,另一名抱着孩子的男人倒在他身上。由于那个男人的遮挡,阿布·卡米尔只有手臂受了点轻伤。后来,他试图站起来加入妇女的队伍,但他瞥见民兵们又折返回来,于是他躺下,假装已死。他在海法工作时学会了希伯来语,能听懂那些士兵在说:"杀死所有活着的人。"

他屏住呼吸,身体一动不动地躺在地上,更多的子弹打过来,射穿了他的肩膀和大腿。这就是他在1948年萨弗萨弗大屠杀中幸存下来的经过。尽管他受伤了,但仍能一瘸一拐地走路。他总是像曾经给他儿子卡米尔糖果那样,给孩子们发糖果。难道以色列人终于发现他在那场大屠杀中没有被杀,发动这次大袭击是为了杀死他?难道他们真的摧毁了他的商店，我们孩子的糖果库？

　　无论如何，可以确定的是，那里曾经确实有一家商店，我们接收信件的中转站。以色列人向我们发出一个明确的信号：你们以后不会再在那里收到邮件了。随着阿布·卡米尔商店的消逝，我们现在确实没有确切的收信地址了。那是我的家乡，但她已经不是曾经的模样。我现在住在西顿，但我的根和我的记忆都不在这里。

　　通过清真寺大厅和尖塔留下的残骸，我们辨认出了清真寺的位置。然而，除了清真寺外，我们看不出一点乡亲们留下的痕迹。所有的地标式建筑都被毁了，我们失去了方向感。从清真寺后面，我们爬过一堆房子倒塌后留下的废墟，向东穿过一大片废墟，来到了姑姑家。从那里，也就是站在姑姑家倒塌后形成的废墟上，我们看到了深蓝色的大海。

　　以前，由于房屋、树木和葡萄藤的阻隔，我们从未看到过大海。现在，由于房屋建筑倒塌，大海清晰地呈现在我们眼前，看起来非常近。穿过附近的地区，我们一路走到了我家房子附近。尽管我们的房子没有倒塌，但墙壁上坑坑洼洼，到处都是火箭弹发射后形成的弹孔。房子的围墙有一部分被摧毁，墙上有一层细小的像面粉一样的白色粉尘。

　　邻居家的房子依然可以看见，但它们已基本被损毁。我

## 第十一章
## 两次流亡的迁徙之旅——1982年以色列入侵黎巴嫩日记

们过去常常在我家附近玩耍的那条小巷，已被从旁边房屋上掉下来的瓦砾和碎片掩埋了。每次我们在那里踢球，我们的邻居阿布·萨利赫（Abu Salih）都会骂我们。如今，他家房子的门已被炸毁，我们不知道他是死是活。他再也不会骂我们了，因为再也没有人打扰他。没有了孩子们嬉戏玩乐的声音，没有了母亲的叫喊声，没有了煤油炉燃烧的声音，以及20世纪70年代流行的、类似于"我的武器从我的伤口中生长出来"的革命歌曲后，整个社区变得阴森诡秘。

尽管所有这些声音都消失了，但它们仍然回响在我的脑海中。踩在碎石上时，我不时听到一种类似于死亡的声音在附近回旋，完全掩盖了回荡在我脑海中的其他声音。面对此情此景，我吓呆了。突然，我听到一声巨响，惊恐地停了下来，以为以色列人正在对我们发动袭击。最后，我发现那是我们邻居纳兹米耶养的猫制造出来的声音，是它踩在碎片上，导致一块石头哗啦一声，掉落在了一块之前用作屋顶的锡板上。这些猫在附近来回徘徊，显然是在寻找纳兹米耶。

与此同时，父亲待在客厅里，忙着整理书籍，要把其中一些书装进大面粉袋里，以便我们随身携带。我们要把有关描写巴勒斯坦事业的书藏起来，以防以色列人发现。父亲还点燃了火炉，焚烧着一些文件和我不知道的其他东西。

当我和姐姐在房子的废墟上检查时，我们发现了一支被遗弃的西蒙诺夫步枪，我们把它带回了家。父亲让我和姐姐带一些旧衣服出去，之后他飞快地锁上家门，在花盆里挖了一个洞。父亲说，我们要把步枪埋在花盆里。于是，我和姐姐用布和塑料袋把步枪包裹起来，埋了进去。之后，又在上面重新种上花和其他植物。我们以飞快的速度迅速完成了这一系列动作，熟练得就好像我们一直在做那样的事情一样。

但只有父亲知道他在做什么，知道为什么要这么做。我能感觉到，他并不愿那样丢掉那把步枪，但从他的眼神中，我又能看到他对未来的担忧。自从他和四个堂兄弟在萨弗萨弗村出资购买武器以来，他就明白武器的价值在于保护他们不受占领者的侵害。

埋好步枪后，我们把手擦干净，父亲回去把书装进书袋里。我们要确保在上午9点前，带着书离开。其他人和我们不一样，他们从房子里抢救出来的都是各种日常生活必需品。因此，当看到我、哥哥姐姐、父亲和母亲从哥哥的书房里拿书时，他们的眼神透露出一股不解和疑惑，被我们从家里拿书的样子弄糊涂了。我们的一个亲戚提醒我们说："拿一些可能有用的东西！"

我们的图书救援行动持续了三天。第二天，在父亲整理

## 第十一章
### 两次流亡的迁徙之旅——1982年以色列入侵黎巴嫩日记

书籍和其他东西时,我的堂兄马吉德陪着我一起在街上闲逛。马吉德当时带着相机,所以我提议:"我们给自己拍张照吧。"

我给他拍了一张他站在他家房子废墟上的照片,然后他在同一地点给我也拍了一张照片。马吉德家的房子实际上是三座房子合而为一的,其中一座是阿瓦德叔叔家的老房子,一座是姑姑原来住的房子,一座是在沙特工作的穆罕默德表哥的房子,他在二十年前修好这座房子后,从来没有来住过。

我们设法爬上已成为废墟的房屋的顶端,从那里看到的景色既不完整,也不好看,我们所能看到的只有一堆堆被摧毁后的小房子。这些房子全部倒塌在地,这一场景一直延伸到深蓝色的海岸处。因而,我们不必爬到废墟堆上,站在下面就可以望见大海,因为在房子倒塌后,地平线浮现了出来。

附近寂静得让人感觉诡异,但在我们走回去帮助父亲整理书籍的路上,一阵喧闹声传入我们的耳中。起初,我们以为那是纳兹米耶的猫发出的声音,但声音越来越近,越来越响。很快,我们惊讶地看到一群以色列占领军士兵站在我们家的门口。他们对我父亲大喊:"嘿,屋里的人!"父亲在屋里回答:"我在!"士兵用蹩脚的阿拉伯语问道:"你在做什么?"父亲用一个类似于成语的词回答道:"洒扫庭除。"士兵们走进房子,用枪指着父亲,示意父亲带他们去卧室。父亲走在前面,他们跟在后面。然后他们把父亲带到外面,我们以为他们要逮捕父亲,所以我们也跟在他们后面。他们把他带到邻居阿布·萨利赫家,让他带他们去地下室检查。父亲走下台阶,他们也跟着下来。在那之后,他们只是说:"够了,回家吧!"父亲最后回来了,让我们帮他把书搬走。

第三天,我们的一个亲戚让我和我的哥哥艾哈迈德去萨米里耶附近的一个地下避难所,拿一个夜视双筒望远镜,那个望远镜是他和一些战斗人员从他们袭击破坏的一辆坦克上取下来的。在以色列占领军入侵之前,我就对萨米里耶的小巷了如指掌。每周五去平顶清真寺做礼拜时,我们都会经过那个街区。做晨礼时,大哥会叫醒我们,和我们一起去清真寺。

当我们经过装有秋千的克拉比(Krabi)家时,我们紧紧地抓着大哥,因为那里有一只大狗。狗一听到我们的脚步声,就开始大声吠叫,直到我们走过去。大哥告诉我们,听到狗叫时,不要怕,也不要跑。他说,如果狗知道你害怕,

## 第十一章
### 两次流亡的迁徙之旅——1982年以色列入侵黎巴嫩日记

就会追上来咬你。尽管我们抑制不住内心的恐惧,但我们相信哥哥,愿意听从他的劝告。我们外表表现得非常平静,但实际上内心波涛汹涌。每次我们经过那里,我的膝盖就像电动缝纫机一样嘎嘎作响,我的牙齿也在大声地打战。但正如哥哥说的那样,只要我们不看它,也不加快步伐,狗会停止吠叫,然后走开。我们可以继续赶路。

我们现在正像之前那样,按照亲戚做出的指示去萨米里耶附近的那个地下避难所,但现在我们不用担心再出现大狗。然而,我们已找不到那个避难所。我们试着在那片断壁残垣中找到避难所的位置,却发现自己一直在原地打转。因此,我们向那些还没有倒塌的房子走去,希望找到方位,可以沿着原路返回。我们沿着峡谷旁的一条曾经通往平顶清真寺的路走去,看到峡谷里到处都是废弃的武器,向下滑溜到峡谷里的一个弹药库里,但里面除了一些被丢弃的卡拉什尼科夫步枪和几罐已经被武装分子吃完的空蜂蜜瓶外,什么也没有留下。我们开始往回走,途中经过一片被夷为平地的房屋废墟,希望找到那个避难所。但它在哪里呢?我们甚至连有秋千和狗的那座房子都找不到了。

当我和哥哥在原地打转时,很多人从我们身边走过。过了一段时间,我们在地上发现一个通往避难所的入口,它被一块扁平的金属块覆盖着。避难所的门坏了,入口也被碎石块堵住。我们环顾四周,看看是否有人看到我们,但是路人们都在直视前方。

我们决定走进避难所,我们掀开金属块,找到了一个昏暗的地方,一束光线从洞口照进来,让我们得以前行。我们蹑手蹑脚地走进地下掩体,小心翼翼地走着,不知道自己将踩到什么。慢慢地,我们开始看到一些阴影,其中有靠在墙上用火箭推进的榴弹和卡拉什尼科夫冲锋枪,还有罐装食物和其他物资。最后,我们找到了一个小望远镜。

尽管我们认为这个望远镜不像是亲戚让我们找的夜视双筒望远镜,但我们还是带着它,匆忙离开,没有在这个地方进行进一步搜查和做过多停留。我们只想完成任务,向他们证明我们去过那里。大哥把望远镜藏在衣服里。我们爬出避难所后,一路跑回位于难民营的家,把它藏在一个书包里,然后我们又回到在西顿住的地方。第二天,我们把望远镜交给亲戚。果然,亲戚说我们拿到的这个望远镜不是他想要的那种类型。

以色列占领军在贝鲁特之战中投入了全部精力,因而他们精疲力竭。与此同时,西顿的生活逐渐得到恢复,似乎一切开始恢复正常。我们认为已经到了可以回难民营的时候

## 第十一章
### 两次流亡的迁徙之旅——1982年以色列入侵黎巴嫩日记

了,但以色列占领军仍不允许我们回家。

我们不得不留在西顿,这里的公寓又大又好,但因为住的人多,显得很拥挤。而且,我们很少出门。

以色列军队定期开展巡逻,用喇叭要求人们到街上集合,或者宣布宵禁。我们只有在以色列军队规定的时间,以及必须去难民营拿生活必需品或书籍时,才能回难民营。在西顿,我们度过了艰难的流亡岁月。我在那里没有朋友,也不认识周围的邻居。他们的家门总是紧锁着,我们甚至没有在楼梯上彼此打过招呼。当行走在小时候曾经喜欢的西顿的街道上时,我感觉自己就像个陌生人。我们去难民营的次数越来越频繁,并且开始听说近东救济工程处正在向人们分发建筑材料,以帮助人们在那里重建房屋。

一些人开始返回难民营,尤其是那些住在校园、果园和车库里的人。我们也决定回去,但与当时我们一致同意离开的决定不同,我们对是否回到难民营去有不同意见。我的大姐、母亲和二哥决定继续和亲戚住在公寓里,父亲、大哥、另一个姐姐还有我想回到难民营。

当时的难民营就像一片荒地,大多数成年男人都被拘留在安萨尔拘留营。至于哥哥和我,尽管我们的胡子还没有长出来,但自认为已经是成年的男人而不再是小孩。在逃难的最初几天里，我们和叔叔一家、姑姑一家以及邻居的孩子们一起睡在屋顶上，其中既有男人也有女人，既有男孩也有女孩。

我们四肢张开躺在地上，数着天上的星星。可能由于废墟和垃圾散乱地分布在各处，水管破裂，下水道被损坏，也可能是因为瓦砾下埋着人类和动物的尸体，虫子大量繁殖。因此我们不得不通过烧牛粪来驱除蚊子和其他臭虫。起初的那些日子里，戴着面具的告密者在难民营四处游荡，进入人们的家里进行突击检查。之后，他们开始摘下面具进行巡逻，不过他们一直不敢独自一人在夜晚进入难民营的小巷。

一天，一群孩子在一辆烧毁的吉普车里玩耍。它曾经停放在一个起先被叫作犹太果园，后改名为耶路撒冷果园的果园里。那辆吉普车的对面也有一辆吉普车，那辆车上坐满了以色列士兵。其中一个士兵开始取笑玩耍的孩子，被取笑后，一个孩子捡起一块石头，朝着以色列士兵扔去，砸中了他的头，血流不止。

接着，以色列士兵被激怒了，他们开始追赶，向四处逃散的孩子们开枪射击。然后，他们包围了附近的地区，发起了寻找扔石头的男孩的行动。即使以色列士兵踢开附近房屋的房门，也没有发现一个孩子。后来他们发现教师阿塔·杜

## 第十一章
### 两次流亡的迁徙之旅——1982年以色列入侵黎巴嫩日记

阿比斯（Ata Du'aybis）的儿子艾哈姆（Ayham）正在家里和他的妈妈一起吃中饭，气急败坏的他们想要抓走艾哈姆。艾哈姆的母亲哭着央求他们不要带他走。在她的央求下，他们没有带走她的儿子，直到他们离开，她才停止哭泣。而我们直到夜幕降临，才敢离开我们藏身的阁楼。

我们花了很长的时间去清理废墟，即使是晚上，我们也会和大人一起熬夜进行清理。每隔两三天，我们会回到西顿，看望留在那里的其他家人和朋友，同时清洗身体，拿回一些食物，继续进行清理工作。

当听到西顿市政府要雇人粉刷墙壁，并且每天的酬劳是5黎巴嫩里拉时，我迫不及待地报名参加了招工活动。由于我上学的学校已在战争中被摧毁，我需要找到一些事做，以打发时间。于是，我和附近的一些孩子一起报名，受到了西顿市政府的雇佣，开始在西顿主要大街的墙壁上作画。

拿到第一周的工资后，我买了一辆成人自行车。那是一辆大力神牌自行车，我完全被它迷住了。我还用从那份工作中挣来的钱买了新衣服。但整个事件在最后让我的处境变得糟糕。一天，我正在一个果园的墙上刷漆，那个果园处在连接西提·纳菲萨（Sitt Nafisa）和萨巴格（Sabbagh）社区的中间地带，靠近橄榄油压榨厂。一辆宝马车在附近停了下来，20多岁的司机对着我大声喊叫。我走过去，以为他迷路了，需要有人给他指路。但当我走近时，他用一把M16步枪指着我喊道："上车！快点！"我紧张不安地问："为什么？我做了什么？"他回答道："进来，你们这些畜生，快点！"

我很惊慌，但就在这时，另一辆车从后面驶来，那个人疾驰而去。我连忙朝相反的方向跑去，一直跑到监督我工作的市政工程师贾德·沙班（Jad Sha'ban）的家里。他安慰我说，他会通知市长办公室的工作人员。但我骑上自行车，快速跑回难民营，再也没有回去做那份工作。

那一天，是我和西顿市之间的关系变得疏远的开始。从那以后，我大部分时间都在难民营度过。

### 戴着面具的两种人和暗夜

难民营成了我的避风港，也是让我感到慰藉的地方。在那里，尽管告密者的存在让我们内心充满恐惧，尽管巴勒斯坦抵抗组织已经撤离，尽管安萨尔拘留营里关押的人不见了，尽管黑暗无处不在，但我们可以见面，并且感到安全。

由于难民营里没有电，所以我们仍然依靠蜡烛和煤油灯来照明。晚上，邻居们通常会聚集在我家里，一起回忆战前

## 第十一章
两次流亡的迁徙之旅——1982年以色列入侵黎巴嫩日记

的日子，交流彼此对当前政治局势的看法，分析难民可能面临的情况。这种聚集和交流通常会持续到深夜，一定程度上，我们因此感到舒适，克服了对黑暗和未来的恐惧。

每当我们的亲戚或邻居回到难民营居住时，我们都会为他们的到来感到高兴，大家的感情得到加深，相互之间也变得更加团结。这个难民营变成了一块吸引流离失所者的磁石。

有一天，我们在小巷里闲逛，看见了一个在保加利亚参加培训的表兄。有人说："那是阿德南（Adnan）！"我们简直不敢相信，为什么阿德南要从保加利亚回来呢？我们曾经看见他走得很快，就像幽灵一样。于是，我们飞快地跑到叔叔家，也就是他父亲的家，扫视了一下他家倒塌后留下的废墟，但没有发现任何有人居住停留的迹象。阿德南偷偷地溜走了，这让我们对自己的所感和所知产生怀疑。

后来，我们意识到，很多年轻人从国外回来参加战争动员和战斗，但等他们到达战场时，战争已经结束了，因此，他们又启程去了陌生的新地方。

我至今都能想起1982年抵抗战士离开贝鲁特的情景。1982年是一个时代的终结，同时也是一个未知的开始。数千名战斗人员挥舞着巴勒斯坦和黎巴嫩的国旗，被黎巴嫩的军车送走。那是一个令人心酸的时刻。送别之时，人们不分男女，都哭了。在电视上，我们看到黎巴嫩政治家瓦利德·琼布拉特（Walid Junblatt）[14]向空中鸣枪，向撤离的战斗人员致敬。到处都响着枪声，其中一些是为了庆祝，一些是为了哀悼，战士们比出了胜利的手势。

和邻居家一样，我们家也充斥着一种浓浓的悲伤之情，男人们纷纷皱起眉头，我们无法理解发生了什么事。因为就在几天前，我们还在关注贝鲁特及其周边地区发生激烈战斗的报道，每天收听无线广播。Khaldeh南郊、贝鲁特机场以及黎巴嫩博物馆，到处都在发生着战斗。我们听说占领军未能突破贝鲁特的前线，看到以色列运送物资和增援部队的车队经过西顿，向北驶往贝鲁特，头顶呼啸而过的战机还在执行任务，往返于贝鲁特运送士兵。然而现在，一切都结束了。

战士们已经撤离。阿布·阿马尔（亚西尔·阿拉法特）已经离开。我曾经梦想长大后参加革命。我们一直深信，战士们将解放巴勒斯坦。但现在，在我们最需要他们保护的时候，只能看着他们离开。在那一刻，巴勒斯坦从我的意识中消失了。从那以后，我满脑子想的都是难民营里那些恐怖的夜晚、告密者、长枪军和萨阿德·哈达德（Sa'd Haddad）[15]

## 第十一章
### 两次流亡的迁徙之旅——1982年以色列入侵黎巴嫩日记

民兵。

我永远不会忘记在战斗人员撤出贝鲁特的那周,黎巴嫩新闻杂志刊出的封面。那个封面呈现的是这样一幅画面:携带武器的年轻男子登上军用卡车,成千上万名母亲、姐妹、亲戚和朋友聚集在周围为他们送行,将他们围得水泄不通。这是一个奇怪的画面,让我产生了强烈的悲伤和恐惧的情绪。

我从没有亲眼看见战斗人员在艾因·希尔维难民营参加战斗。实际上,这件事并不会让我感到特别难过,真正让我感到震惊的是他们离开贝鲁特的场景。后来,我把那个场景画在了油画上。那幅画让我脑海中本来已经出现的悲惨画面变得更加悲惨。真正的战士不是殉难,就是被监禁,车上那些所谓的战士正在离开这个国家,正在抛下我们。我不喜欢那些逃跑的传统领袖,或者是那些后来为占领军做事的通敌者。

以色列成功地摧毁了贝鲁特,阿拉法特也表现出一种史无前例的坚定立场。不过,当双方进行谈判,同意法国和意大利安排船只,将巴勒斯坦战士从黎巴嫩撤离到突尼斯、阿尔及利亚、也门和苏丹后,这种坚定的立场也在1982年8月中旬,随着战争结束而终结了。当我听说意大利船只加入撤离行动时，我的自豪感压倒了我的恐惧感。因为我和难民营的大多数人一样，一直关注着那个夏天的足球世界杯。意大利队赢得了世界杯，然而他们把胜利献给了巴勒斯坦解放组织，他们表达了对巴勒斯坦人民进行坚强抵抗的支持，对以色列发动的攻击行动进行了谴责。从那时起，我对意大利足球队的喜爱与日俱增。

艾因·希尔维难民营的生活开始趋于正常。人们正在修复那些在战火中保存下来的房子。后来，我们了解到，当占领军无法冲进难民营，对它进行完全控制时，他们会用一辆巨大的军用推土机将房屋夷为平地，因为他们认为拆除房屋可以防止武装人员躲在里面进行埋伏。

一些有能力的人没有等近东救济工程处或出现在难民营的大量国际组织或非政府组织进行援助，就翻修了自己的房屋。随着经济活动逐步恢复，我们家摆起了一个小摊，卖糖果和家居用品。

但是，当我们听说占领军在没有面临任何抵抗的情况下，就已经潜入贝鲁特，占领这座城市时，我们的希望又破灭了。他们围捕了所有被认为与抵抗运动有关联的人，无论他是黎巴嫩人还是巴勒斯坦人。然后，我们听说了在萨布拉（Sabra）和夏提拉（Shatila）难民营发生的大屠杀事件。这

## 第十一章
### 两次流亡的迁徙之旅——1982年以色列入侵黎巴嫩日记

让我们内心充满恐惧,担心自己将是下一个遭到屠杀的人。所以,我们迫切地感到需要战士们回来,与我们并肩奋战。

我们听说,在西顿市及其东部地区出现的长枪党(Phalangists)[16]民兵越来越多。我们还收到了有关萨德·哈达德民兵入侵的消息,相关消息说他们会将人们从家里绑架出来,或在检查站拘留过往的行人。有一次,我们听说长枪党民兵要袭击我们的难民营,于是在难民营入口处,沿着主要大道居住的人都躲进了我们社区。我家里也住进了一些人,整整一夜,我们都不敢闭上眼睛,之后的几个晚上莫不是如此。焦虑的人们一直聊到黎明第一缕曙光出现之际,因为沉默会加剧恐惧,我们不能沉默不语。

邻居和我们家一起在屋顶睡了很长一段时间。之所以睡在屋顶,而不睡在一楼的卧室和客厅,就是因为我们在努力避免成为攻击者的猎物。客厅有三扇窗户,一扇面向院子,一扇面向邻居阿布·萨利赫家的后院,最后一扇面向姑姑家的后院。平时,我们会开着这些窗户,但从那之后,我们一直关着窗户。

我和姐姐很害怕被以色列占领军屠杀。实际上,我并不害怕轰炸,因为轰炸会让人瞬间死亡,而被屠杀至死需要经过一段时间。那种死法完全不同,会很疼,它让我想起了在过节或其他时候宰羊杀鸡的景象,被宰杀的动物扭动着、颤动着,鲜血四处飞溅。脑海中的这个画面让我毛骨悚然。我们通常会在枕头下放着一把刀睡觉,以便能够迅速拿起刀反抗。

恐惧是家常便饭,我们的每一天都以恐惧开始,又以恐惧结束。我们害怕被屠杀,害怕夜晚遭到告密者和以色列巡逻队的突袭。他们只要一听说难民营里有18岁以上的少年,就会突击去人们的家中检查。每当我们在夜间听到以色列军车驶进的轰隆声时,就会赶紧躲进其中一个房间,锁上房门,吹灭蜡烛。以前,我们经常去屋顶看空中飞行的飞机向下扔炸弹,但现在只敢屏住呼吸,藏在暗处。

恐惧缩小了我们生活和行动的范围。越来越多的告密者和间谍使我们的生活受到更多的限制和控制。难民营的一些居民开始要求告密者释放他们的儿子,或者向他们询问安萨尔拘留营的情况。他们还在获得建筑材料或旅行许可方面寻求告密者的帮助。因此,这确实对我们的日常生活产生了影响。占领军通常选择暴徒、瘾君子或一些名声不好的人做他们的耳目。但很多人拒绝与这些告密者打交道,拒绝承认他们逐渐上升的地位,并鄙视他们。

一些人开始组织起来,共同对抗告密者。他们也像告密

# 第十一章
两次流亡的迁徙之旅——1982年以色列入侵黎巴嫩日记

者那样,戴着面具,夜间四处走动,运送并藏匿武器。我们并不知道他们的名字,但猜测其中一些人就是我们的朋友和邻居,特别有可能是那些晚上没有和我们一起参加集会或一起睡觉的人。一天,蒙面人殴打了一个他们怀疑与告密者勾结的邻居。

我们害怕看到面具,尽管已经习惯看战士的脸庞,但还不习惯看戴着面具的人。我第一次看到他们是在海边。那天,那些戴面具的通敌者坐在以色列的军车里,挑选参加战斗的战士。看到这个场景,我感到十分困惑:好像告密者已经摘下面具,不再是通敌者,戴着面具的人反而成了抵抗的战士。白天,脱下面具的告密者控制着我们的生活;晚上,蒙面的人控制着那群在白天脱下面具的告密者。对于这两种人,我们都感到害怕。

无论男女老少,我们都睡在屋顶上。没有什么能把我们和星光灿烂的夜空分开,除非以色列人的照射灯发出的强光,掩盖了星星散发出来的微弱亮光。每当那些戴着面具的人向告密通敌者开枪时,这种情况就会发生。不过,有时候,以色列人也会毫无缘由地这样做。

一些蒙面人是战士,他们会设法偷偷地溜回难民营。渐渐地,他们在难民营的影响力不断扩大。他们还会出现在其他街区，在没有充分理由的情况下杀害普通人。人们开始怀疑和争论那些被杀害的人，是否就是与以色列私通的人。有些人热衷于将罪责全部归结于受害者，就好像那些不知名的蒙面人就是公正的法官，在做出公正的判决一样。

后来，这些蒙面人白天也开始在难民营的小巷里来回走动，让气氛变得更加紧张和恐怖，因为我们在日常生活中更可能遇到他们。我们不知道他们的身份，但他们可以杀害我们而不受惩罚。一次，我的叔叔卡西姆走近其中一个蒙面人，对他说道："我是个行将就木的老人，但连我都害怕你们。如果孩子们看到你们，他们会吓得尿裤子！"叔叔是在劝那个蒙面人不要在白天到处走动，但那个蒙面人只是拍了拍叔叔的肩膀，说："走吧。"

蒙面人开始骚扰邻居家的孩子。他们会无缘无故地打人，或者因为某个人说了他们不喜欢听的话而吓唬那个人，还会在半夜把人抓去审讯，然后又放他回来。难民营现在也出现了许多不同的派系，很难知道谁在帮助我们，谁在伤害我们。一些和抵抗组织一起离开贝鲁特的人，正花钱招募年轻人加入他们。我们会在晚上听到发生冲突的声音，但不知道是谁在和谁交战。这里一片混乱，让我觉得自己好像总是处于黑暗之中。于是我们只得离开屋顶，在确保家门紧锁的

## 第十一章
## 两次流亡的迁徙之旅——1982年以色列入侵黎巴嫩日记

情况下,回到较低的一楼睡觉。

秋天来临,我们是时候回学校上课了。近东救济工程处搭建了帐篷作为教室,但其中一些帐篷被难民营里的一些居民烧毁,部分学生也参与了这一行动。他们拒绝再过曾经那样的难民生活,不愿再待在很容易被大风吹走的帐篷里。对于帐篷被烧,我们没有特别难过,因为我们并不急着回学校。然而,真实的情况是,我们已经忘记了自己还是一名学生,正处于接受教育的年龄。

我的父母把我送到西顿的一所私立学校上学,所以我离开了难民营。但我曾经喜爱的西顿也变换了模样——以色列人摧毁了西顿的地标,铲平了那些曾经庇护战士并让战士可以在那里发起英勇反抗行动的果园。他们建了一条宽阔的道路,实行宵禁,西顿城里再也没有任何可以供我们玩耍的地方。自从那个开宝马的人企图绑架我们之后,我们一直很害怕,不敢在街上行走。在家里,我们也不再像小时候那样,一家人团聚在一起吃饭。现在,我一些兄弟姐妹在西顿,一些亲人回到了难民营,还有一些亲人搬去了贝鲁特。我们这个家变得支离破碎,至今仍是如此。

西顿逐渐改变了我们,但以色列入侵所带来的动荡突然而又深刻地扰乱了我们的生活。那个能把我们团结在一起的地方被摧毁了，许多家庭四分五裂，难民营里到处都是从其他地方来的人。从前，每个社区的人几乎都来自一个村子，都是亲戚。我们家的大门总是敞开着，房门也不会上锁。

当时，我们不知道难民营分裂的程度有多严重，只知道侵略者偷走了我们的童年，扼杀了我们玩游戏的欲望。

我们不再像孩子那样天真无邪了。

难民营里的生活不像水池倒映着的蓝天那样平静和安宁。打破平静水面的涟漪汇聚在一起，变成了一股强大的洋流。我感到头晕，就像一个蹒跚的摔跤手快要倒下去一样。然而，摔跤手摔倒时，他们会摔在地上，而我却觉得我的脚下并没有坚实的地面。我离开了我喜欢的难民营，去了一个对我来说陌生的城市。

从那天开始，一切都变了。

# 词汇表

## 第一章 消逝在时间中的涂鸦

① 艾因·鲁迈拉公交车（Ain al-Rummaneh bus）：1975年4月13日，一辆载有巴勒斯坦武装人员的公共汽车经过贝鲁特的艾因·鲁迈拉时，遭到长枪党成员伏击。这一事件最终成为引发黎巴嫩内战的导火索。

② 谢赫·伊玛目（Shaykh Imam）：一位著名的埃及民谣歌手和作曲家（1918—1995），因创作歌颂穷人、讽刺埃及上层的激进左翼歌曲而闻名。

③ 联合国近东救济工程处（UNRWA）：United Nations Relief and Works Agency，联合国于1949年成立的一个机构，该机构专门向巴勒斯坦难民提供救济，包括在难

民营分发口粮、提供教育和其他服务。

④ 人民阵线（PFLP）：即解放巴勒斯坦人民阵线（Popular Front for the Liberation of Palestine），它是巴勒斯坦解放组织内部信奉马克思列宁主义思想的政党。

⑤ 法塔赫（Fateh或Fatah）：该组织为巴勒斯坦组织内部一支主要的政治派别。它成立于1959年，在2004年阿拉法特逝世之前，一直由阿拉法特领导。

⑥ 萨伊卡（al-Sa'iqa）：它是巴勒斯坦解放组织内部与叙利亚政权有关联的政党。

⑦ 阿西法（al-Asifa）：属于巴勒斯坦政党法塔赫的一支武装力量。

⑧ 基法·穆萨拉（al-Kifah al-Musallah）：巴勒斯坦解放组织内部负责协调军事行动的安全部队。

⑨ 大浩劫（Nakba）：字面含义为"灾难"。它是一个专用术语，专指1948年巴勒斯坦人民因为以色列侵占，而被驱逐和被迫流离失所的事件。

⑩ 大挫败（Naksa）：字面含义为"挫败"。它是一个专用术语，专指1967年6月战争中，阿拉伯人军队大败于以色列的事件。

## 第二章　我还没有逝去

① 马哈茂德·阿巴斯（Mahmud Abbas）：巴勒斯坦解放组织高级官员，2005年被选为巴勒斯坦当局总统。

② kufiyah：即keffiyeh，一种传统的阿拉伯头巾。它有着红白相间或黑白相间的图案，可以用来戴在头上，也可以用来披在肩上，通常被视为是与巴勒斯坦解放运动相关的象征。

③ 阿布·哈桑·萨勒梅（Abu Hasan Salameh）：即阿里·哈桑·萨勒梅（Ali Hasan Salameh），巴勒斯坦解放组织高级官员，1979年在贝鲁特被以色列人刺杀。

④ 阿布·阿马尔（Abu Ammar）：即亚西尔·阿拉法特（Yasir Arafat），巴勒斯坦解放组织的领袖，他任职于1969年，2004年去世。

⑤ 乌姆·库勒苏姆（Umm Kulthum）：一位在阿拉伯世界广受欢迎的埃及歌手和作词家。

⑥ 阿布·吉哈德（Abu Jihad）：即哈利勒·瓦齐尔（Khalil al-Wazir），巴勒斯坦解放组织高级官员，1988在突尼斯被以色列人刺杀。

## 第三章 一个难民的胡言乱语

① Hajjeh：字母含义为去麦加朝圣的人。该词经常用作对长辈的尊称。

② 汉萨拉（Hanzala）：一个由巴勒斯坦政治漫画家纳吉·阿里创作的人物。这个人物的形象被做成雕像，广泛出现在巴勒斯坦的很多地区。他已经成为具有坚强意志的巴勒斯坦人的象征。

## 第五章 达乌克：一个墓地

① 情报局（Deuxième Bureau）：从黎巴嫩军事情报机构分出来的一个机构。20世纪50年代和60年代，该机构在对巴勒斯坦难民的监视和镇压中扮演重要角色。

② ful：即foul，一道用蚕豆、柠檬和大蒜做出的美味佳肴。中东许多地方都会食用这道美食。

③ ka'k：它是一种上面撒有芝麻的硬皮大饼或烘烤食品，有甜味的，也有咸味的。这种食物在巴勒斯坦、黎巴嫩和中东其他地区十分受欢迎。

④ Sitti：对祖母的一种爱称。

⑤ abaya：阿拉伯世界许多地方穿的一种传统长袍。

⑥ kanafeh：一种用粗面粉和奶酪制成的糕点，常出现于早餐或甜点中。此种食物在巴勒斯坦、黎巴嫩、叙利亚和黎凡特其他地区较常见。

## 第六章　比寒冷的冬天更短、更长

① thawb：即thobe，一种巴勒斯坦长袍，通常绣有传统图案，仅在特定场合穿着。

② 迭步开（Dabkeh）：盛行于巴勒斯坦、黎巴嫩、叙利亚和黎凡特其他地区的一种传统民间舞蹈。

③ 达尼·夏蒙（Dany Chamoun）：黎巴嫩右翼政治家，于1990年被黎巴嫩敌对派系暗杀。

④ 乌德琴（oud）：中东和北非大部分地区使用的一种弦乐器，形状类似于琵琶。

⑤ 法鲁兹（Fairuz）：一位著名的黎巴嫩歌手（1934-　），他唱了很多关于耶路撒冷和巴勒斯坦的歌曲，深受巴勒斯坦人欢迎。

⑥ 乔治·哈巴什（George Habash）：解放巴勒斯坦人民

阵线的创立者和领导者。他的绰号是"哈基姆"（意为"智者"或"医生"），他在加入巴勒斯坦抵抗组织前是一名医生。

## 第七章　哈尼（渴望）

① fida'il：即pl. fida'iyin或fedayeen，字面含义为自我牺牲者。该术语经常被用来形容巴勒斯坦抵抗组织的成员，尤其是武装战士。

## 第八章　我的心挂在桑树上

① hattah：一种传统的阿拉伯头巾。它是一块纯白或印有其他图案的布，用来围在头上，有时会用一个黑色头箍固定。
② iqal：它由一圈绳子组成，用来固定头上的头巾。
③ Teta：对祖母的一种爱称。

## 第九章　卡迪杰，我母亲的母亲

① 阿卜杜·瓦哈比（Abudul Wahab）：即穆罕迈德·阿卜杜·瓦哈（Muhammad Abdul Wahab），一位著名的埃及作曲家、表演家和歌手，曾和乌姆·库尔苏姆（Umm Kulthum）以及其他艺术家共同创作歌曲。

## 第十一章　两次流亡的迁徙之旅
### ——1982年以色列入侵黎巴嫩日记

① 尼勒（nileh）：它是一种蓝色的洗衣片。难民营的居民过去煮洗衣物时，经常会在水里放上一片蓝色的药片，它可以使衣服的颜色看起来更鲜亮。当要把房子涂成蓝色时，他们还会把它和石灰混合在一起。

② 贾巴·哈利卜（Jabal al-Halib）：它是一座不到50米高的小山的名字，位于难民营的东南方，但在它的周边，修有一些建筑物和军事基地。

③ 塔利特·塞鲁布（Talllit Sayrub）：它是位于难民营东边的另一座山。

④ 加济耶（Ghaziyyeh）：加济耶是离西顿和黎巴嫩南部最近的镇，与难民营只隔着几个果园。

⑤ 阿瓦利河（Awwali River）：这条河位于西顿的北入口处。

⑥ 基纳亚特（al-Kinayat）：它是一块位于难民营内部南部边缘的地方，与巴勒斯坦的卢比亚村相邻。

⑦ aqqub：原产于中东的一种蓟状植物。在巴勒斯坦，它被用来炖菜，也会被放入其他菜中。

⑧ 阿克巴拉泉：联合国救济工程处修建的为临近各难民营的提供用水的水源地。

⑨ 穆赫塔尔（Mukhtar）：一个村子或镇的领导者。

⑩ 封斋饭（Suhur）：斋月期间，在黎明破晓之前吃的饭。日出之后，直到日落之前，禁止进食。

⑪ Labneh：这是一种脱乳清酸奶，在巴勒斯坦和黎凡特其他地区，通常用来和面包搭配食用。

⑫ 安萨尔（Ansar）拘留营：1982年，以色列入侵黎巴嫩后，在黎巴嫩南部安萨尔村建立起来的用于关押被捕的武装人员和平民的集中拘留营。

⑬ hakawati：在巴勒斯坦和中东其他地区经常出现的传统说书人，他们经常在咖啡馆或茶馆说书。

⑭ 瓦利德·琼布拉特（Walid Junblatt）：他是一位在黎巴嫩内战期间，与巴勒斯坦抵抗运动结盟的黎巴嫩政治家。

⑮ 萨阿德·哈达德（Sa'd Haddad）：黎巴嫩军官，他创建了亲以色列的民兵组织（南黎巴嫩军）。1979年至2000年间，该组织活跃于以色列占领的黎巴嫩南部地区。

⑯ 长枪党（Phalangists）：它是一个奉行黎巴嫩民族主义思想的黎巴嫩右翼政党，也被称为Kataeb。

# 致　谢

　　这本书收录了11位巴勒斯坦难民撰写的自传体散文，他们在散文中讲述了他们的生活、爱情、渴望和绝望。这是一份独特而珍贵的文献资料，因为它为难民记述自己悲情的生活提供了难得的机会。虽然这11位作者都没有受过专业的写作训练，但每个人都用自己独特的方式展现出了他们的情感，发出了他们自己的声音。其中一些是关于忏悔的，一些是正常的情感抒发，一些重于叙事，一些具有印象派风格，但所有的文字都让人们看到了流亡中的巴勒斯坦人生活的方方面面。作为编译者，能用另一种文字把他们的希望、梦想，以及恐惧和梦魇传达出来，我感到很荣幸。在编译的过程中，我尽可能保留他们的原意，尽力最真实地表达他们不同的语气和情绪。

## 巴勒斯坦人的故事 | 流亡者的悲情、绝望与抗争

出版这本原创书籍的创意来自巴勒斯坦研究所的高级研究员佩拉·伊萨（Perla Issa）。2018年，她萌生了为黎巴嫩的巴勒斯坦难民举办自传写作研讨会的想法，并组织召开了公开征文活动。在公开征文活动中，有11人被选出参加研讨会。研讨会在贝鲁特召开，每周1次，共召开了12次会议。在黎巴嫩小说家哈桑·达乌德的指导下，这11位作者就自己的手稿相互交流经验，分享心得，并尝试新的写作思路。如果没有达乌德教授在文学写作技巧和专业知识上对他们的倾囊相授，这本书就不会在今天面世。在编译过程中，我尽量不改动原作者的话，但有时会在括号中添加一个单词或短语以对原文进行解释。对于一些读者可能不熟悉的专有名词和阿拉伯语单词，我会在本书末尾的词汇表中作出解释和说明。

这个译本的成功发行要归功于OR书丛出版社和巴勒斯坦研究所。在将阿拉伯文译为英文的过程中，凯瑟琳·卡明（Catherine Cumming）对我的英译本做了很多润色的工作。她修改了一些僵硬的文字表达，重新排列了句子，使得句意更加明确，让原作者用阿拉伯语创作的自传体散文在翻译为英文时更加地道。在译本的整个出版过程中，她非常有耐心，全程负责这本书的封面设计、整体布局以及其他出版

## 致　谢

事宜。

我还要感谢科林·罗宾逊（Colin Robinson），他独具慧眼，自项目启动之时就深知其巨大的价值，全程资助项目顺利完成。在巴勒斯坦研究所，除了佩拉·伊萨发挥了不可或缺的作用外，斯蒂芬·贝内特（Stphen Bennett）、哈利德·法拉吉（Khalid Farraj）和拉希德·哈利迪（Rashid Khalidi）也对这本书的顺利出版做出了贡献。最后，我要感谢这本书里的11位创作者，正是他们把自己的故事托付给我，我才有这个机会，通过编译，如实地把他们的故事和他们对巴勒斯坦的爱呈现给世人。

穆哈迈德·阿里·哈利德

2022年于纽约